茅盾文学奖
获奖作家短经典

Short
Classic

释疑者

陈忠实——

著

人民文学出版社

图书在版编目(CIP)数据

释疑者/陈忠实著.—北京:人民文学出版社,2020
(茅盾文学奖获奖作家短经典)
ISBN 978-7-02-012964-5

Ⅰ.①释… Ⅱ.①陈… Ⅲ.①中篇小说—小说集—中国—当代②短篇小说—小说集—中国—当代③散文集—中国—当代 Ⅳ.①I217.2

中国版本图书馆CIP数据核字(2019)第129511号

选题策划	付如初
责任编辑	付如初
装帧设计	刘　远
责任印制	任　祎

出版发行	人民文学出版社
社　　址	北京市朝内大街166号
邮政编码	100705
网　　址	http://www.rw-cn.com
印　　刷	三河市宏盛印务有限公司
经　　销	全国新华书店等
字　　数	190千字
开　　本	787毫米×1092毫米　1/32
印　　张	9.25　插页3
版　　次	2013年1月北京第1版
印　　次	2020年3月第1次印刷
书　　号	978-7-02-012964-5
定　　价	38.00元

如有印装质量问题,请与本社图书销售中心调换。电话:010-65233595

出版说明

茅盾文学奖自1981年设立迄今,已近四十年。这一中国当代文学的最高奖项一直备受关注,获奖作品所涉作家近五十位,影响甚巨。其中获奖作品人民文学出版社所占的比例接近百分之四十,几乎所有的获奖作家都与人民文学出版社有过合作。这些作家大多在文坛耕耘多年,除了长篇小说之外,在中篇小说、短篇小说和散文等"短"体裁领域的创作也是成就斐然。

2013年,我们以全面反映茅盾文学奖获奖作家的综合创作实力为宗旨,以艺术的眼光,遴选部分获奖作家的中篇小说、短篇小说和散文的经典作品,编成集子,荟萃成了"茅盾文学奖获奖作家短经典"丛书,得到了专家和读者的一致好评。

此次再版,我们在原丛书的基础上,增添了第九届和第十届茅盾文学奖获奖作家的"短经典",一些作家的作品篇目也有所增删,旨在不断丰富丛书内容,让读者更加全面细致地了解这些作家的创作。相信该系列图书能够与我社的

"茅盾文学奖获奖作品全集"系列一起,为您完整呈现一代又一代茅盾文学奖获奖作家的创作实绩、艺术品位和思想内涵。

人民文学出版社编辑部
2020年1月

目　录

- *001*　蓝袍先生
- *129*　日子
- *141*　作家和他的弟弟
- *151*　猫与鼠,也缠绵
- *170*　李十三推磨
- *188*　晶莹的泪珠
- *197*　旦旦记趣
- *202*　生命之雨
- *210*　告别白鸽
- *220*　关于一条河的记忆和想象
- *232*　原下的日子
- *240*　贞节带与斗兽场
- *246*　北桥,北桥
- *252*　林中那块阳光明媚的草地
- *260*　在好山好水里领受沉重

- 264 接通地脉
- 269 办公室的故事
- 274 我的秦腔记忆
- 281 敲响城门的远方乡党

- 289 释疑者

蓝袍先生

我的启蒙老师徐慎行先生,年过花甲,早已告退,回归故里,住在乡下。他前年秋末来找我,多年不见,想不到他的身体还这样硬朗。

他住在塬上的杨徐村,距我居住的小河川道的村子,少说也有二十里远,既不通汽车,也不能骑自行车。他步行二十余里坡路,远远地跑来,我的第一反应是要我帮他什么事情。他接过我递给他的茶水和卷烟,坐稳之后,首先说明他没有什么事,只是找我闲聊。他确实只是闲聊。整整一个下午过去,天色将暮时,他顶着一只细草帽又告辞了。他说他在三个多月前埋葬了老伴,过了百日,算是守完了节,心里实在孤寂得受不了,才突然想到来找我聊聊的。我信了他的话。老伴初逝,女儿出嫁,男娃顶班在县城小学教体育,屋里就剩下他一个人,怎能不感到孤独和寂寞!我心里也有一缕悲怜的气氛了。

腊月里,入冬以来的头一场好雪,覆盖了塬坡和河川,解了冬旱,大雪封锁了道路,跑小生意的农民挂起秤杆,蒙住被子睡觉了。大雪初霁的中午,奇冷奇冷,徐慎行先生又走进我的院子，令我惊叹不已。他的身上和胳膊肘上，膝头和屁股上，粘着融雪的水痕和泥巴，两只棉鞋灌满了雪粒，湿溜溜的了，可以肯定，他在坡路上跌翻过不知多少回。又是孤独和寂寞得受不了了吗？

"我有一件事，要跟你商量。"

徐慎行先生呷了一口茶，就直截了当地开了口。他的脸上泛出红光，许是跋涉艰难累得冒汗的原因，而眼里却泛出一缕羞怯的神色，与六十岁人的气色很不协调。他终于告诉我，说是别人给他介绍下一个五十多岁的老婆，他已见过一面，颇以为合宜，可是两个女儿和儿子均是一口腔反对，没法说服他们。他自己当然不好直接与儿女商谈，只好托亲友给儿女做解释。他的大女儿嫁到小河川道的周村，与我的住处相距不远，人也认识，于是就想让我去给他做大女儿的解释工作。

我不假思索，一口应承下来。

第二年春天，草木发芽了，一直没有见他的面，不知他的婚事进展如何，我倒有点惦念不下。我和他的大女儿以及女婿都是熟人，话可以敞开说，我说了许多条该办的好处，譬如徐老先生的吃饭穿衣问题，生病服药问题，家务料理问题，统都解决了，对于儿女们，倒是少了许多负担。又解释了儿女们最为担心的一个问题：老汉退职薪金的使用，会不会被那个老婆子揽光卡死了？终于使他们夫妇点了头，表示不再出面干涉，我也算是给启蒙老师尽了一点心。我随之就担心他的二女儿和儿子的思想通了没有？据说主要阻力在二女子身上，她不出面，却纵容唆使弟弟出面闹事……

徐慎行先生来了，时在河川和坡塬上的桃花开得正艳的阳春三月。他一来,我从他的眼里流露出来的羞怯神色就猜出了结果。

"我想忙前把这事办了。"他说,"到时候,你能抽空来坐坐。"

我很乐意地接受了老师的邀请。

他坐下喝茶,抽烟,说那个老婆的脾气和身世。从他的语气里可以听出来,他是很满意的,说到她的人样,她的长相,他说能看出她年轻时很俊……

我实在想不到,夏收之后,他第四次来到我家的时候,又是一脸颓唐的神色,先哀叹了三声,说那件事最后告吹了!

我很惊诧,忙问他,到底哪儿出了差错?谁又从中坏事了?

"谁也没有坏事,也没有啥差错——"他淡淡地说,"是我不办了!"

"为——啥?"我不得其解。

"唉——"他摇摇头,叹息着,不抬头,"我事到临头,又……"

既然他觉得不好开口,我也就不再强人之难,于是就聊起闲话。他轻轻摇着扇子,眯着眼,扯起他三十多年教书生涯中的往事,一阵阵哀叹,一阵阵动情……

我送他走之后,心里很不好受,感到压抑,一种被铁箍死死地封锁着的压抑,使人几乎透不过气来,而他却在那道无形的铁箍下生活了几十年,至今不能解脱……

读耕传家

南塬上的村庄,不论是千二八百户的大村,抑或是三二十家的小庄,村巷整齐,街道规矩,家家户户的街门沿街巷开设,坐北一律坐北,朝南一律朝南,这一家的东山墙紧紧贴着那一家的西山墙,而自家的西山墙又紧挨着另一家的东山墙,拥拥挤挤,不留间隙。俗话说,亲戚要好结远乡,邻居要好高打墙。家家户户在自家的庄院里筑起黄土围墙,以防鸡刨狗窜引起纠纷和口角。院墙临街的中间开门,门上很讲究修一座漂亮的门楼。

那儿的农民十分注重修饰门楼。日子富裕的人家修建砖木门楼,多数人家则是土木门楼。无力修建门楼的人家,就只好在土围墙上凿开一个圆洞,安一个荆条编织的篱笆门,防贼亦挡狗。生人进入任何一个村庄,沿着街巷走过去,一眼溜过两边高高矮矮的各姿各式的门楼,大致就可以划出各家的家庭成分了。不过,这是解放初期的旧话。现在,门楼的规模和姿势,已经与土改时定的那个成分关系不大了;如果按着旧的习惯去猜度,准会闹出牛头不对马嘴的笑话来。

门楼正中,一般都要挂门匾,门匾上镌刻四个大字。这四个大字的选择,实际是这个门楼里的庄稼主人的立家宣言。解放后,庄稼人心劲高涨,对门楼上的门匾的选择,免不了受时风的影响,土地改革时,好多人喜欢用"发展生产"、"发家致富";合作化时又时兴"共同富裕"、"康庄大道";三年困难时期又流行起"自力更生"、"勤俭持家";及至"四清"和"文革"运动接连不断的十余年中,诸如"红日高照"、"万寿无疆"、"斗争为纲"、"真学大寨"等政治口号,确实风靡一时。

解放前门楼题匾的内容,可就单调得多了。凡是能修建得起砖木门楼或稍微像样的土木门楼的殷实人家,题匾上的立家宣言,十之八九都选用"耕读传家"四字,其用意是显而易见的。我们杨徐村在南塬上的稠如星海的乡村里,只算个中小型村庄,二百多户农家中,门楼修葺得最阔气的是大财东杨龟年家的。水磨青砖,雕梁画栋,飞檐翘角,俨然一座富丽堂皇的四角亭子。门楼下蹲着两只青石雄狮,墙上刻着飞禽走兽。门楼正中,在象征着吉祥永久的鹤鹿图像中,刻下四个篆体"耕读传家"的题字,与团团祥云相谐调。杨龟年的大儿子在咸宁县政府做官员,家里有百余亩河川水浇地,整整两槽高骡大马,真是有耕有读,宣言与实际相一致。其余那些虽然也能修得起土木门楼的殷实户,也东施效颦地题下"耕读传家"的门匾,却大都是有耕无读,名实不符,甚至一家老少尽是些目不识丁的粗笨庄稼汉子。但作为立家宣言,自然主要是照亮后世,无读书人的缺憾,必当由后辈人来弥补。

杨徐村另一户能修得起砖木门楼而且名副其实的"耕读传家"的人家,当推我家了。

我爷爷徐敬儒,对"耕读"精神的尊崇,甚至比杨龟年家还要纯粹。杨龟年的大儿子在县府供职,主要是为官而不从读了;二儿子从军耍枪杆子而鲜动笔杆子了;家里的庄稼全靠长工和短工播种和收割而无需杨龟年动手抬脚。我爷爷徐敬儒,那才是"耕读"精神的忠诚信徒和真正的实践者。

我爷爷徐敬儒,人称徐老先生,是清帝的最末一茬秀才,因为科举制度的废止而不能中举高升,就在杨徐村坐馆执教,直到鬓发霜染,仍然健坐学馆。也不知出于什么的思想影响,我爷爷把门楼上那幅"耕读传家"的题匾挖掉了,换上一幅"读耕传家"的题匾,把"耕"和"读"的位置做了调换。字是我爷爷亲笔写的,方方正正,骨架楞蹭,一笔不苟,真柳字体,再由我父亲一笔一画凿刻下来。我父亲初看时,还以为我爷爷笔下失误,问时,爷爷一拂袖子,瞪了爸爸一眼,没有回答。我父亲不敢再问,却明白了是有意调换而不属笔误,该当慢慢地去体味,低下头小心翼翼地凿刻起来。

更有一件蹊跷的事。我爷爷垂老之时,对我父亲兄弟三人做了严格分工,一人继承他坐学馆,体现"读";二人做务庄稼,体现躬耕;世世代代,以法类推。这样的分工,兄弟三人还勉强接受得了,临到爷爷咽气时,又留下严格的家训,可以归纳为"三要三不要"的遗嘱。其训示曰:教书的只做学问,不要求官为宦;务农的要亲身躬耕,不要雇工代劳;只要保住现有家产不失,不要置地盖房买骡马。

兄弟三个瞪大眼睛,你瞅瞅我,我瞪瞪你,不知所措了。他们三个正当成年,早就想着齐心合力一展宏图,在杨徐村与杨龟年家争一争高低。近几年间,杨家兵强马壮,置田盖房,百业兴旺,已成为方圆十里八村新兴的富户。眼看着杨家小河涨水似的暴发起来,兄弟三人对父亲拘拘谨谨的治家方针早已多有不满,又不敢说,想不到老先生活着时限制他们的手脚,临走前还要把他们死死地捆绑在这点小家业上。老先生似乎早已揣摩算计到三个儿子的心数儿,怕自己走后儿孙们有恃无恐,干脆一句话说死:不遵从父训者,孽种也!不许给他上坟烧纸。兄弟三人只好委屈隐忍,不理解的也要执行,遵循老先生的遗训,耕田的亲身躬耕垄亩,坐馆的潜心静气研读圣贤诗书。村里人把我爷爷这种古怪的治家训诫编成顺口溜:"房要小,地要少,养个黄牛慢慢搞。"当作笑话流传。

嗐呀！到得杨徐村一解放，杨龟年家耍枪杆子的老二死在解放军的枪口之下；当县官的老大因在人民的监牢当中；家里的深宅大院、高骡子大马以及水地旱田全部分给杨徐村的贫雇农了。我至今也忘不了那个晚上的情景，我爸兄弟三个，捧着我爷的神龛，磕头作揖，又哭又笑，简直跟疯癫了一样。夜静以后，兄弟三个又跑到村后的祖坟里，趴在我爷的坟堆上，啃啊！扒啊！恨不得掘开坟墓，把留下"三要三不要"遗训的先知先觉的老祖宗的尸骨抱在怀里亲一百次！该怎样感激老祖宗——比诸葛孔明还要神明的老祖宗啊！亏得他早已看破红尘，留下严格的治家遗训，使得儿孙后辈免遭杨家的横祸！我们家定为上中农成分，虽然不是工作组依靠的对象，却也不在被打击被孤立的剥削阶级的圈子里，这已经是万幸了！

我爷爷瞑目前五年，已经选定我父亲做他的接班人，去杨徐村的私塾坐馆执教。据说，老先生在长期的观察中，觉得我伯父工于心计，善于谋划，带一股商人的气数。二伯父脾气拗倔，合当是一介武夫。我父亲自幼聪灵智慧，既不像伯父那么诡，也不像二伯父那样倔，深得老先生钟爱器重，加之对我父亲的面相也满意（用我爷的话说，天庭饱满，眉高眼大，肤色滋润），于是就在他年过花甲之后，由我父亲坐上了私塾里那把黑色的令人敬慕的太师椅子。

我依稀记得，爷爷死后，父亲脱下了蓝色长袍，换上了一件藏青色布袍，一来表示给爷爷的亡灵守志守节服孝，二来标志着他已过而立之年，该当脱下青年时期的蓝色长袍了。

我的印象十分深刻,爷爷死后,父亲似乎一下子变成了另一个人,那眉骨愈加隆起,像横亘在眼睛上方的一道高崖,眼神也散净了灵光宝气,纯粹变成一副冷峻威严的神气。在学堂里,他不苟言笑,在那张四方抽屉桌前,正襟危坐,腰部挺直,从早到晚,也不见疲倦,咳嗽一声,足以使那些调皮捣蛋的学生吓一大跳。来去学堂的路上,走过半截村巷,抬头挺胸,目不斜视,从不主动与任何人打招呼。别人和他搭话问候时,他只点一下头,脚不停步,就走过去了。回到家中,除了和两位伯父说话以外,与俩伯母和七八个侄儿侄女,从不搭话。除了两位伯父,没有不怯他的。父亲从学堂放学回来,一进街门,咳嗽一声,屋里院里,顿然变得鸦雀无声,侄儿侄女们停止了嬉闹,伯母和母亲烧锅拉风箱的声音也变得低匀了。我和堂兄堂弟们要是打仗吵架,一不小心,父亲站在当面时,无需动手动脚,他只用眼一瞅,我们就都不敢出声了。他倒是从来不动手打孩子,可也从来不对任何人表示哪怕是少许的亲昵,我似乎比堂哥堂弟们更怯着父亲。

我现在唯一能解释父亲这种性格变化的原因,是爷爷死后父亲在这个十五六口人的大家庭里的地位的变化。爷爷死时,意外地打破了长子主事的传统法则,把全部家事委于父亲来统领。据说爷爷怕伯父太诡而远伤乡邻近挫兄弟,怕二伯父脾气暴烈而招惹家祸,于是就由排行最末的父亲统领这个家庭。他要领导两个哥哥和两个嫂嫂,要处理三兄弟三妯娌以及九个侄儿侄女和亲生儿子的种种矛盾,要处理这个家庭与远远近近几十家新老亲戚的关系,要处理与杨徐村二百多户同姓和异姓的乡邻的关系,真是太复杂了!我当时尚不能体味父亲的种种难场,只觉得他的脸上,笑颜永远消失了。

尽管父亲在这个家庭里严以律己——母亲、姐姐、弟弟以及我,宽以待人——伯父、伯母以及堂兄堂妹,家庭里的摩擦总不会间断,只是没有公开闹到分家的程度。大伯本来对父亲统领家事就觉得有失面子,再加上三条遗嘱死死捆住了他的手足,终日憋气。他的大儿子已经长大,意欲送到西安去学生意,因为父亲坚持遗训而不能成行,有气无处发泄,就哄唆直杠子二伯发难。父亲一切都看得明白,只是隐忍,不予理睬二伯的恶火,大伯也就无法了。

这样下去,终非久远之计,父亲不能眼看着这个以礼仪之风在全村享有最高乡誉的家庭,在自己手中闹出分崩离析的结局,令杨徐村人耻笑。他断然决定,从学堂里告退回家,统领家事。他自己在学堂执教,一心难为二用,顾了学堂顾不了家,顾了家庭又怕贻误人家子弟的学业。更重要的是,在他一天三晌坐在学堂里的时候,家里和地里,给大伯留下了毫无顾忌地唆弄是非的太大的时空环境。这样,在我刚刚交上十八岁的时候,父亲就把我推到他坐过的那把黑色的太师椅上了。

蓝袍先生

父亲选定我做他的替身去坐馆执教,其实不是临时的举措,在他统领家事以前,爷爷还活着的时候,就有意培养我作为这个"读耕"人家的"读"的继承人了。只是因为家庭内部变化的缘故,才过早地把我推到学馆里去。

我有一个姐姐,已经出嫁了。一个弟弟,脾气颇像二伯,小小年纪就显出倔拗的天性,做教书先生的人选,显然不大合适,"人情不够练达嘛"!父亲再无选择的余地,尽管我也是差强人意,也没有办法了。如果说父亲也暗藏着一份私心,此即一例:大伯父的二儿子灵聪过人,然而父亲还是选就了我。

读书练字,自不必说了,对我是双倍地严格。尤其是父亲有了告退的想法之后,对我就愈加严厉了。那柳木削成的木板,开始抽打我的手心,原因不过是我把一个字的某一画写得离失了柳体,或是背书时仅仅停磕了几秒钟。最重要的是,对我进行心理和行为的训练,目标是一个未来的先生的楷模。"为人师表!"这是他每一次训导我时的第一句话。

"为人师表——"父亲说,"坐要端正,威严自生。"

我就挺起胸,撑直腰杆,两膝并拢。这样做确实不难,难的是坚持不住。两个大字没有写完,我的腰部就酸酸的了,两膝也就分开了。猛不防,那柳木板子就拍到我的腰上和腿上,我立即坐直。几次打得我几乎从椅子上翻跌下去,回头一看,父亲毫不心疼地瞅着我。

"为人师表——"父亲说,"走有个走势。走路要稳,不急不慢。头扬得高了显得骄横,低垂则萎靡不振。两目平视,左顾右盼显得轻佻……"

我开始注意自己走路的姿势。

"为人师表——"父亲说,"说话要恰如其分,言之成理。说话要顾及上下左右,不能只图嘴头畅快。出得自己口,要入得旁人耳……"

所有这些训导,对于我这样一个刚刚十七八岁的人来说,虽然很艰难,毕竟可以经过日渐长久的磨炼,逐步长进,最使我不能接受的,是父亲对我婚姻选择的武断和粗暴。

对于异性的严格禁忌,从我穿上浑裆裤时就开始了。岂止是"男女授受不亲",父亲压根儿不许我和村里任何女孩子在一块玩耍,不许我听那些大人们在一起闲谝时说的男女间的酸故事。可是,在我刚刚十八岁的时候,父亲突然决定给我完婚了。他认为必须在儿子走进学堂之前做完此事,然后才能放心地让我去坐馆。一个没有妻室的人进入神圣的学堂,在他看来就潜伏着某种危险。

父亲给我娶回来多丑的一个媳妇呀!

婚后半个月,我不仅没有动过她一指头,连一句话也懒得跟她说,除了晚上必须进厢房睡觉以外,白天我连进屋的兴趣都没有。我却不敢有任何不满的表示,父母之命啊!

父亲还是看出了我的心意,有一天,把我单独叫进他住的上屋,神色庄严。

"你近日好像心里不爽?"

"没有。爸。"

"我能看出来。有啥心事,你说。"

"爸,没有。"

"那我就说了——你对内人不满意,嫌其丑相,是不是?"

"……不。"

我一直未敢抬头,眼泪已经忍不住了。

"这是我专意给你择下的内人。"父亲说。我没有想到。

他说,"男儿立志,必先过得美人关。女色比洪水猛兽凶恶。且不说商纣王因妲己亡国,也不说唐王因贵妃乱朝,一个要成学业的人,耽于女色,溺于淫乐,终究难成大器……"

我惊讶地抬起头,看了父亲一眼,那严峻的眉棱下面,却是满眼的赤诚,坦率的诚意,使我竟然觉得自己太不懂事了。大丈夫立国安家成学业,怎能贪恋女色!我长到十八岁,从来没有听过怎样对待婚娶的道理,父亲今天第一次坦诚地对我训导,我悟出人生的道理了。

父亲当即转过头,示意母亲,母亲从柜子里取出一件蓝袍,交给我,叫我换上了。我穿上那件由母亲亲手缝的蓝洋布长袍,顿然觉得心里咯噔一声,沉重起来,似乎一下子长大成人了!服装对于人,不仅是御寒的外在之物。穿起蓝袍以后,抬足举步都有一种异样的庄重的感觉了。

父亲领着我走出上房的里间,站在外间里。靠墙的方桌上,敬着徐家祖宗的牌位,爷爷徐敬儒生前留下一张半身照,嵌镶在一只楠木镜框里,摆在桌子的正中间。父亲亲手点燃大红漆蜡,插上紫香,鞠躬作揖之后,跪伏三拜,然后站在神桌一侧,朗声道:"进香——"

我走前两步,站在神桌前头,从香筒里抽出五根紫香,轻轻地捋一捋整齐,在燃烧着的蜡烛上点燃,小心翼翼地插进香炉,抖索的手还是把两支弄断了。重插之后,我垂首恭候。

"拜——"父亲拖长声喊。

我抱起双拳,作揖。

"叩首——"

我跪在祖宗神牌前,磕了三个响头,就抬起头,等待父亲发令。

父亲从腰里掏出一片折叠着的白纸,展开,就领着我向祖宗起誓:

"不孝孙慎行,跪伏先祖灵前。矢志修业,不遗余力。不慕虚名,不求浮财,不耽淫乐。只敬圣贤,唯求通达,修身养性,光耀祖宗,乞先祖护佑……"

父亲念一句,我复诵一句,及至完毕。我呆呆地站在灵桌前,诚惶诚恐,不知现在该站还是该走开?父亲紧紧盯着我,说:

"明天,你去坐馆执教!"

由我代替父亲坐馆的仪式是在文庙里举行的。时值冬至节气。一间独屋的庙台上,端坐着中国文化的先祖孔老先生的泥塑彩像。屋梁上的蛛网和地上的老鼠屎被打扫干净了。文庙内外,被私塾的学生和热心的庄稼人围塞得水泄不通。杨徐村最重要的最体面的人物杨龟年,穿着棉袍,拄着拐杖,由学堂的执事杨步明搀扶着走进文庙来了,众人抖抖地让开一条路。

我站在父亲旁边,身上很不自在,心里却潜入一股暗暗的优越来。这儿——文庙,孔老先生的圣像前,排站着杨徐村所有的头面人物,我也站在这里了,门外的雪地上,挤着那些粗笨的却又是热心的庄稼人,他们在打扫了房屋以后,临到正式开场祭祀的时候,全都自觉地退到门外去了。

杨步明主持祭祀,首先发蜡,然后焚香,接着在杨步明拿腔拿调的诵唱中,屋里屋外的所有参与祭祀的村民,无论长幼尊卑，一律跪倒了。油炸的面点、干果，在杨步明的诵唱中摆到孔老先生面前。整个文庙里，烛光闪闪，紫香弥漫，乐鼓奏鸣，腾起一种神圣、庄严、肃穆的气氛。

执事杨步明把一条红绸递给杨龟年，由杨徐村最高统治者给我的父亲披红，奖掖他光荣引退。杨龟年双手捏着红绸，搭上父亲的右肩，斜穿过胸部和背部在左边腋下系住。我一看，父亲连忙跪伏下去，深深地磕拜再三，站起身来的时光，竟然激动得热泪盈眶。这个冷峻的人，竟然流泪了。他硬是咬着腮帮骨，不让眼泪溢出眼眶。我是第一次看见父亲流泪。往昔里，我既看不到父亲一丝笑颜，也看不到一滴泪花。那泪眼里呈现出从未见过的动人之处，令人敬服，又令人同情。这个严厉的父亲，从来也不会使人产生对他的同情和怜悯；他的脸色和眼神中永远呈现着强硬和威严，只能使人敬畏，而不容任何人产生怜悯。现在，他的脸上像彤云密布的天空扯开一道缝儿，露出了一缕蓝天，泄下来一道柔弱动人的阳光。

父亲简短地说了几句真诚的答谢之辞，执事杨步明代表所有就读的孩子的家长向父亲致谢，并对我的上任多所鼓励。杨龟年没有讲话，只是点点头，算是最高的赏赐了。

祭祀活动一结束，我随着父亲走出文庙，刚一出门，那些老庄稼人就把父亲围住了，拉他的袖子，拍他的后背，摸抚那条耀眼的红绸，说着听不清的感恩戴德的话。我站在旁边，同样接受着老庄稼汉们诚心实意的鼓励的话，心里很激动，由爷爷和父亲在杨徐村坐馆所树立起来的精神和道义上的高峰，比杨家的权势和财产要雄伟得多！我从今日开始，将接替父亲走进那个学馆,成为一个为老少所瞩目的先生了!

那把黑色的座椅,那张黑色的四方抽屉桌子,能否坐得稳?一直到将来再交给我的尚未成形的某一个后代,大约至少要二十多年吧?二十多年里不出差错,不给徐家抹黑,不给杨家留下话柄,不落到被众人撵出学堂,谈何容易!要得到一个善终的结局,就必得像父亲那样……

乡村的私塾学堂也放寒假,每年农历的冬至节气就是下学日,祭过老祖宗孔老先生之后,就放假了。

过罢正月十五,私塾又开学了。我穿上蓝布长袍,第一次去坐馆,心里怎么也稳实不下来。走出我家那幢雕刻着"读耕传家"字样的门楼,似乎这村巷一夜之间变得十分陌生了,街巷里那些大大小小的树木,一搂抱粗的古槐,端直的白杨,夏天结出像蒜薹一样的长荚的楸树,现在好像都在瞅着我,看我这个十八岁的先生会不会像先生那样走路!那些拥拥挤挤的一家一户的门楼里,有人在窥视我的可笑的走路的姿势吧?唔呀!从我家的街门口到学堂去,要走到街心十字,再拐进南巷,距离不近哩!不管怎样,我已经走出街门了,没有再退回去的余地了,只有朝前走。这时候,像面对一个十分面熟而又确实读不出字音的生字时顺手掀开字典,我想到了父亲走路的姿势。我多少次看见父亲来去学堂时走在村巷里的身姿,而他训导我的如何走路的条文倒模糊了。

我抬起头,像父亲那样,既不仰高,也不低垂,两目平视,梗直脖根,决不左顾右盼,努力做到不紧不慢,朝前走过去。

"行娃……唔……徐先生……"杨五叔笑容可掬地和我打招呼,发觉自己不该在今天还叫我的小名,立即改口,脸上现出失误的歉疚的神色,"你坐馆去呀?"

"噢!对。"我立即站住,对他热诚的问话表示诚意的回答,站下以后,却又不知再该说什么了。我立即意识到,不该停下脚步,应该像父亲那样,对任何人的纯粹出于礼节性的见面问候之辞,只需点一下头,照直走过去,才是最得体的办法……我立即转身走了。

走进学堂的黑漆大门了,三间敞通的瓦房里,学生们已经把教室打扫得干干净净,摆满了学生自己从家里搬来的方桌和条凳,排列整齐,桌子四周围坐着年龄差别很大的学生,在哇啦哇啦背书。今日以前的七八年里,我一直坐在这个学堂的左前排的第一张桌子上,离安在窗户跟前的父亲的那张教桌只隔一个甬道。这个位置是父亲给我选定的,从第一天进入这学堂接受父亲的启蒙,直到我今天将坐在窗前教桌的位置上,一直没有变动过,我打第一天就明白,父亲要把我置于他的视力首先所能扫瞄到的无遮蔽地带……现在,那个位置坐上新进入学堂的启蒙生了。

除了新添的几个启蒙生,教室里坐着的全是那些春节以前和我同窗的本村的熟人、同伴、同学,有的个子比我长得还高还壮实,我今天看见他们,心里却怯了。我完全知道他们和我父亲捣蛋的故伎,尤其是杨马娃和徐拴拴两人,念书笨得跟猪差不多,却尽有鬼点子捣蛋。我一进门就瞅见他俩的诡秘的脸相,倒有点怯场了,那些不怀好意的脸相!

我立即走向那张四方教桌,偏不注意那几个扮着怪相的脸。我在父亲坐过的那把直背黑漆木椅上坐下来,腰似乎自然地挺直了,父亲就是这样挺着身坐。我回忆父亲的工作程序,坐下,先把桌上的四宝摆整齐,抹干净桌子,再掀开书本,或者在砚台里磨墨。一当听到教室里有异常的响动,就转过头来,逡巡一遍,待整个学堂里恢复正常的气氛,再低头看书或者练习写字。

父亲一般是先读书的,后响上学时才写字。我也应该这样做,只是今天例外,读书是难得专注的,写字肯定对稳定情绪更好些。我在父亲用过的石砚台上滴上水,三只指头捏着墨锭,缓缓地研磨。磨墨也该像个先生磨墨的姿势,不能像下边那些学生乱磨,最好的姿势当然只有父亲磨墨的姿势了。

墨磨好了。桌子角上压着一叠打好了格子的空影格纸,那是学生们递上来的,等待我在那些空格里写上正楷字,他们再领回去,铺在仿纸下照描。我取下一张空格纸,从铜笔帽里拔出毛笔,蘸了墨,刚写下一个字,忽然听到耳边一声叫:

"行娃哥——"

我的心一扑腾,立即侧转过头去,看见本族里七伯的小儿子正站在当面,耍猴似的朝我笑着:"给我题个影格儿。"

教室里腾起一片笑声。唔!应该说学堂。

笑声里,我的脸有点发热,有点窘迫,也有点紧张。学童入学堂以后,应该一律称先生,怎能按照乡村里的辈分儿叫哥呢!可他是才入学的启蒙生,也许不懂,也许是忘记了入学前父母应有的教导吧!我就只好说:"你放下,去吧!"他回到位置上去了,笑声消失了。

我又转过头写字,刚写下两字,又一个声音在我耳边响起：

"蓝袍先生——"

我的脑子里轰然一声爆响，耳朵里传来学堂里恣意放肆的哄笑的声浪。我转过头，看见一张傻乎乎愣笑着的脸，这是村子里一个半傻的大孩子。他的嘴角吊着涎水，一只手在背后抓挠着屁股，得意地傻笑着，和我几乎一般高的个子，溜肩吊臂，像是一个不合卯窍的屋架，松松垮垮。这个老学生，念了七八年了字认不下二百，算盘打不到"三归"，只是家底厚，又是他爸唯一的顶门立户的根，就这么在学堂里泡着。这个傻瓜蛋儿，打破他的脑袋，也不会给我起下这样一个雅号的，我立即追问："谁叫你这么称呼我？"

教室里的笑声戛然而止，静默中潜伏着许多期待。

"他……他不叫我说他的名字。"傻子说。

"你说——他是谁？"我冷眼追问。

"我不敢说——他打我！"傻瓜怕了。

"我先打你！看你说不说！"我说。

我从桌上摸过板子，那块被父亲的手攥得把柄溜光的柳木板子，攥到我的手里了，心里微微忐忑了一下，我就毫不退让地说："伸出手来！"

傻子脸色立时大变，眼里掠过惊恐的阴影，把双手藏到背后去了。

我从他的背后拉过一只左手，抽了一板子，傻子当下就弯下腰去，用右手护住左手号啕起来："马娃子，×你妈！你教我把人家叫'蓝袍先生'，让我挨打……呜呜呜呜呜……"

我立即站起，一下子瞅住杨马娃，这个暗中专门出鬼点子捣乱的"坏头头"。不压住这个杨马娃,我日后就难得在这张椅子上坐安稳。我命令:"杨马娃,到前头来!"

杨马娃虎不失威,晃一下脑袋,走到前头来了。他个子虽不高,年岁不小了,也是个老学生。他应付差事似的朝我草草鞠了一躬,就站住了。

"是你给他教唆的吗?"我斥问。

"没有。"他平静地回答,早有准备。

"就是你!"傻子瞪着眼,"你说……"

"谁能作证呢?"杨马娃不慌不急。

"……"傻子急迫地瞪着眼。

"不要作证的人!"我早已不能忍耐这种恶作剧还在继续往下演,"伸出手——"

杨马娃伸出手来。他的眼里滑过一缕冤枉的无可奈何的神色,既不看我,也不看任何人,漫不经心地瞅着对面的墙壁。

我抽一下板子,那只手往下闪了一下,又自动闪上来,没有躲避,也听不到挨打者的呻唤。我又抽下一板子,那只手依然照直伸着,我有点气,本想经过教训他解气,想不到越打越气了。那只伸到我跟前的手,似乎是一只橡皮手,听不到挨打者的呻吟,更听不到求饶声了,我突然觉得那只手在向我示威,甚至蔑视我。教室里很静,听不到一丝声响。我感到了两方的对峙在继续,我不能丝毫的动摇,不然就会被压倒,难得起来。我也不吭气,谁也不看,只看着那只要击中的手。我记得父亲打板子的时候就是这样,从来不看被打者的脸,更不听他们的呻唤和求饶,只是打够要打的数字。我抽下五板子了……

傻子突然跪倒在地,抱住我的板子,哭喊说:"先……先先先生!马娃叫我叫你'蓝袍先生',我说你要打手的,他说不会,你和俺俩都是在一块念下书的,不会打手的。他就叫我跟你耍玩,叫'蓝袍先生'……我往后再不……"

我似乎觉得胳膊有点沉,抬不起来了,再一想,如果马娃一直不开口,我能一直打下去吗?倒是借傻瓜求情的机会,正好下台,不失威风也不失体面。

傻瓜先爬起来,深深地鞠了一躬,跑下去了。杨马娃则不慌不忙,文质彬彬地鞠了躬,慢慢走回到座位上去了。

我重新坐好,提起毛笔,题写那张未写完的影格儿,手却在抖。我第一次执板打人,心里却没有享受打人的畅快,反倒添加了一缕说不清的滋味……

萌动的邪念

无论如何,对杨马娃的一顿板子,彻底划开了我和同伴、同学之间的界限,那些心存侥幸企图开我的玩笑的人,那些想试试新上任的先生的脾气软硬的人,全都得出了自己应该得到的结论,学堂里的秩序按照父亲过去的模式继续下来了。

杨马娃退学了。挨打的当天后响,他就没有再来上学,扛着镢头跟他爸上坡挖地去了。迅速地从村子各个角落反馈到我耳朵里的反应,却是绝对的一边倒。没有任何人同情杨马娃,听说连他爸也骂他不知深浅。执事杨步明当天下午跑到学校,给我撑腰:"打得好!念了几年书,连个礼性儿也不懂,没有一点规矩!不打的话,明日该翻天了!"他故意用大声说话,让那些坐在学堂里的娃娃都听见。不光执事杨步明,几乎所有送子入学的庄稼人,在我来去的街巷里,一律支持我动板子的举动。不过,我心里明白,不尊师长的越轨行动是不会有人同情的,所以并不觉得意外。

对杨马娃的退学,我也不觉得遗憾。按照我爷爷在这个学堂里开创的独特的教程(后来又经过了我父亲的补充),启蒙生从一二三四五开始识字,然后学《百家姓》,中年级学《七言杂志》,大约三年时间。附加的课程是珠算,先学加减,后学《九归》。三年时间里,那些穷庄稼汉的后代,学会了日常生活惯用的杂字,会打一手算盘,就走出学堂跟他们的父兄做庄稼去了,或者到西安某个铺店、作坊当相公(学徒)去了。留下为数不多的一些富裕户的子弟,接着就开《论语》,步步深造。这一套教程,从爷爷创立,颇受庄稼人欢迎,可以说贫富皆宜,有普及也有提高,照顾了"面"又保证了"点"。杨马娃早该退学去做庄稼或当相公去了,只是生得矮小,父母疼其体力不支,就叫他在学堂多混几年……迟早是要走的。

两月过去了,没有发生什么意外,秩序正常,执事杨步明对我父亲几次夸赞:"栽培有方!"父亲自然很欣慰。我的自我感觉也甚好。我从村中走过去时,可以踏出缓急有致的脚步了,再不紧张了。我在教桌前端直坐一晌,看书或授课,不再觉得腰酸腿困了。人说,我活脱就是二十年前我爸的原样儿!连脾气也跟我爸一模一样了。

我也意识到我的脾性儿变了。我小时爱笑,妈说我长了一副笑面菩萨的脸儿,而且一笑脸颊上就有两个酒窝。我爸为我的爱笑没少训过我,说我长了一副没棱角的脸,尤其讨厌我脸上的那两个倒霉的酒窝……现在,我改掉爱笑的毛病了,酒窝自然也就极少出现了。我面对一伙性格各异的学生,没有威慑的力量是不行的,父亲说绝不能跟学生嘻嘻哈哈,笑了就失掉威势了。另一个不便说出口的原因,我自打媳妇一娶进门,就笑不出来了。

她是坐着轿子来的,在伴娘的搀扶下走进厢房,我一把揭开她的盖脸的红布,狂跳着的心一下子沉下去了,再也跳不起来了。我实在无法预料,父亲会给我娶回来这样一个媳妇。当然,父亲那种奇特的理论,我不敢顶撞,想想我现在在杨徐村的地位,想到徐家三代人在杨徐村所树立的威望,我觉得心里十分沉重,我不能给祖先丢脸,更不能耽于女色而使徐家的门楼上的"读耕"精神毁断于我手,这个女人的位置和比重一下子给划开了。

我从学堂放学回家,她就怯怯地招呼我:"先生,用饭。"她从来也不敢正眉正眼地看我的眼睛。当我发觉她在注视我的时候,我一回头,她立即把眼光避开了。她不会撒娇,只会烧火、洗锅、刷碗、缝衣、做鞋。我不说话,她也不说话,大约是怕说得不合适。我见了她就没有话说了,所以小厢房里总是静悄悄的。

配偶的不甚称心和夫妻感情的不甚融洽,为新承担的教书工作的热情和兴味所冲淡,我觉得十分喜欢教学。这一方面的如愿与另一方面的不如愿掺和着,我就这么过,也没有感觉到活不下去,生活虽显得古板,却也平静。

我的平静的心境突然被打破了!

这天放学时,天下着雨,大雨点子在院子的积水上打出一片白花花的水泡。大学生们不顾雨大路滑,缩着脖子跑出学堂去了,院子里响起一阵杂乱的扑哧扑哧的脚步声,只有几个小娃娃躲在门口的房檐下,不敢出去。我站起来,舒展一下腰身,走到房檐下,劝那几个小娃娃再等一会儿,雨住了再走。这时候,一个穿着旗袍的女人走进学堂院子来了,撑起的红纸雨伞遮住了她的头脸。我却早已认出,这是杨龟年的二儿媳妇。我返身走回学堂,在椅子上坐下。

这个女人走到学堂门口,她的儿子已经扑到她的膝前,抱住了她的腰。她一面摸着孩子的头,笑容可掬地说:"把这把伞给你先生送去,你跟娘打一把伞行了。"

我立即从椅子上站起,推辞,要她和孩子一人打一把伞,我到雨住了再走。她的儿子把伞放到桌子上,跳出门,她牵着他的手,转身走了,在院子的泥水里,小心地挑选可以下脚的地方,走出院子去了。剩下的三五个小娃娃,大约估计到他们的父母不会送洋伞或草帽来,就冒雨跑了。

学堂里静下来,剩我一个人,看着桌子上那把红色油漆纸伞。我拿起伞掂掂,却嗅到一股淡淡的香味,那是脂粉一类东西的诱人的气息。我坐在椅子上,眼前浮现着两只水汪汪的眼睛,如果不是这样近距离地看见她的眼睛,我真不知道世界上有这样好看的眼睛。她穿一件紫红旗袍,披着卷发,细皮嫩肉,不过二十四五岁,旗袍紧紧包裹着丰腴的胸脯和臀部。我突然奇怪地想,如果我有这样好看的一个女人,难道真的就会荒废学业了?

雨小了,蒙蒙的雨雾从浓密的树梢笼罩下来,院子里昏暗了。我最后看了那把红伞一眼,终于没有用它,锁上门,走回家去。

大约过了十天,或者半月,她牵着孩子的手走进学堂来了。站在我的教桌前,斥说儿子想逃学,她把他亲手牵来了。我让她的儿子归座。她却不走,从腰间摸出一块纸,摊开在我眼前的桌子上,问:"徐先生,这个字怎样念?"

我一抬头,发觉她并没有瞅字,而是瞅着我的眼睛,那眼里有一种令人动心的神色。我忙回答了那个字的读音,就把脸避开了。她笑笑,说声"劳驾"就走出门去了。

从这以后,每当我从杨龟年家门楼前走过的时候,就忍不住扭头瞥一眼那深宅大院了。往昔里,我和父亲一样,是不屑于瞅一眼这角亭式的阔绰的门楼的。瞥一眼,其实什么也没有看到。这一天,终于在门口撞见她了。我向她点一下头,就走过去了,她却又叫了一声:"徐先生——"我停住脚,转过身。

"孩子肚子疼,后晌不能上学了。"

"那好。让娃儿在家养息。"

"缺下课……"

"娃儿病好了,我给补。"

"真麻烦你了!"

"不客气。"

我回到家中,那两只水汪汪的眼睛在我眼前忽闪飘浮;我在学堂,那两只眼睛又在字里行间闪眨……

这天晚上,我回到家,看见父亲脸色不悦,从地里犁地回来,把犁杖重重地磕摔在台阶上。他回到家中,已经和大伯二伯一样亲身躬耕了。是累得心生烦躁了吗?

直到夜深人静,大伯二伯和堂兄弟们都睡定了,父亲终于把我叫进上房里屋,关了门,压住声儿,严厉得怕人:"你和那个臭婊子有啥好说的?嗯?"

我像当头挨了一砖,眼前都黑了,说:"她给孩子请假……"

"我不要你回话!"父亲站起来,可怕的鹰一般的眼睛,"我只想给你说一句,那个婊子再找你搭话,你甭理识!那是妖精,鬼魅!你自己该自重些!"

我低下头,简直无地自容,好像我已经和那个女人真有过什么苟且之事,其实不过就是说了两三次话,都是说的关于她的孩子念书的事,每一次也都是那么简单的几句。我想分辩,解释,不光是父亲盛怒之下,难于容纳,而是我自己感到有口难张,羞于启齿了。

"走吧!"父亲负气地一摆手。

我不知是怎样从父亲住的上房里屋回到自己的厢房的。躺下之后,怎么也睡不着,心里烧躁憋闷,脑袋嗡嗡响。

这个女人,是杨龟年的二儿子在河南娶下的小老婆,因为战事吃紧,送回老家来了。杨龟年压根儿不知道儿子在外已经娶下小婆娘,气得吹胡子瞪眼,无奈那女人引着一个可爱的小孙孙,毕竟是杨家的后代,才收容下来,心里却见不得这个操着异乡口音的女人。那个经明媒正娶的大婆娘对于这个妹妹,更是恨入牙根了。这个女人在杨家,没有援助也没有同情,活得没滋没味儿,村里人说她夜夜都偷着哭哩!村里人不明底细,纷纷传说,杨龟年的二儿子从河南送回来的洋婆娘,是抢霸的一位良家女子;有的却说得截然相反,说她原本是开封府里一家妓院的窑姐儿……云云。

无论父亲的态度怎样生硬,叫人难以忍受,但冷静之后,我就不能不暗暗慑服父亲那洞察细微的眼睛,我虽然没有和那个洋婆娘有任何拉拉扯扯的事,可从心里反省,那双水汪汪的眼睛确实弄得我有点神不守舍。如果不是父亲警告,长此下去,即使不会发展到做出什么有损门风的丑事,也极其危险,任何一点半句风言浪语都可能毁了我,毁了父亲,毁了徐家几代人守节持仪所建树起来的家风……父亲直接砸向我脑门的这一砖头是狠的,也是及时的。

我的心在收缩,被那个洋女人搅起的一缕纷乱的云霓,消散了。我再也不理睬那个被父亲骂作妖精鬼魅的女人,甚至连村中一切年龄尚轻的女人也都一概不予搭理。我不能让桃色亵渎徐家贞节的门楼……

杨徐村解放了。人民政府给杨徐村派来三位先生,真是令我大开眼界。他们穿四个兜的短褂,戴着八角制帽,废止了我的教程,给学生发下西北军政委员会编的课本,设语文和算术课,另开音乐、体育和图画,其中一位年轻的女先生,教孩子唱歌,张着嘴唱呀唱,令我目瞪口呆。

我自动辞职了。没有办法,我不会算术,连那些阿拉伯字也没见过;语文科的新课本,虽然是浅显通俗的白话文,我却教不了。我离开了那个祖孙三代执教的学堂,让位给那三位新派来的新先生了,跟父亲去种地。我的蓝袍脱下来了,做务庄稼穿它太不方便啰!

半年后,一天后晌,我和父亲在村西的官道边的田地里翻耕靠茬地,乡政府的通讯员送来一张通知,要我到城南的师范学校去进修。去不去?敢去不敢去?该去不该去?我拿不定主意,不知该怎么办。父亲也拿不定主意。自从那三位新先生进入杨徐村,父亲不止一次地讥诮说:"蹦蹦跳跳,行走唱唱喝喝,男女不分,见谁都想搭话,啥好先生的样子!"现在他明白,师范学校培养出来的先生肯定都是那个样子,我将来也可能就是那个样子,他拿不定主意了。为此事,他专门走访了一回县教育科,回来后就拍了板:去!

临行的前一晚,我坐在父母住的上房屋里,悉心听取父亲的临行教诲,怎样和先生说话,该当如何与同窗相处,远离家乡,一切都需自己检点。母亲又接着叮嘱生活上的琐屑事,忌食生冷食物,加减衣服要注意。我的那位媳妇呆呆地站在一旁,惶惶不安的样子,一直没有插嘴,这时问了一句:"我该给先生准备哪件衣服出门?"

我一愣。这是一个暂时被父母连同我自己都忽略了的事,该穿短褂呢?还是长袍?我想了想,没有主意。看看母亲,母亲又瞅瞅父亲,看来也是不知该穿哪样才合适。父亲正在桌上磨墨,沉思一下,抬起头来,对我说:"穿蓝袍。"

我有点疑惑:"爸,我看咱村来的那三个新先生,都没穿长袍。解放了,不兴穿长袍了。"

"解放了,没听说不准穿袍子!"父亲讥诮地说,"你看那三位洋先生,穿个短褂儿,又那么短!前裆后臀无遮无盖,有失大雅。为人师表，成何体统！"

结论定局了，穿蓝色长袍，我的媳妇就退出去，准备我明日的行装去了。

父亲已经磨好墨，拔开毛笔帽儿，在砚台盖儿上再三地顺着毛笔尖，然后猛然悬起手腕，在一张硬纸上写下两字：慎独。等得墨迹干涸，交到我手上，严厉而又含蓄不露地瞅着我。我双手接住那父亲题示的嘱咐，夹在那只折叠小皮夹里，装在贴身的内衣口袋里，表示一定要在远离父亲的陌生的环境里，一切都谨慎行事，尤其是独自一人，不在父亲的视觉之内的地方……

第二天晨曦中，我背着行装，上路了。走出村子好远的时候，我一回头，隐约看见村口的大路边，兀然站着父亲的高大身影，因为背向从东山泛出的晨光，他像一截黑黝黝的古塔岿然不动……

我转过身走了，心里忐忑不安，脚步也有点慌匆，等待我的那个世界会是什么样子呢？我无法具体想象……无论如何，这次出门，成了我一生中的第一次重大的转折……

我不会说话，也不会走路了

当我站在教室的前头，班主任把我介绍给全班同学的时候，我简直都要窘死了。

班主任王先生领我走进插着"速成二班"的木牌的教室的时候，整个教室里腾起一阵笑声，笑的声浪几乎把我掀倒了。我立即低下头，这个见面礼太令人难堪了。班主任挥挥手,缓声和悦地劝止大家,不要笑,然后简要地向大家介绍我的名字,年龄,希望大家和我互相帮助,搞好学习。我低着头,对班主任也不满了,面对一个生人,这些人这样狂笑乱说,太没礼仪了呀!你作先生的不予严厉训导,只是淡淡地劝止,像什么话?在你介绍的时候,教室四处仍在嘀嘀咕咕议论,这像什么话?什么教学秩序?太松懈了!

班主任介绍完毕,一位男学生站起来,表示欢迎我加入这个集体,他大约是班长。他也是随随便便的样子:"欢迎徐慎行同学到我们班学习,为速成二班争光,为祖国的教育事业贡献力量!归结一句话:我代表全班同学,欢迎……蓝袍先生!"教室里立即腾起一阵喧闹的声浪,鼓掌声和笑声搅和在一起,乱极了!

我听到班主任王先生也在笑。我不能容忍他的笑,他毕竟是先生。他笑毕说:"同学们不要笑,也不要给新同学乱起绰号……"

我现在才明白大家嬉笑的原因了,笑我的蓝布长袍和头顶的礼帽。我一下子意识到我和所有同学的差异,男生女生一律穿制服或便衫,头顶八角制帽,女生留齐脖短发或双辫儿。在杨徐村,那三位新先生的装束成为众人稀奇和议论的话题,成为我父亲讥诮的怪物。在师范学校速成二班的教室里,我的装束却成为老古董怪物了!好在班主任此时指给我一个空位子,我立即从讲台上走下去,逃脱这个被众人嬉笑着的尴尬地方。我走到座位跟前,那个桌子上坐着一个女生,她朝我笑笑,表示欢迎与我同桌。我的心里猛地一跳,这女生长得太漂亮了,又是一双水汪汪的眼睛。我不敢多看一眼,脑子里立即反射出杨龟年二儿子从河南遭返回杨徐村的那个洋婆娘来,立即反射出我的父亲的警告:妖精! 鬼魅! 关于这个同桌女生,这个妖精鬼魅,却成了对我一生影响深重的人,我后头再说和她的纠葛吧!

我不看她,在自己的座位上坐下了。从书袋里取出学习用具,放在桌子抽斗里。这时,我的头皮一凉,礼帽被谁摘掉了。

我临行前刚刚剃过头,光光净净的秃头一定很难看,教室里又响起此起彼落的笑声。欺人不欺帽! 我生气了,愤恨地扭过头,寻找恶作剧的人,我甚至不惜要撕破面皮,给他个对不起了,哪有这样开玩笑的?我没有找到帽子,却看见一张张开心的笑脸全都瞅着我的旁边。我一回头,看见礼帽正戴在她——我的同桌的头顶,装模作样地向大家扮着鬼脸。

我不知所从了。那顶黑呢礼帽扣在她的头顶,底下露出一排长长的黑发,似乎不觉滑稽,倒使她显得十分好看了。我聚集在心里的火气发不出来了,也不好意思从她头上动手取过来。正在我犹豫的短暂一刻里,不知后排谁从她的头顶揭去了,戴在自己的头上。之后,我的礼帽就被许多手抢来夺去,轮换戴在男生和女生的头顶。我无法忍受这样的侮辱,生气地端坐在凳子上,负气地不予理睬了。

她大约终于感觉到自己的行为有点过分,离开座位,从教室的一角里抢到帽子,从背后过来,扣到我的头上,说声"对不起",就坐下了。

我一动不动,也没看她,以无言表示我的气怒。太没教养了! 一个大姑娘,刚与人见第一面,就把别人的帽子抢过去，戴到头上，像什么话？疯张野教！

还有使人难堪的事，吃饭要赶到饭堂去，端上饭碗，拿着筷子排队，依次到窗口去打饭。我站在队列里，心里很别扭。前头已经打了饭的学生，因为没有餐厅，一堆一伙蹲在院子里，一边吃饭一边说笑，女学生也夹在一堆，张着填满饭菜的嘴巴笑。我很不舒服，这些经过两年速成进修的男生女生，很快都要为人师表了，却是这样不拘礼仪。我在家时，父亲自幼就训诫我关于吃饭的规矩，等上辈人坐下后，自己才能坐；等别人都拿起筷子后，自己才能捉筷；等别人动手在菜盘里夹过头一次菜后，自己才能夹；吃饭时不能伸出舌头，嘴也不能张得太大，嚼时不能有响声；更不能在填着饭菜时张口说话。现在，瞧这些将来的先生们吃饭时的模样吧！张着嘴笑的，脸颊上撑起一个疙瘩的，满院子里是一片吃喝咀嚼的唧唧嚓嚓的声音，完全像乡间庄稼人在村巷里的"老碗会"，没有一点先生应有的斯文。

我打了饭，捧着碗，怎么也蹲不下去，就索性端回教室里来。走过一排排教室，我听见背后有压抑的嘻嘻的笑声，猛一回头，看见屁股后头尾随着一串同学，在模仿我走路的姿势，挺着腰，仰着头，迈着可笑的八字步……他们轰然大笑了。我真没办法，我觉得他们粗野无礼，他们却觉得我好笑，处处拿我开心哩！我回到教室，气得食欲也没有了。

我至今忘不了我在师范学校集体宿舍里度过的第一个夜晚。

这种集体宿舍，我第一次见到。一排房子，两边开窗，钉成两排木板通铺，中间留一条走道，楼上又有一层。每个人把自己的褥子折成窄窄的一绺,挤挤拥拥铺满了床铺。我在我们班的辖区里铺上了铺盖被褥。天气虽是深秋季节,却不见冷,一个个小伙子,脱得只穿一条裤衩,在走道上擦洗,光着身子把脏水倒到室外的渗水井里。

我心里更觉别扭,坐在床铺上,看着一个个男性特征暴露无遗的身体,很替他们难为情。我自懂事以后,就没有在外边过夜。即使夏天,父亲也不许穿短袖和短裤,连布袜布鞋也要穿戴整齐,不许不能暴露的肌肉露出来。现在,看着这么多赤裸裸的男性肌体,我更觉得难于当面脱下衣服,解开裤带了。

我悄然脱衣,迅速钻入被筒,却无法入睡,嬉笑吵闹声像戳乱了麻雀窝,好多人逞能说笑,引逗大伙发笑。

熄灯铃响过,马灯被宿舍长一口吹灭,宿舍里静下来。

一个细小沙哑的却是清晰的声音在宿舍里传播,像人们在夜静时听到的国外电台的播音——

"南山里有座古寺院,住着一个老和尚和一个小和尚。老和尚领着小和尚,终日念经诵道,修身养性,一心要修行成仙。小和尚原是老和尚拾来的被人遗弃了的一个孤儿,无家无根,在老和尚膝前长大了。老和尚对他十分钟爱,管教也非常严格,每逢正月十五古寺的香火祭日,就把小和尚推到后殿,锁起来,不许他看见进香的女人,以免诱惑。小和尚长到二十岁,还没见过异性,十分纯真。老和尚非常得意自己培养出一个心灵纯净的真人,绝不会被世俗的情欲所浸染。

"为了试验这个小和尚的纯洁性儿,老和尚领他下山来,走进了繁华热闹的西安东大街。

"老和尚突然发现,小和尚不见了,一回头,小和尚站在十字路边,呆呆地盯着一个漂亮女子出神,口角的涎水掉到胸膛上。老和尚一见,气得脸都扭歪了,急步走上去,又不好当着大街上的人发作,就狠狠地说:'那是魔鬼!'

"小和尚傻乎乎地笑着:'魔鬼多可爱呀!我要一个魔鬼……'"

宿舍里,楼上楼下腾起一片压抑着的笑声。我的心里一悸,似乎那个说故事的人,是专门影射我的编撰。那个沙哑的声音还在继续——

"老和尚领着小和尚回到寺院,狠狠教训了三天三夜,说那个魔鬼如何可恶,可憎。小和尚不知心里如何,嘴头上表示憎恶那个魔鬼了。老和尚平气之后,就想到自己教育方法上的缺点,只采取隔离的方法不行,应该让小和尚在女人窝儿里锻炼出铁石心肠来。

"老和尚在进香之日,让小和尚和自己一样盘腿坐在祭坛两边,合手闭目。为了试探小和尚看见进香的女人是否春心浮动,他在小和尚的腿上平放了一面鼓。为了避免小和尚的疑心,他给自己的腿上也放了一面鼓。

"进香的女人络绎不绝,老和尚微微启动眼皮,看见小和尚两眼闭得紧紧的,自己就合上眼。不一会儿,老和尚听到对面'咚'的一声鼓响,心里一震,暗自骂道:'这小子春心动了!算我白费了训诫的功夫!'睁眼看时,那小和尚的眼还是闭得严严的,嘴角流出涎水来了。正气恨间,又连续听到两声鼓响……

"进香完毕,游人走尽。老和尚追问:'什么东西敲鼓?'

小和尚低头不语,羞惭难当,不好说话。

"小和尚十分佩服师父练成了真功,始终未听到鼓响,就跪下请罪。请罪之后,还不见老和尚起来,他就献殷勤,去搬老和尚腿上的鼓。不料——鼓的那一面,被戳了个大窟窿……"

突然爆发的笑声,终于招来了值勤师父的禁斥。

我的脸上热臊臊的,这些没有教养的人,将来要做为人师表的教员,却在宿舍里讲这样下流的故事,太粗野了!我总疑心故事的说者,是在影射我,不,简直是侮辱我的人格!

我很苦闷,孤单。我走路,有人在背后模仿,讥笑;我说话,有人模仿,取笑;我简直无所适从,连说话也不知该怎样说了,路也不会走了。我最头疼的是音乐课和体育课。我一张口唱歌,大家就笑,说我的声音是"撇"音,连音乐老师都笑。体育课更难受,我穿着长袍接受体育老师的篮球训练时,体育老师先笑得直不起腰来……每逢上这两门课,我就请病假。

漫长的一月过去了,我没有快乐,也没有温暖,一切习性全乱了套,为了躲避众人的讥笑,我整天待在教室里不出门,以避免外班的学生的讥诮的眼光。我失去学习下去的信心了,想想两年时间,真是难得磨到底。我终于下决心退学,回家当农夫务庄稼去。

早晨一进教室,我看到后墙壁的黑板前,围着好多同学在观看。这块黑板是"生活园地",登载本班的好人好事的宣传阵地,大约有什么消息了。我走到跟前一看,在"新同学简介"栏内,写着一段取笑我的话。因为这个速成班的学生,参

差不齐,不断地有从各方介绍来的学员插入,所以这儿开了一方"新同学介绍栏"。有人把介绍我的文字做了修改,变成这样:

"徐慎行,字孔五十六。男性,二十三岁。籍贯:山东孔府。人称蓝袍先生,实乃孔家店的遗少……"

整个教室里的同学都咧着大嘴朝我笑。

我不好发作,走出教室,向班主任请了病假,回来收拾了书籍用具,就向班长说一声请过病假的话,回到宿舍。

我捆了行李,在校园里静寂下来的时候,背起行装,从后门走出去。匆匆走过学校所在的山门镇的街巷,就沿着小河的低矮的河堤向东走去。我像抖落了满背的芒刺,终于从那些讨厌的讥诮的眼睛的包围中逃脱了。说真的,他们看不惯我,我还看不惯他们哪!他们容不下我,我心里也容不下他们那些粗野少教的行为!

走着走着,我听到背后有人呼叫我的名字,而且是一个女人的声音。我一回头,就惊奇地站住了,我的同桌田芳正气喘吁吁地奔上来。

"你……为啥要走?"她奔过来,站住,双手叉腰,气喘不迭,水汪汪的眼睛里,气愤,惊讶以及素有的柔情,"嗯?偷跑了?"

"我不想进修了。"我心死而气平。

"那不行,你得回去跟班主任说一声。"她放下一只手,另一只手还叉在腰里,"连纪律性儿都没有!"

"你是什么人?"我不在乎,"管我?"

"我是班干部!"她理直气壮。

我才记起,她是班里的宣传委员。我不屑地笑笑说:"我要回家务庄稼去了!"

"国家刚解放,到处缺乏人民教员。"她说,"政府到处搜集有点文化的青年,集中培训,也满足不了乡村学校的需要。你倒好……当逃兵!"

我想,既然国家这样需要我,你们为什么欺侮我?我依然瞅着远处,执意要走。

"共产党毛主席领导我们闹革命,翻身了,解放了,自由了!大伙在一块学习,多高兴!"她在给我宣传,"咱们班的同学,都是些穷人家的孩子,要不是解放,能这么自由吗?你怎么能回去呢?"

这些大道理,早听惯了,然而由她一泻而出,却不是说教,有真情在。她见我还不回头,就从我的背上扯被子,说:"我从山门镇看病回来,看见你从街东头走出去了,我就撵你。我不撵你,我就失掉班干部的责任心了。你要是一定要走,也该跟我回去,给班主任打个招呼……"

我只好跟她走回学校。

自由多么美好

从师范学校的操场上朝南望去,可以看见挺拔雄伟的秦岭的峰峦;从眼前逐渐慢坡增高到山根的广阔的平原上,星散着大大小小的被树木的绿叶笼罩着的村庄;小河川道里,挑着稻捆的农民从木板搭成的便桥上忽闪忽闪走过去;田间小路上,农民拉着装满苞谷棒子的小推车朝邻近的村庄走去。沉到平原西部的太阳,在落沉下去之前,向平原上的人们投射过来热情的最后的一瞥,把瑰丽的红光洒满村庄、田野、河水和挑担拉车的农民的脸上,秦岭陡峭的崖壁上红光闪耀。

我坐在操场边角的草地上,温习算术。我的语文课似乎不成多大困难,算术就吃劲了。因为是速成班,课程相当重。要命的是那些实际并不复杂的算题,我用心算就可以得出正确的结果,可是一用算术的严格的算式计算,就全乱了套。我自然把学习重点搁在算术上。

"呀!你找了个好清静的地方!"

是田芳,不用抬头也听得出她的声音,不过,我还是昂起头来,而且很快。我慌忙站起,看着她抿着嘴嗤笑着,倒不知该说什么了,该请她在草地上坐下呢?还是就这么站着?我对女性有一种无法克服的惶恐感,一见着女人,尤其是单独和一个漂亮的女人在一起,我总是感到心里很紧张。

"跟你商量一件事。"她说。

"好的好的。"我诚惶诚恐。

"坐下谈吧。"她先坐下来,"这么站着多难受。"

我在离她三两步远的草地上坐下,拘束得手脚不知该怎么摆才好。她似乎很自在,双手拘着膝头,坐得很舒服,看着我,像欣赏一只惊疑不安的小兔子。她说:"想请你给咱们的'班级生活'板报写字,你愿意服务吗?"

她是班委会的负责宣传工作的委员,编排更换教室后墙上那块"生活园地"板报。我忙说:"我……当然愿意服务。只是我的字儿写得欠佳。"

"'欠佳'！只是'欠'一点。"她笑着，没有什么讥诮的意思，抠我的字眼，"我的字写得根本说不上'佳'不'佳'！"

"我写得不好。"我已经注意自己口头用语中那些文绉绉的词句，尽可能和大家一样用生活常用的词儿，一紧张时就又冒出一个半个生涩的词句来，"真的，我的字写得不怎么好。"

"你的字写得多漂亮！"她感叹着，流露出欣然羡慕的神色，"咱们班主任王老师都说你的字儿比他写得好，在整个师范里，也是首屈一指。你还谦虚什么呢？"

我没有再做谦让的姿态。她真诚地对我的书法的赞扬，尤其是由她传递的班主任王老师的溢美之词，使我很受鼓舞。我的字，从五六岁时起，父亲就有计划地对我进行训练了，先照父亲写下的影格描摹，然后临帖，先柳后欧，先楷后草，常常因为我一撇一竖不像真柳真欧而训斥我。在这个速成班里，我的字是无与伦比的。我说："我尽力为之。"

这件事已经谈妥，我想她该走了。她却坐着不动，忽然盯住我的眼，问："你为啥一天到晚不和我说话呢？"

我的心里又一悸，这样直截了当的问话，使我措辞不及，不知怎样回答。班主任王老师指定我和她同坐在一条长凳上，共用一张桌子，至今有两个月了，我没有主动和她说过一句话。到底是什么原因呢？我自己一时也说不清楚。

"我文化水平低。"她说，"你瞧不起我吧？"

我遭到误解了，连忙说："我……没有没有！"

"那……我是老虎、是魔鬼吗？"她讽刺地说，"怕我吃了你！？"

我的脸轰然发热了,不由得低下头。我想起了在宿舍里听到的那个老和尚和小和尚的故事,老和尚威吓小和尚时把女人说成是魔鬼,我似乎就是那个可怜的小和尚了。我和她坐在一条长凳上,听讲或做作业,我从来也没有敢大胆地扭过头去注视她的脸。她长得太漂亮了,漂亮得使我不敢看她的那双水汪汪的眼睛。我只是在她不在意的时候,装作漫不经心地注视过她的眼睛和脸膛,其实我很想和她说话,和她对视,像她和班里的任何男生一样大大方方交谈或者开玩笑。我不行。越有这样的想法,我却越要摆出一副毫不在意毫不动心的神态。我的心里有一道森严的壁垒,坚硬的外壳,对一切异性实行习惯性的排斥与反弹,我只好掩饰说:"我这人……不善辞令!"

"好啊!'不善辞令'!"她笑了,"你何必那么拘拘束束呢?你自个不觉得难受吗?我呀!一天不笑几场,不唱几场,心里就憋得难受。"

"我太……古板。"我说。她的话正说到我的痛处,其实我比她说的还要痛苦。我被她拉回学校,班主任王老师在班里严肃地批评了那位恶作剧的学生,大伙也不再当面把我当作笑料了,可也没有人和我亲近,我的孤寂的心并没有得到拯救。我说:"我不会交际……"

她笑着,恳切地说:"咱们速成班,在一块不过两年,大家难得遇在一搭,毕业后就各自东西南北地去工作了,再见面也难了。你甭摆出那么一副老学究的样儿好不好?甭老是做出一派正儿八经的样儿好不好?走路就随随便便地走,甭迈那个八字步!说话就爽爽快快地说,甭那么斯斯文文地咬文嚼字！你看……我心里有话都端给你了！"

我难为情地笑笑。我想象不出,我斯斯文文说起话来和迈着八字步,走起路来的样子究竟可笑到怎样的程度,却明白大伙对我摆出正儿八经的老学究的样子是不屑一顾的。我想告诉她,走惯了八字步倒不会随随便便走路了,咬文嚼字的说话习惯也难于一下子改过来,我的父亲苦心孤诣给我训诫下的这一套,像铁甲一样把我箍起来。我说:"改是要改,一下子还是改不掉!"

"先把你的蓝布长袍脱了吧!"她说。

"那我穿什么?"我问。

"'列宁服',而今时兴。"

"我能穿'列宁服'吗?"

"当然能。"她肯定地说,"你正年轻,身段也好,穿一身'列宁服',保险好看。"

"有卖现成的吗?"我受到鼓舞,尤其她说我身段好,肯定在她看来,我的身材长得并不难看,"山门镇上能买到不?"

"你把长袍改一改。"她说,"山门镇上有个裁缝铺,花一点钱改成'列宁服'还能省一点。"

"那我现在就去!"

"咱们一块去,我给你参谋。"

三天以后,吃罢晚饭,回到教室,她向我挤一挤眼,使我有一种暗中默契的喜悦。她在和我到裁缝铺去改做衣服回来时,给我说,暂时保密,一俟"列宁服"穿到身上,让速成二班的男女同学大吃一惊吧! 我知道她挤眼的意思:今天是取衣服的时限日。我早已按捺不住一种稀奇的心情,就和她走出学校的大门。

那个秃顶的老裁缝,取出改好的衣服,又取出剩余的布头,交给我。

"试试。"她说,"看看合身不?"

我有点难为情,当着她的面脱袍子,不大雅观,就说:"我回去试。"

"在这儿试试,有不合尺寸的地方,老师傅看了也好改。"她说。

"试试吧!"老师傅也这样说。

我不好推辞,就背过她,脱下蓝布长袍来,尽管我袍子下有两层衬衣衬裤,心里还是止不住惶惑,似乎这蓝袍一揭去,我的五脏六腑全部暴露无遗了。

她提起那件改制的蓝色"列宁服",帮我穿上,又帮我结上纽扣,我感觉到了那只灵巧的手指的温柔。我一低头,胸前两排纽扣,一排是扣着的,另一排完全是装饰品,两条宽大的领条分别摆在脖下两边。

"到镜子前头去照照。"师傅说。

我站在穿衣镜前,自己看见了陌生的自己,竟然不好意思了。说真的,我在镜子里第一次发现,我的模样是很俊的,眉骨耸高了,脸上的棱角也明显了,再不是像我父亲骂我的那样一种女子气儿的少年了,只是那个酒窝,在我不好意思的羞怯中又隐隐现出来。我看见她站在我背后,一眨不眨地看着镜子里头的我的脸,她发觉之后,有点惊慌地摆开头去了。

"挺好。"她说,"刚合身"。

我听到她的话,有点不满足,甚至怅然若失。她怂恿我改做衣服时,曾经热烈地赞扬过我穿上"列宁服"一定很好,因为我的身段好。我现在穿上了,自己已经觉得确实很好的时候,她却平淡地只说"挺好。刚合身"。我希望听到她热烈的欢呼,却没有了。

无论如何,我感到一种从来没有过的轻松。我像卸下了钢铸铁浇的铠甲,顿然感到浑身舒展了。天呀! 走出裁缝铺的门,踏上山门镇石板铺成的街道,我居然不会走路了! 脱掉蓝袍,穿上"列宁服",那个八字步迈不开了,抬脚举步十分别扭。她刚出门,看着我的走路的样子,扑哧一声笑了,像是压抑了许久似的,我才理会了,她在裁缝面前保持着与我的谨慎的距离,不敢说出太热情的话来。

"呀! 衣服换了,路也不会走了!"我也自嘲地说。

"放开走! 随随便便走! 想蹦就蹦起来!"她说,像是和谁赌着气,"你敢不敢蹦起来? 试试你的胆子,徐老先生?"

她在激我,开我的玩笑,我心里一急,伸手在她肩上打了一下,立即就愣住了。天哪! 简直不可思议,在这个栈铺拥挤的街镇上,我居然和一个女生打打闹闹!

"好啊! 蓝袍先生敢动手打一个女学生了! 真是进步了,解放了!"她讥诮地斜过我一眼,使人感到亲切的讥诮呀! 她说,"再勇敢一点,蹦起来!"

我鼓了鼓勇气,连着蹦起来三次,蹦起来,挥一下手臂,落到地上的时候,我脸红耳赤,索性不去看街道上那些市民的脸色。我对她说:"我今天才解放了!"

"对对对!"她连声附和,也很激动,"为啥不蹦呢? 为啥不说不笑不唱呢？旧社会，尽让别人尽性儿蹦了，尽情儿笑了唱了，而今解放了，轮着我们妇女了！"

"我可不是妇女！"我分辩说。

"你比妇女还封建！"她哈哈笑着。

"我究竟是什么且不管，"我也笑着说，"反正我自由了！自由多么好哇！"

"唱歌吧！"她说，"有勇气，跟我唱着走过去！"

"我不会唱……"我不承认我没有勇气。

"跟我顺着溜吧！"她说着就唱起来。我和她并排走着，顺着她唱的音调溜唱：

> 解放区的天是明朗的天
> 解放区的人民好喜欢
> ……

临近校门的时候，她突然站住，回过头来，煞有介事地说："你把八字步全忘了！"

我心里一惊，真的，唱着歌走过街道的时候，我的脚步从八字步里解放了，自由了！

第二天，我按照她的吩咐，在教室后边的黑板上换写"生活园地"的内容。她把一篇编成的稿子交给我，我要按照这篇稿子的内容和长短安排版面，在阅读这些稿子时，我发现了一个刺眼的题目：

蓝袍先生穿上了列宁服

我问："谁写的？"

她说:"我。"

我不知我为什么要问谁写的!如果不是她写的,我就不愿意让它公之于全班?我自己一时也说不清楚,反正我捏着粉笔走向板报了。

整个教室里,为这篇文章欢腾起来。

还　俗

田芳一天没有来上课,我的心里很不自在。

她病了,躺在女生宿舍里,一整天也没有进教室的门,也没有到饭堂里去吃饭。我看见班里几个女生在一起,给她打饭,送饭。我问一个女生,田芳怎么了?要紧不要紧?她支支吾吾,只说病了,像是有意回避别人的关心,我也不好意思再问下去。

我感到孤单了。一只长条课桌,过去坐着我和她,两个已经成年的速成班的大学生,感到了拥挤,也感到桌子的面积过于狭窄。现在,我一个人坐在长条凳上,觉得这桌子太宽绰了。

她的书籍和作业本子静静地躺在桌斗里,墨盒儿寂寞地蹲在桌子的右角上,这些被她的手指抚摸、使用过的工具,全都失去了生气,使我看见时就有一种惆怅之感。我挪过那只四方形的黄铜墨盒,打开,垫着的丝绵团儿上留下她用毛笔挤压的坑凹,墨汁干了,我把刚刚磨好的一砚台墨汁便倒了进去,干瘪的丝绵团儿被墨汁泡得膨胀起来。我把墨盒合上,重新放到她自己平常搁置墨盒的固定位置上——桌子靠墙边的右角上。我忽然在桌子与墙的夹缝里发现了一根头发，就用手指轻轻儿抽出来。

头发很黑，像墨，又很柔软，这是从她的头上脱落下来的，她自己大概很不注意，更不可惜，她有那么多的黑乌乌的头发，垂在脸颊和后肩上。我忽然真切地感到了用手抚摸她的脖颈上的头发的印象，就把那根头发悄悄地夹在日记本里。

没有了田芳的速成二班教室里，也显出明显的差别来。往常上课之前，教师走进教室门之前的三分钟的等待中，田芳领大家唱歌。她从我的耳畔唱出一支歌的头一句，叫声"一、二"，于是教室里就腾地响起歌声来。我分明感觉到她口中掀起的轻柔的气浪对我的耳朵和脸颊的冲击，随之就跟着大家唱起来。今天，第一节课前，因为没有人领唱而默然了，第二节课开始前，由班长临时代替田芳领唱，我总觉得有点别扭，燃不起大家唱歌的热情，纵然唱起来了。歌声却死气沉沉，缺乏生气。

我坐在课堂上，眼睛瞅着在讲台上讲得满头大汗的老师，心里却想，田芳病得一定很重，她那样热情奔放的人，怕是不病到十分厉害的境况，是不会躺下的。宽大的集体女宿舍里，现在只躺着她一个人，一定很孤寂，我要是陪坐在她的床边，肯定会使她的心情宽舒一点。我也乐于坐在她的旁边的。

我决定在午休时去看她。好容易上完四节课，草草吃完午饭，我回到教室，放下碗筷，班级篮球队长拉住我，要我写几张篮球比赛的布告。我只好埋头书桌，拔开毛笔。

球赛是一场校际比赛。由我们速成二班对县中的校队。我们班的篮球队是师范的冠军,威震县城。我们的篮球队队长有一个雄心勃勃的计划,要征服县城里的所有单位的篮球队。我已经迷上篮球运动了,虽然我的球技水平根本不够上场的资格,却是这支生龙活虎的球队的一个不可或缺的成员。我每次写海报,我的字是可资赢人的,即使在藏龙卧虎的古县城里,我写的海报前常常围着一堆并不喜欢篮球运动的遗老遗少,品评我的墨迹,使速成二班的篮球队也增加了半分光彩。我的主要职责是替运动员们当衣服架子,他们上场时,匆匆地脱下衣衫或裤子,甩到我的怀里,我一律搭到肩上,不会弄脏,也不会丢失。我从开场一直看到结束,从不中途退走,让运动员放心。篮球赛结束后,我替他们用网袋背球儿,和他们一边议论着刚刚结束的战斗,走到小镇街道外边的小河里,洗一洗。为此,篮球队长破例吸收我为篮球队的球员,虽然根本不是指望我上场。我穿上了一个最大号码——26号的背心,胸膛上有两个用红布扎成的大字"速成",既是我们班的班名,又意味着在赛场上速战速决的作风,自然是我的笔迹。

写完海报,我就急忙往女生宿舍走去,下午有球赛,我不能不去,缺了我,队员们的衣服搁哪儿去!走到女生宿舍门口,我有点犹豫起来,那个门里是女性的独立王国,即使再开通的人,甚或是冒失鬼,也会在这个门前放轻脚步,思考一下。我从来也没有进过女生宿舍,倒有点丧失勇气了。

"噢呀!慎行,快来!"我们班的王艾艾正好出门来倒水,看见我,快嘴快舌,"田芳刚才还问你哩!"

我的所有顾虑全都在王艾艾的几句话中烟飞云散了,跨上台阶,跟着王艾艾走进门,由她引着我一直走到田芳的床铺边,我却急得说不出一句话。

她倚在被子上,向我笑笑,说其实并不要紧,明天就可以上课了。我已学得稍微聪明了,知道女同学有些不便说出口来的疾病,也就只是关照她按时服药,悉心养息,不问病症。

我坐在她旁边的床边上,看见她的脸色有点黄,眼圈上有一道模糊的晕圈,头发有点散乱地压在被子上,病容的脸颊似乎更加婉丽动人,令人陡生怜惜之情。我忽然想到我早晨拣到的她的那根头发,不由得心悸了一下,竟然觉得鼻腔酸喷喷的,看着左右坐着的本班的几位女同学,我强忍住涌动的眼泪。

"我刚才还问你哩!"她淡淡地笑笑。

"有啥要我做的事吗?"我问。

"离元旦剩下一月时间了,校学生会要各班给元旦晚会准备节目。"她款款地说,忽然眼睛一亮,"咱们班出四个小节目,一个大节目,想排《白毛女》,让你参加演出……"

"啊呀!天爷!我……"我惊慌地摆手。

"其实,你的嗓子挺好的,只是没有训练。"她并不急,似乎早就料到我的反应,依然缓缓地说,"把嗓子练顺了,声音挺好。"

几个女同学也都附和着,说我的嗓门不错。我从来也没想到过登台演戏,很不踏实,仍然推辞。几个女同学七嘴八舌,简直说成了非我莫属的情况。王艾艾问:"派他支哪个角儿呢?"

田芳笑笑说："黄世仁,怎么样?"

"不行不行!"我腾地红了脸。

"他不用排就会迈八字步!合适合适!"王艾艾冲着我,在走道上转起八字步,"慎行呀!演吧!"

"这次演出要评奖。"田芳说,"咱们要给速成二班争取荣誉。"

我忐忑不安地垂下头。

"我病好了咱们就开始排练。"田芳说,"你甭怕,我给你排戏!"

我支吾一声,自己也没听清说的什么。我想推辞,又怕她不高兴;接受吧,又实在觉得是笨鸭子上架,太难为了;想到在排戏的较多的课余时间里,我可以和她在一起,又觉得十分快乐,于是就算默认了。

我坐在她的床边,明显地感觉到女生宿舍的异常气氛,比男宿舍干净,整洁,飘着一丝淡淡的粉脂的气味。诚恳地劝慰她安心养病,我就告辞了。

晚自习时,我隐隐得知,田芳的家里大约出了什么事。她的父亲昨天到学校来找她,送走父亲时,有人看见她和父亲憋着气,晚上在宿舍偷偷哭过,今天早晨就起不了床了。究竟发生了什么事,她没有给谁说过,属于一种猜测。

我想不出她会有什么大不了的事。

第二天早晨,她来上课了,我的心里竟是一种急切的期待之情。上早自习了,好多同学从教室里走到外头去,在庭院里的柳树下,在学校的围墙根,朗读或者背诵语文课文。我也喜欢在院子里早读,空气清爽,也不干扰别人。今天早晨，我没有出去，就坐在位子上，我在暗暗等待着田芳来上课。

她来了，走进教室时，屋里的几位同学都和她打招呼，问候她的病情。她笑笑，一律表示感激，说自己今天精神好多了，不要紧了。

她向自己的座位走来，我已经早早站起，像是迎接她归来。她走到我跟前，照例笑着，坐到靠墙的位子上。我忘了问她病况，也随之坐下，心里很踏实了。

"头不疼了吧？"

"不疼了。很好。"

她说她好了，我就再也找不出什么问候的话，不说又觉得心里别扭，很想说上一番热心的关照的话："天气凉了，要注意冷暖变化，甭大意。"

她有那么不长不短的一会儿时间，以一种异样的目光盯着我的眼睛，听我说话，忽而眼睛一闪眨，那种异样的光消失了，又恢复了和一般同学说话时一样普通的神色。那种异样的目光出现的时候，我的心忽闪忽闪跃动了，胸腔里阵阵发热，像一束电石的火光闪灼了一下，我有生以来从未有过的一种奇妙的心灵颤动。

"谢谢。"她说这句话时，虽然是诚恳的，却没有那种撞动我的心灵的目光。

又过了两天，晚饭后，她召开第一次排演会议，所有参与演出的演员和伴奏、服装、道具人员都参加了，四十来名学生的速成二班，几乎人人都派着了用场。伴唱组的女生，伴奏组的拉胡琴的，打大鼓的，敲锣打梆子的，人才应有尽有。那个拉头把胡琴的打大鼓的,男同学,原先当过吹鼓手,喇叭和铙钹,全都能来两下,由他负责伴奏组的训练,缺少的人才由他教导。

我被分配演黄世仁,竟然成了真的。田芳饰演喜儿,在剧中我和她处于两个对立的阶级的地位,毫无感情上的共鸣,使我很遗憾。我甚至忌妒起班长刘建国来,他演大春,正面人物,脸上抹红,又有许多和喜儿表示特殊感情的戏剧情节。我还是服从了田芳的分工,使她不致为难,再去调整扮演角色,浪费时间。而要在一月稍多点的时间里排出这一大本戏来,真是够紧张的。

田芳表现出她的对于文娱工作的非凡的组织才能。她要求在五天内全部背过唱词,一周后在一起对词,下来花十天时间排演动作,第四周结合伴奏全面排演。她精神振作,热情极高,同学们都愿意听她的吩咐。

她是够忙的了,既要指挥大家排演,又要自己支角儿,而且是贯穿全剧的主角。我们每个演员,在背会唱词以后,就给她打招呼,向她面背一遍。然后,她一边弹风琴,一句一句给我们教唱词,一句一句纠正音韵不准的唱段。我看不到她自己背诵喜儿的唱词的时候,但我并不担心,似乎整个剧本早就扎在她的脑子里。

黄世仁的唱词儿不多,却有点怪腔怪调儿,唱起来十分咬口。《北风吹》和《红头绳》两段,几乎每个同学都会哼会唱了,而生活中很少有谁喜欢哼一哼黄世仁的腔调的。我对扮演黄世仁这个角儿的兴味提不起来,音调更觉得唱不准了。

"甭急,慢慢来!"

她用脚踩着风琴踏板,双手按着琴键,侧过头来,对我说。大约是看出了我的不耐烦情绪,反倒不厌其烦地和着琴声,唱了一遍又一遍,给我示范,给我纠正。我一边跟着独唱,一边盯着她弹琴的动作,端庄,自然,优美,我的心情很快就稳定下来。

我的热情陡地高涨了,精神异常兴奋,心情特别舒畅,几乎每天晚饭后总是第一个走进学校的小礼堂,这个临时借用的排练场,替她做些组织工作,做些零碎的杂事。由她提议增补我为剧团的副团长,大家一致拍手赞同。我和大伙相处得很好,进入我来到师范学校之后的最佳精神状态。

新年临近了,排练也进入最后的关键时刻。一场意料不及的事发生了,田芳——我们剧团的团长,《白毛女》剧中的灵魂,被什么一时搞不清的野蛮的家伙绑架了,在师范学校酿成了一场严重的"田芳事件"……

拳 头 之 歌

上午的后两节课是作文。王老师在黑板上写下《第一场雪》的题目之后,简单地提示了几句,就走出门去了。

我正在起草稿,忽然看见一个老头走进教室门来,肩头背着褡裢,脸上冻得皱巴巴的。在教室里瞅着一个个男生和女生低垂写字的脑袋。我看他那倔倔的神气有点可笑,这是谁的家长来了呢?他瞅了半天,也没有瞅见要找的对象,就叫道:"芳芳!"

田芳猛地扬起头,急忙搁了笔,显出慌慌的样子,离开座位,从走道上走到前头,把老头儿引出教室去了。

那老汉大概是她的父亲,我猜测,从他叫她名字的口气儿可以判断出来,村乡里那些老农民,叫自己的亲生儿女时都是这种神气,而且不分场合,一律像是在自家屋里呼儿唤女。他来找她,并不稀奇,班里的同学从四面八方汇拢到这个小镇上,一律住宿,一年半载不回家,常常有这个那个的家长找到学校来,少数是家里出了事,父亲或母亲病重了,需得回去看看;多数是给儿女送衣送钱,借机看看自己可爱的儿子或女儿。

田芳跟她父亲出门以后,我的心里却不安了。她的父亲找她,我有什么好说好想的呢? 自己也奇怪了。她抬头看见她父亲的那一瞬间,眼里泄出一道惊恐的神光,随之转换为一种憎恶的气色了,随之一切都消失了。她的父亲,即使猛来乍到,也不应该令人那样惊恐吧?更不应该有憎恶的样子显现。我猜不出其中原因,心里却有点焦躁,有点担心。

我竟而至于不能继续描绘入冬以来第一次降雪的壮丽景色了,越想,心里越加焦躁了。人对于可能发生的祸事是不是有一种先兆性的心理反应,我说不清,反正我心里已经毛躁得难以在作文本的小格子里写字了。

我拿起茶杯,佯装到水房里去打水,走出教室,甬道上没有田芳和她父亲的影子,一排排教室里,传出这个那个教员的讲课的声音。她大概把父亲引到宿舍里去了,我在水房里打了水,慢步朝回走,忽然看见打铃的校工刘大根跑过来,朝我说:"你们班的田芳给人拉走了!"

"谁?"我大吃一惊。

"一帮人!"刘大根说,"我从街道上过来,碰见一帮人把她往马车上拉!"

"在哪儿?"我的心里涌起一股火来。

"山门镇南头……"

我甩了水杯,拔脚就跑了。我懵了,闹不清究竟是怎么回事,那个叫她的是什么人呢?她为啥要跟他走呢?我只觉得她不能被拉走,怎么会有这种事呢?我奔出校门了。

街道上似乎有人已经在议论什么,我直朝小镇南头跑去,果然看见围着一堆人,议论纷纷。我奔到跟前,大车上站着七八条大汉,扭着田芳,田芳在挣扎,又跌倒在车帮上,几个人趁势压住她。我大喊一声:"不准抢人!"田芳猛地回头,哭喊:"快——慎行……"赶车的人大约感到事不宜迟,"哗"的一声甩起鞭杆,马拉着大车跑起来了。

我追着马车跑。马车跑得并不快,我追到马前头,面对奔马,毫无办法,我自小没有摸过牲畜,更不会驾车,不知怎样才能使奔驰的马车停止下来。那个赶车的汉子,一挥长鞭,我的头顶一声响亮的鞭声,鞭鞘正抽在我的左脸上,火辣辣地疼。在我被抽得晕头转向的一瞬间,马车"哗"的一声跑过去了。

我摸一把脸,继续追,愤怒与急迫中,我从地上摸起一块半截烂砖头,离开马车稍远一点,跑过奔马,回过头来,照准驾辕的红马的脑袋,鼓足全力甩出砖头,一下子击中了马的鼻梁骨。那红马尖叫一声,前蹄腾空跃起,前头挂梢的两匹马站住不动了。赶车人用鞭杆砸辕马的屁股,红马摇头摆尾,炀起蹄子乱踢,马车停下了。

我立即扑上马车,又被一个汉子推下车来。赶车人也跳下车,朝我愤怒地抡起拳头。我已经忘记了危险和孤身无援,迎着他冲上去。这是一位中年汉子,力气很大,却笨拙,我闪过他那沉重的一拳之后,就在他的脸上砸了一下,大约打中了他的眼睛,他立即丢下鞭杆,双手抱住眼睛,蹲在地上了。这是我平生第一次打人,还真的尝到了一点打击对手的痛快。

"打这个野男人!"

听到一声吼,从车上跳下三四个汉子来,从四面包围了我。我不知该怎样对付,头上一下,腰里一下,我被打得无法防备,忽然朝车上喊:"田芳!快跑!"就被打倒在地上了。

"打这个野男人!"

我被打倒在地上,有人坐压着我的脊背,我爬不起来。他们在骂谁?野男人?是谁?是把我当田芳的野男人打吗?

街巷里一阵呼喊,一阵杂乱的脚步声。坐在我背上的那个汉子蹦走了,我爬起来一看,速成二班的男女同学赶来,正在大车周围的街道上摆开了打架的阵势。力量对比一下子发生了绝对的变化,那几个汉子被学生包围住,打得乱爬乱滚。

我跑到马车跟前,看见几个女同学已经解开田芳被绑捆着的双手,扶着她从车上走下来,我看见她的泪痕斑斑的脸颊,忽然心里难过了,流下泪来,一句话没说出口,就跌倒在地上,昏迷了……

我的手被一只温柔的手攥着,紧紧地攥着,我真舍不得那只手松开,离去。我睁开眼,是田芳握着我的手,周围坐着一伙男女同学,她当着大家的面攥着我的手,似乎没有什么不好意思,我也觉得这本来没什么,就该这么攥着。

我依稀记得,我是在山门镇的医疗所里被救醒的。大夫给我包扎之后,又给我吃了几片药,说是催眠的,我就睡到天色傍晚了。

我感到口渴,张张嘴,没有说话,她就意识到了,用一只瓷匙给我嘴里喂水。我看到她从盛水的搪瓷缸里舀起一匙水,用嘴吹吹凉,就准确地喂到我的嘴里。我静静地躺着,闭上眼睛,听着那咝咝的吹气声,等待那挨近到嘴唇上来的勺子。我真想抱住她,把头埋在她的胸前,和她痛哭一场。

"你知道不?县公安局把狗日的逮了三个!"班长刘建国说,"我们速成二班这下打出威风啰,太不像话嘛!已经解放了,竟敢抢人!"

我心里很痛快,抓了他们三个,真是叫人痛快。我坐起来,浑身疼痛,背后垫着被子。

"哈呀!了不起,真是了不起!"篮球队长说,"咱们的蓝袍先生会打架了,真是了不起!想想你刚来时的那般斯文……"

大伙瞧着我笑。我也笑了。田芳抿着嘴儿,也瞅着我笑,说:"他打什么呀!尽挨了打!"

我挨了打,被打得头破血流,鼻青脸肿,可我也打了一拳,砸了一砖头。我那一砖头砸得多准!正好击中了辕马的鼻梁骨,使飞奔的马车停住不转了。我仅仅打出的一拳又何等的威风,何等的准确,一下子砸得马车把式蹲到地上,双手捂住眼睛,抡不成鞭杆了。我平生没有跟别人打过架,没有体验过打人的滋味,现在才发觉,打人也有乐趣,特别是当你出于一种卫护弱者(这弱者又是你顶要好的同学)的义愤的时候,用拳头击中对方的身体,就会产生一种无与伦比的痛快的滋味。我久久地回味着那一拳击中马车把式时的情景,而把自己得到的几倍的报复忘记了。

"他们怎么敢在光天化日之下抢人?"我问,"田芳,到底是怎么回事?"

"那是她婆家来的一帮子蛮汉,要抢田芳回去拜堂——结婚!"一个女同学代替她说,"甭问了,让田芳又难过。"

我又忍不住问:"到教室来找你的那个老汉是谁?你怎么就跟他走了?"

"那是我爸。"田芳说,"我爸在我十岁时就把我许给人家,卖了八石麦子。我而今不愿意这桩事了,他说让我拿出八石麦子还人家。我说我工作以后,逐年还,全部还清。俺爸这一关先打不通,跟人家合在一起,要把我送给人家哩!他不单是粮食问题,还说我丢人丧德,损了他的面子……"

我大致明白了缘由,也不想再细问了,怕引她伤心。这样的婚姻状况,在我们速成二班,不仅是田芳一个人的痛苦,好多男生女生都有类似的遭遇,班里早已有几位学生解除了婚约,还有一些人正在酝酿,两个速成班正在形成一股离婚和解约的风潮。

"打这个野男人!"

那个从马车上跳下来的汉子呼喊着朝我奔来,把我当野男人打,现在想起来,似乎也并不觉得有什么不好意思。当时,田芳被绑在车帮上,不知听到这句恶毒的话了没?

"田芳……"我想安慰她几句,却又不知该说什么好,临到嘴边,却说到其他事情上去,"咱们的戏还排练没有?"

"今天……停了。"田芳说,"你的伤势要是到时不能恢复,就难演出了。现在想调换谁来演,来不及了!"

"你先说你怎么样?"我担心她的精神刺激太重,能不能上台,"能上台吗?"

"我能。"她说,"我才不把他们当回事儿哩!反正甭想我进他们的门!"

"我也能!"我说,"你给大家继续排演吧!我一定能上台!"

元旦晚会通宵达旦,夜半时,食堂里给全体师生准备下一顿丰盛的年饭。《白毛女》是压轴戏,排为最后一个节目,吃过年夜会餐之后再化装也是来得及的。我就坐在大礼堂里,欣赏着各个班里的文娱节目。田芳另有一个独唱,我期待着。

终于轮到她了。她站在台上。穿一件红袄,沉着而大方。几天前,由她引起的轰动一时的打架事件,使她成为全校瞩目的人物。现在,她站在台上,让全校师生瞩目,不知出于什么心理因素,哄哄乱乱的大礼堂里倏地静寂下来。她唱起来了——

　　旧社会
　　好比是黑咕咚咚的枯井万丈深
　　井底下
　　压着咱们老百姓
　　妇女在最底层

看不见太阳看不见天
数不清的日月数不清的年
做不完的牛马受不尽的苦
谁来搭救咱

会场里十分静,静得使人感到压抑,压抑得人想喊,想叫,想蹦起来狂呼狂喊!我的眼泪流下来了。我听见有人抽泣。不知是哪个班的女同学,开始附和着田芳在台下唱起来,很快地蔓延到各个角落,男生们也唱起来,整个大礼堂里,回荡着这曲《翻身歌》——

共产党,毛泽东
他领导咱全中国走向光明
从此砸断了铁锁链
妇女就成了自由的人
……

我昂起头,张着嘴,忘情地唱着,眼泪从脸颊上流进嘴角里来了,咸涩涩的。我是个先生。我是那个小和尚!我是受压迫的妇女!我是一个被父亲禁锢成了没有七情六欲的木偶!我……今天成了……自由的人……了!

新浪潮拍击下的老农民

积雪覆盖着原野。乡村间的大路上。午间融雪时踩踏得稀烂的泥巴，夜间又冻结成硬块了，路面坑坑洼洼，绊绊磕磕。道路朝南，沿着慢坡而上的原野延伸，在雪地上像一条随意丢下的皮绳，曲曲弯弯。

我们三人——班长刘建国、班主任王老师和我——一行，冒着渭河平原数九隆冬的清晨时分凛冽的寒风，正沿着这条乡村大路朝南走，要赶到一个叫田家寨的村子去，找田芳的父亲田茂荣老汉。我们将交给他四百块钱，由他再交给把田芳许订给的那一方的家长，偿还他接受过的彩礼或者说聘金，从经济上彻底割断捆绑着田芳的绳索。这是怎样一件令人鼓舞的壮举！

四百块钱装在我的书包里，沉甸甸地挂在我的肩上，那无异于几百颗腾腾跳跃着的心，我怎能不感到沉重呢！

新年晚会上，我们的《白毛女》歌剧获得了极大的成功，田芳的名字消匿了，那些认识或不认识她的外班的同学，那些教她或根本没有教过她的老师，见面都亲切地叫她白毛女了，我们班的同学更不用说了。戏剧里的白毛女已经获得了新的生活的权利，获得了幸福自由的爱情，现实生活中的白毛女——田芳，笼罩在心灵上的封建的乌云还没有消散。

虽然发生过轰动小镇的抢劫田芳的事件，她的父亲仍不改口，绝不许她毁弃三媒六证确定过的与大张村的婚约。对她压力最大的不是她的父亲，她说她将永不回家，甚至断绝父女关系，也决不回到"黑咕咚咚的万丈深的枯井"里去了。对她压力最大的是八石麦子，她的父亲把她许订给大张村所接受下的聘礼，早已被全家老少吃掉了，变成粪土，施到田地里去了。八石麦子，一石十斗，一斗三十五市斤，整整两千八百斤,折合人民币三百多块钱哪!

一场募捐活动在师范学校掀起来了!

想起这场募捐活动的前前后后,我至今仍然激动不已。起初,只是我们篮球队几个同学的举动,想不到竟然扩大到整个学校里去了。那天与县武装部的篮球赛结束以后,我和队长何长海回校的路上,闲扯着已经过去的田芳被抢劫的事。我说,我要是有三四百块钱,我就愿意拿出来,解除她心上的债务。何长海说,咱们球队凑一凑,能不能凑够呢?十来个篮球队员在一起凑来凑去,不过几十块钱,远远不够。回到学校后,消息传给班里的男女同学,大家纷纷向我捐款。紧接着,外班的同学也赶到我的宿舍、我的教室里来捐款,甚至有十几位老师也捐了……啊呀!短短的三四天内,我的书包里装进了五百多块钱,超过需要的数目了。我和班主任王老师商量之后,决定把多余的一百多块钱退回那些捐数最高的老师和学生,留下四百元足够了。

"为了砸断封建锁链!我捐三块……"

"再不能容忍我们的姐妹作封建婚姻的牺牲品!我捐一块……"

"为了解放,为了自由!我捐……"

……

那一张张男生和女生的脸在我眼前叠印,那一声声慷慨激昂的话在我耳畔响着,永生难忘!大伙不仅是同情田芳的遭遇,而是一种共同的时代要求。刚刚获得解放和自由的新中国的第一代青年,强烈的反封建的意识是共同的要求。这些师范学校的学生,尤其是速成班的学生,来自社会底层,不单是仇恨地主资本家,尤其仇恨封建的婚姻,好多人与田芳有类似的遭遇,离婚和解除婚约,在师范学校不仅不会被人耻笑,而会得到普遍的支持和同情。

"你离婚了?"

"离了!"

"完全弄零干了?"

"零干了。你呢?"

"我刚提出来,正离哩!"

"赶紧离了!重新自由去……"

这是公开的交谈,不会令人议论……田芳这样的引人注目的白毛女,得到热烈的募捐就是不奇怪的事了。

我按按书包,四百块人民币正在手心,我的心止不住一阵发热,隆冬原野上清晨凛冽的寒风也不那么厉害了。

我们三人走进田家寨,几经打问,终于找到田芳家的门口。

两间厦屋,连个围墙也没有,一眼就可以看出,这是一家十分贫苦的农民。我们三人站在厦屋门口,一个女人走出来,大约四十出头,一眼就可以断定是田芳的母亲,脸形太相像了。她一看见这三个穿戴不同于庄稼人的陌生人,先愣怔了一会儿,有点惊恐地问:"寻谁?"

王老师说明了我们的身份。田芳母亲脸上的惊恐立时消失了,却更加慌乱,把我们让进屋,却无法使我们坐下来。炕上的一张破烂的被子下,围坐着四个娃子和女子,地上竟然没有一个可供人坐下的凳子。她擦擦手,闪身出了门,再进门的时候,端着一条长凳,大约是从邻家借来的。不管怎样,我们三人挨排儿在长凳上挤着坐下了。

她张罗着倒水,取烟,取来了一只装着烟末的木盒子,却找不到烟袋。王老师点燃自己的纸烟卷,劝她再甭麻烦了。她在灶锅下的木墩上坐下,却不知该说什么好。没有经见过世面,也没有和公家的干部打过交道的农家妇女,常常都是这个样子。王老师尽管很和气,问她家里的状况,她头不抬,烧着火,简短地答上一句,半天又没话了。田芳的父亲拾粪去了,她告诉我们,随之就指使坐在炕上的儿子去找。

老汉回来了,头上裹着一条黑布帕子,鼻子冻得红红的,一进门,大声说:"三位先生来了!抽烟——"把那个短杆旱烟袋依次让给我们三人,随之在门槛上坐下来。

"三位有何贵干?"他仰头问。

王老师和他谈起田芳的婚事,给他解释新社会婚姻自由的道理。老汉低着头,抽着烟,做出一种耐心听着的姿态。一当王老师停住口,他仰起脸,做出深明大义的神气,说:"新社会好,咱农民拥护共产党。儿女的婚嫁之事,应该由家里管,政府和学校管这些事做啥?"

王老师又耐心给他解释学校应该管的原因。

"人而无信,不知其可也。"田芳的父亲说,"你们都是有知识的人,比我懂得多。我跟人家说下一句话,三媒六证,邻里皆知,而今一水冲了,我在田家寨还算不算人?"

我心里暗暗吃惊。这个老农民,一身黑色家织粗布棉袄棉裤,补丁摞着补丁,肘头露出变成黑色的棉花絮子,一脸皱褶,鼻尖上吊着清凌凌的水一样的鼻涕滴水,捉着烟袋的手指像树皮一样裂开着口子,嘴里却吐出一串一串半生不熟的词句。我早已从田芳口里得知,她的父亲是个一字不识的粗笨庄稼汉。一个大字不识的粗笨庄稼汉子,谈起话来,却要讲信义,夹杂些半通不通的古文词。如果是我的父亲这样讲话,也不足怪,而田芳的父亲却叫我奇怪了。

王老师索性问起八石麦子的事。

"有这事。"田芳的父亲一口应承,"家家的女子都卖钱,家家的儿子订媳妇都花钱。我吃了人家的麦子,我不昧良心……"

王老师又讲道理,说那根本不是昧良心的事。我也就一手掏出四百元钱来:"这是我们同学和老师的一点心意,目的只有一个,让田芳能安心读书,再甭逼她上轿了……"

老汉瞪大眼睛,瞅着我递到他眼前的一厚扎票子,愣住了。他显然没有料到我们的这个举动。愣了半天,忽然醒悟了似的,猛地伸出双手,把我的手推开,并且站了起来:"这不能,这不能呀!"

"我们是为了田芳的前途……"我说。

"为了啥也不能失信!"老汉说。

"你要是不收,我们就——"王老师看看说服不下,就使出我们路上商量好的最后的一着,"交给乡政府,由乡政府交给大张村那家人。当然,这样一来,媒人和你难免就不好看了。你知道,上次抢人,县上扣了大张村三个人,刚刚释放……"

"哎呀!"田芳的父亲颓然坐在门槛上,双手抱住头叹息。

王老师示意我把钱放下。我瞅瞅那张破烂的用麻绳扭着腿儿的小桌子,上面摆着盆盆罐罐,把钱放下了。

"我们走了。"王老师站起来说。

田芳的父亲抬起头,看见桌子上的那一摞钱,没有推辞,脸上露出愧疚不堪的神色,张开双手,挡住门:"说啥也不能走……不吃饭了,再坐坐……"

我们又坐下了。

"唉,三位同事……"他摆摆头,一脸诚恳的又是惶愧的神色,"解放了,已往的礼性全部不合时了吗?"

王老师笑了:"也不是这么说。你,一个贫农,翻身了,扎实种你的地,把日子往好里过,顾那么多臭礼性做啥?"

"解放了好!确实好!不拉兵了,不抽税了,官人不欺百姓了,确实好!可这新社会——"田芳的父亲现在显出一个老庄稼的天真来,说,"全都没大没小了吗?男女不分了吗?不顾脸面了吗?"

王老师哈哈笑着,摇摇头。

"你看——"老汉举出例证来,"俺田家寨,有五个姓氏,田姓是主,其余是后来添进来的。人说,'歪胡家,捣秦家,恶鬼出在刘、李家,仁义礼智大田家'。而今,田家人也不讲礼义了!你看看,那些男男女女,这个离婚呀,那个自由呀!闹得全都乱了套……当然,咱连咱的女子也没管得住!"

"你为啥要管人家哩?"王老师笑着问,"人家年轻人,听啥不听啥,自己有主意了!你拿那些老封建思想管人家,肯定管不住!"

田芳的父亲叹息:"咱们人老几辈儿没跟人胡说白道过,穷是穷,可没做下让人指脊背的事……"

"你把我压迫了一辈子!"田芳的母亲说,"而今孩子压不住了……才好!"

"你——"田芳的父亲红了脸,"我看我活不成了!"

"穷得叮当响,臭礼性倒多!"女人更加壮起胆子,"土改时,工作组分给咱一张桌子,两把椅子,他呢?晚上悄悄给人家送回去,让民兵抓住了,审了半夜,说他跟财主有勾搭,他只说……我不能白受不义之财……你们三位听听,这就是他的礼性!"

……

告别了田芳的父母,我们三人重新返回来。太阳升起在冬日灰蓝的天际,寒气消散了,道路上开始松冻,泥泞布满乡间大道。我们三人回味着刚才和田芳父亲的有趣的谈话,说着笑着,走到慢坡顶上。

眼前是渭河平原的壮丽的原野,坦坦荡荡,一望无际,一座座古代帝王、谋士、武将的大大小小的墓冢,散布在田地里,蒙着一层雪。他们长眠在地下宫殿里,少说也有千余年了,而他们创造的封建礼教却与他们宫廷里的污物一起排到宫墙外边来,渗进田地,渗进他的臣民的血液,一代一代传留下来,就造成了如我的父亲和田芳的父亲这样的礼义之民吗?

归来已觉不是家

接到父亲一封信,我才记起,离开家庭已经四五个月了。父亲关心我的学业,我的身体,问我是否恪守着"慎独"的嘱咐。父亲的很合规范的文言体书信,功夫独到的小草墨迹,把一个遥远的记忆勾回到我的心里来了。那么熟悉,却又那么陈旧。

班级之间的篮球比赛正在进行,我继续履行我的衣服架子的职责,父亲的信装在口袋里,赛场上激烈的竞争牵动着我的神经。有人在拉我的胳膊,我一回头,是田芳。什么事,等不到球赛结束吗?我实在不能从这紧要关头走开。她却拉着我的袖子,硬把我从人窝里拽出来。

"告诉你一件事。"她说,"县宣传部来人通知学校,让我们的《白毛女》歌剧下乡宣传演出。"

"真的吗?"我忙问。

"真的。"田芳说,"王老师刚才告诉我,让我叫你去,商量一下。"

"什么时候演出呢?"我问。

"寒假里。"田芳说,"马上要放假了。"

我和田芳找到王老师的房子,完全证实了这件事。这无疑是一件光荣的任务,王老师也很高兴,问我有什么困难。我说什么困难也没有,只是应该回一趟家,放假后就没有时间了,王老师批给我两天假,让我考试前赶回学校,下周就要期终考试了。

"你这次回去,你爸可能要认不出你了。"王老师笑着说,"你把老先生能吓一跳!"

田芳瞅着我,抿着嘴笑。我也笑了。

从王老师房子出来,我又朝操场走去,仍然惦记着速成二班最后的胜输。田芳狠狠拽了我一把:"那么球迷呀!我还有事儿跟你说。"

我只好站住。

"你把募捐时记下的花名单给我。"她说。

"要那做啥?"我问。

"有用。"

"干啥用?"

"你别管。"

"你不说清楚,我不给你。"

她无奈了,只好说:"我要保存下来。待我毕业以后,有了工资收入,我要加倍给每一个募捐的同学偿还!"

"噢!这样——"我说,"这样……不好。"

"为什么不好?"田芳说,"我心里实在过意不去,很不安呀!"

"那样……起码在我,就伤心了!"我说。

"你伤什么心呢?"她问。

"我们募捐,完全是出于一种对封建婚姻的反抗。"我说,"那些外班的同学,有的根本和你连一句话也没说过,你也不认识他们,他们为啥自动捐款呢? 你想想……"

"我明白。"她说,"即使这样,我也应该偿还。同学们的心意我明白……"

"当然,怎么处理这件事,由你决定。"我说,"不过,你千万别给我……偿还什么钱!"

"那……好吧!"她沉吟说,"你把那个名单给我,我要保存,比什么东西都珍贵了!"

"这倒好!"我说,"我抄出一份给你,我也保存一份。过多少年,看见这名单的时候,心里会是怎样呢? 啊……这是几百颗心呀!"

"你说得多好!"田芳眼里浮出动人的泪光,声音低低的,抖颤着说,"比金子还贵重的心呀!"

从学校吃罢早饭就动身,回到东塬上的我的老家杨徐村的时候,暮云四合了。冬日天短,又是步行,八九十里路走回来,整整用了一天时光。我的心情很好,离家几近半年,家里会是一种什么样子呢?

我站在门口,门楼兀立在寒冷的暮色里,那令整个家族引以为自豪的"读耕传家"的门匾题字,有点孤寂,也有点过时皇历的冷漠。我走进院子里去了。

院子里发生了很多变化。我和我的媳妇住的那间厢房,传出牛粪和牛尿的混合气息,我一探头,就看见一头黄牛正在槽头嚼草舔料。走进上房,父母住的房子从中间隔开了,分成两间住屋了。父亲正在小小的南间屋的火炕上坐着,抽着烟,母亲在炕的另一头坐着。天气寒冷,人都坐在炕上了。

昏黄的煤油灯焰下,父亲伸着脑袋,辨认着我。我叫了他一声。他惊喜地从炕上下来,坐在椅子上,就从头到脚打量着我。母亲也溜下炕来,走出门去,从门外领着我的媳妇进来了。

"先生,你擦擦脸。"她把洗脸水放到我面前。

她还叫我先生,这是结婚以后她对我的称呼,而今我不是先生,是师范学校的学生了,她还那么叫,听来已经恍若隔世了。

"先生,你想用啥饭?"她在身后问。

"随便做点吃的。"我说,听见她又在问母亲,究竟该做什么饭。我的答复反倒使她为难了。母亲总算点出清汤细面的食谱,她轻轻走出屋子去了。我心里清楚,她的言语和行为举措,全是结婚后到我家里养成的。请人洗脸叫"擦脸",洗手叫"净手",吃饭也说成"用饭",全是我父亲的家规。这些我过去司空见惯的东西,现在听来倒有一种好笑的味道了。

父亲在灯下伸着脖子,瞅着我的衣服。我这才想到,我从家里走出去时,穿的是一件蓝袍,小包袱里装着一件备换的蓝袍,头上戴的是礼帽。父亲现在是第一眼看见我穿着的列宁服和头上的八角帽子,就那么狠看。

"你把蓝袍换了?"父亲问。

"换了。"我心里有点忐忑,父亲会生气吗?"我是用蓝袍……改的这身衣服。"

"改了好!嗯,改了好!"父亲笑着点头说,"而今先生不兴穿袍子了。"

我的心里高兴了,父亲也在随着生活的变化而变化,我坐在炕边上,和父亲聊起家常。

在我离家的半年里,家庭分化瓦解了。父亲很伤心,说人心不古了,民风不朴了,连我的两位伯父也在家庭内部捣他的鬼。土改时,兄弟三人感激涕零地抱着我爷爷的神龛儿哭笑一场之后,看看再无什么风险,政府一股劲鼓励庄稼人发展生产,二位伯父把爷爷死时留下的遗嘱统忘记了,要买牛,要置地,要增盖房屋,再不听父亲的指挥了,把爷爷确立的我父亲的主事位置不当一回事了。争论时有发生,矛盾难以掩盖,终于分化瓦解了。

"鼠目寸光!"父亲简单地给我叙述完这种变故,不屑地说,"你大伯、二伯,全是鼠目寸光!"

我一时弄不清家庭里的谁是谁非,不好掺言,也觉得没有多少意思,既然过不下去,各家过各家的日月,也没有什么大不了的事。

"不管怎样,你该去给大伯、二伯问安。"父亲说,"家里分家归家里,你在外边读书,全当过去在一起那个样子,该走的路要走到,该行的礼要行全,不要跟这些人一般见识。"

我点点头,就去看大伯。

大伯住在上房东边里屋,正在吃晚饭,放下筷子,忙让我坐。一句关于家庭矛盾的话也不提,只是夸赞我出息了,完全像个新社会的干部的模样了。

"这新社会真是好!"大伯说,"国民党的官人一进村,吓得百姓鸡飞狗跳墙,躲的躲了,跑的跑了,跑得丢了鞋子也不敢拾! 而今共产党的干部一进村,老百姓一呼啦就围上了,胡拉乱谝,到饭时争着往屋里拉……我的天,那天正在碾子上说闲话,老杨同志顺手从我嘴里拔下烟袋,塞到嘴里就抽! 你看看而今的公家干部多亲……"

我也很感动。解放初期,受惯了国民党官匪欺压的老百姓,对共产党干部的作风最敏感,谈论也最多,我虽已不惊奇,却仍然很感动。

"好好念书,日后好好干工作。"伯父说,"你能在外边干事,咱徐家人都光彩!"

我告别大伯父,又走进二伯父的屋门。

二伯父正在给牲口拌草,扔下搅草棍子,把我引到他住的厢房里:"屋里地方窄,没处坐,你坐炕边上。"

"你走时咱是一家,回来变成三家了。"二伯父笑着。这样毫不掩饰地说出分家的现实,反倒使我觉得实在。他笑着说,"天下水朝东流,弟兄们再好难到头。我看呢,分了也好,免得好多麻烦。谁有啥本事谁就成自家的精去!"

我与二伯的想法很接近,就笑着赞同他。

"二伯一辈子说话不会拐弯。"二伯直着脖子说,"你爸过去管家还管得住。而今管不住了,咋哩? 新社会了嘛!他在家里想当家做主哩,人家公家干部大讲大唱男女平等哩!所以,过去你爸在屋里说,没人不服,而今就不服了! 惹得他自己也是一肚子气……我说分了好!"

"分了好!"我附和二伯说,"我爸那些管家的规矩,肯定行不通了,越往后越行不通。"

"对! 大侄子,你跟二伯看了一步棋。"二伯说,"比方说,政府派干部到咱村,成天宣传说,要发展生产哩! 你爸还是按照你爷爷在世时的主意,'房要小,地要少,养头老牛慢慢搞。'不合党的政策嘛! 我也不满意。这不,刚一分家,我就买下一头好母牛,一年生一头牛犊,就是半个家当……"

二伯是个耿直的庄稼汉子,我一向很喜欢他,对他坦诚的说话也特别觉得实在。

"做梦也想不到的太平年月!"二伯父说,"不拉兵,不收税捐,一年交屁大一点公粮,庄稼人做梦也没敢想的好世道呀! 大侄子,二伯说句结实话,而今谁再过不好日月,不光得不到邻里同情,反是要被人耻笑! 咋哩? 肯定是懒家伙!"

我被他的憨气逗笑了,弟弟过来叫我吃饭。

我回到父亲住的上房里屋,坐下吃饭,一碗清汤细面,十分可口。吃罢饭,我向父亲汇报了师范学校的学习情况。父亲也不显出惊奇,他大约对新社会的诸多变化已经习以为常了。他淡淡地说:"人家新学堂那样教,你就那样学吧!反正,不管新学堂老学堂,总而言之一句话,还是韩愈说的,'传道授业解惑也!'当学生,求学问,还是要记住'业精于勤荒于嬉,行成于思毁于随。'这话,新学堂不至于反对吧?"

"学校里提倡努力学习,老师抓得很紧。"我说,"我们的学习还是很紧张的。"

"紧张了好。"父亲说,"要成学问,不刻苦不行。"

我问他分家后,忙得过来忙不过来。

"屋里的事都有我撑着,你弟也行了。"父亲说,"你专心念你的书。记住,要处处留心,别胡乱张狂!"

我的心一震。我在学校的生活状况,父亲显然还不了解,还在给我打预防针。

"村子里有些人好张狂!"父亲鄙夷地说,"一个大字不识,满世界跑来跑去开会!有几个年轻女人,黑天半夜跑着开会,张狂得要上天了!前日听说,那个杨发奎入党了!那么一个二杆子货,共产党居然看中那号人……"

我的心里潜入一股冷气。父亲看不惯的人和想不通的事,我却在师范学校也是有过之而无不及。他对于那些满世界跑着去开会的男人和女人的非难,令我反感,我听不顺他对这些人的讥刺。就劝他说:"农民刚刚翻了身,高兴……你可是别给人家泼冷水,别说风凉话儿……"

"我说他干什么?"父亲不屑地说,"我只看着这些人张狂,啥也不说!你——"父亲瞅着我,"在学校里,要慎行慎言!我看到村里这些人的疯张劲儿,才提示你……甭张狂!"

我低头喝水,避开了父亲的逼人的眼光。

"我给你写的那张'慎独'的字,还记着没?"

"记着。"

"你去歇息。"父亲说。

我走向自己的住屋。原来的厢房变成牛圈了,我的住屋迁到和父亲一墙之隔的上房西屋的北间。

"先生,你喝茶。"我的媳妇说。

"我自己倒。"我说。

"先生,你洗脚。"

"我自己一会儿再洗。"

我坐下,还是接住她倒下的茶水。她坐在炕边上,又纳起鞋底儿,并不看我。我坐在椅子上,一时也没说话。我忽然想抽一支烟,尽管我从来没尝过烟味儿,现在却很想抽一支烟。我对她说:"你以后不要叫我先生了。"

"那……"她抬起头,旋又低下,"叫什么呢?"

"叫我名字。"我说。

"那像啥话?"她慌然说。

"早就不兴叫先生了!"我说。

"我在屋里叫。"她说。

我不再坚持了。她对我的过分尊敬,甚至带着根深蒂固的畏怯,使我很难受。她自愧貌丑,又没有文化,那种卑怯的眼光使我浑身都不自在。我忽然想到田芳,那手按琴键给我一句一句纠正唱音的姿态,那在师范学校礼堂里唱《翻身歌》的动人情景……一个念头在我脑子里像一道电光闪耀了一下,匆匆消失了,我自己也被震住了:如果我提出和她离婚,她会怎么样?我的父亲会怎么样?这个家庭会怎么样呢?

第二天,我就离开了,而且心情是那样急切,渴求立即回到那个温暖的集体之中去。

六十年里的二十天

短短的二十天寒假里,按照县宣传部安排得满满的演出顺序和路线,我们在乡下演出歌剧《白毛女》。我记忆最深的一件事,是第一场演出,我就挨了一砖头。

那个村子叫歇驾村。传说唐朝一位皇帝打猎跑到这里,人困马乏,在此作过一段休息,进了午餐之后,就奔马追猎到终南山下去了。现在,歇驾村变成薛家村了,其实村子里连一家姓薛的人家也没有。

薛家村住着一位县委的副书记,在那儿搞互助合作的试点工作,群众觉悟高,各项工作都是县上的一面红旗,第一场演出搁在薛家村,是理所当然的。在县委副书记的眼皮下,在这样先进的村子演出第一场,我们演出时的心情是不难想象的,认真极了。

薛家村是个大村,又是一个行政村里的中心自然村。村中间有个年久历深的老戏楼,台下坐着或站着黑压压一片人,临近的房顶上,矮墙上,树杈上,全都爬着观众,这样大的场面,我心里真有点怯场。

整个演出还是顺利的,群众秩序也很好,百十名民兵在维持着哩!事情出在《娘娘庙》那场戏里。当我(黄世仁)和狗腿子穆仁智到娘娘庙里避雨,遇见白毛女,被白毛女追打时,台下骚动起来了,像雷一样滚动着"打!打!"的吼声。我已忘记了自己是徐慎行,我像黄世仁一样胆战心惊,假戏真做了。当我逃到台角时,我听到一声怒吼:"打这狗日的!"随之,我的腿上就挨了重重的一击,跌倒了。

事态很快被民兵控制住了。我必须立即爬起来再逃,不然就给白毛女抓住了,抓住了就不好办了,剧情无法往下发展了。我看了一眼脚下的半截砖头,却没有站起来,慌急中,我用手爬着,逃进后台去了。

演出结束后,县委副书记在台上和我们一一握手,他对我说:"你挨了一砖头,说明你演得像。这一砖头,是群众对你的最高奖赏!"他的生硬的陕北口音,使我觉得亲切极了。

短短的接见之后,那些给我们管饭的社员已经拥在台前,争着领我们去吃饭,田芳被几个姑娘拉拉扯扯,争着往她们的屋里拉,发生争执了。我是一个恶霸的扮演者,自然不会是受欢迎的角色。这时间,一个小伙子挤上前,问:"谁个刚才演黄世仁来?"我一应声,他拖住我的胳膊就走。

黑暗里,我跟他走过陌生的村巷,进入一个小小的独间住屋,只有他的母亲在座。我刚一落座,老人要我把腿伸出来,在一只粗碗里倒下白酒,用火点燃,敏捷地在碗里蘸上燃烧着的酒液,在我的伤口上擦洗。她的指头上带着蓝色的火苗,一下子捂到我的挨过砖头的青疤上,灼烫得我龇牙咧嘴。

"我⋯⋯"小伙子很难受地说,"我实在忍不住了⋯⋯扔了一砖头!"

哦呀!原来打我的竟是他!

"你打得好!"我拍拍他的背,"这是给我的最高奖赏!"

他不好意思地笑了,就给我端上饭来。

鸡蛋臊子面,我吃得好香,也确实饿了。

母子二人看着我吃饭,说给我一个令人流泪的伤心事。他的姐姐,给村里一家财东的二少爷糟践了,跳了井了!他的父亲一气之下,卧炕不起,年底也去了……他把戏台上的我当成残害得他家破人亡的薛家村的恶霸打哩!

田芳来了。

她看我的伤,用手轻轻按按,问我要不要到邻近的镇卫生所去看大夫,我说大娘已经给我治过了。她不知道这儿刚刚讲述过一个悲惨的往事,随口问:"大婶,屋里就你娘儿俩?"

"噢!"大娘应着。

"你媳妇呢?到娘家去了?"田芳问。

"还没哩……"小伙子红着脸说。

"你怎么还不给人家娶媳妇?"田芳笑着说,嗔怪的模样,"你真性凉呀!"

"正……自由哩!"大娘瞅一眼儿子,"我说他,你自由也自由快一点!慢格腾腾的,还不如老早时包办来得快……"

他羞怯地低下头,我和田芳都忍不住大笑了。屋子里洋溢着喜悦的气氛,我的心头十分轻松,田芳坐在哪儿,哪儿就特别欢乐。

"让我看看你的对象,行不行?"田芳问。

小伙子嘿嘿笑着说:"俺妈乱说的……"

大娘却抿不住嘴了:"刚才跟我在屋做饭,这面……就是人家闺女擀下的……"

"好哇,慎行,你真有福!"田芳冲我笑着,"你吃了那位新人的面条了,肯定香吧?我来晚了……哈哈哈!"

告别了那母子二人,我和田芳往回走。

街巷里很黑,看不见路面,坑坑洼洼的村巷里的道路,夜间走起来,低一脚高一脚,垫得我挨过砖头的腿一阵阵疼痛,我小心翼翼地迈着脚。她走在我的旁边,很自然地用手搀住了我的胳膊。

我没有拒绝,倒希望这段通到我的住处的路更长点,好让那只温柔的手多搀扶我一会儿。我反倒不想说话了,静静地走着。她也没有说话,扶着我的左臂的手抓得更紧了。

她被什么东西磕绊了一下,往前一跪,险乎跌倒,抓着我的手,把我也拽得踉跄两步,黑暗中踩到一块石头上,垫得我的腿伤钻心似的疼痛,疼得我"哦哟"一声,弯下腰去,半天站不起来。

她轻轻地惊叹一声,双手扶住我的胳膊,把我扶起来,就把我的胳膊架到她的肩膀上,另一只手搂着我的腰,几乎背着我往前走。我的腿伤不痛了,却舍不得让她松开手。我感觉到她的腰部的体温了,温馨的气息扑到我的耳根。我的心在胸膛里狂跳,浑身热烘烘的,脚下乱踩乱踏,也不知道疼痛了。我有一种莫名其妙的想法,如果就这样互相搀扶着走向断头台,我会从容得连一丝痛苦都没有。

我抬起左手,大胆地搂住了她的腰。她似乎轻微地战栗了一下,没有说话。我感到呼吸不畅,心要跳出喉咙来了。我猛然折过身,把她搂住了,在我的嘴唇碰到她的嘴唇的时候,我几乎昏厥过去……

我躺在炕上,无法入睡,身下是房主人烧得热乎乎的火炕,同炕挤着的几位演员已经拉起鼾声,油灯下,可以看见鼻尖上沁出的细密的汗珠,我吹熄灯盏上的昏黄的煤油焰火,躺在被窝里,心还在咚咚咚地狂跳。这就是爱情吗?这样的爱情产生的心火,简直要把我溶化了!

我的父亲按照他的家规和独创的理论,给我娶回来的那位媳妇,即使新婚之夜,我们连一句话也没有说,各人抱着各人的胳膊睡到天明,我连一丝"邪念"也没有产生。

有一个倾心的人儿,怎么可能荒废学业呢?怎么可能都变成沉溺于淫乐而丢失江山的商纣王或唐明皇呢?我现在不仅觉得父亲的理论荒谬无稽,简直令人可笑,令人憎恶了!我翻身坐起来,点着了油灯。

我穿着衬衣衬裤,也不觉得冷了,跳到炕下,打开那只小提箱,翻出那张临行时父亲写给我的嘱咐。

慎独!

看见这两个字,我的心里紧缩了一下,昏暗的灯光里,似乎隐现出父亲的严峻的脸色。我最后看了一眼,就把那张书页大小的又细又薄的宣纸提起来,在灯火上点着了。

"折腾啥呀!还不睡——"同炕的王友民咕哝了一句。

"咒符!"我说,"咒符!"

他翻了个身,又呼呼睡去了。王友民早已离婚了,正在跟饰演大嫂的郑玉莲恋爱,早已谈妥了,只等两年期满,就去领结婚证。他万事如意,睡得好香。

我看看脚下,那张烧过的宣纸变成一团黑色的纸灰,在地上滚动、滚动,碎了。我的心里松懈了,束缚我的心的最后一道咒符粉碎了。

我没有心思入睡,就着煤油灯的灯光,我打开日记本,记下了这个终生难忘的日子。一个结过几年婚的人,爱情却刚刚苏醒……

我翻翻日记,查到了我寄出离婚申请的日子,正好十天了。从家里返回学校的路上,我就在八九个钟头的步行中思索着这件事,而终于下了决心了。回到学校的当天晚上,我就写下了离婚申诉,第二天就从山门镇的邮政代办所发出去,寄给县法院了。我已经得知,法院接到的此类民事案子堆积如山,最快也得两个月以后才能传审,那时候该是第二年春天了。

可怜的媳妇!我再也憋不住,心里哀叹着,要恨,你恨我爸去!要骂,你也该骂他!他不仅苦害了你,也苦害了我!他把你和我塞进一间屋子,就完事了!如果不解放,我和你就糊里糊涂过一辈子了!解放了,兴得自由了,我的心箍不住了,我要是不享受自由的权利,就亏负了这个梦想不到的解放了!但愿你……也能找个可心的男人,俩人都好……

第二天,我们到史家坪去演出。演出结束后,我和田芳走到村后的小山坡前来了,这是我和她头一次有意的约会,而且是她约我来的。

我挨着她的肩膀坐下,搂住她的肩头。

她挣脱我的手:"我给你……看样东西。"

她打开手电,从口袋里取出一沓折叠着的格子纸,写满密密麻麻的钢笔字。她只露出末尾一页的名字。我一看,是工工整整的刘建国的三个字,心里一惊,忙问:"这是什么?"

"他给我写的信。"田芳沉静地说,"这是第五次了!"

"你……怎么办?"我急忙问。

"你还用问吗?"她瞅我一眼,从口袋里掏出一匣火柴来,划着了。

刘建国的信在燃烧。

我的心也在燃烧。

我高兴得像狂了一样,抱住田芳。我能听见自己的心跳的声音,也听见了她的心跳的声音,我的手叉进她的松软的头发,比丝绸还要柔软的头发。她静静地伏在我的胸前,闭着眼睛,两只胳膊像铁箍一样搂着我的脖子,我才知道这个爱着我的人的手臂,这样有劲。

在这个县所辖属的广阔的平原上和深深的秦岭大山里,都留下我们速成二班演出队员的脚印。每一个演出点的村子里,平原上的大路边,山区的小溪旁,也都留下了我和田芳的亲吻和偎依。压抑得愈久愈重的心,一旦获得自由,就以加倍强烈的热情迸发出来。有几次,我吻过她的脖子上,留下了瘀血的痕,整得她给脖子上围上一条毛巾,遮掩过去,她却并不责怪我吻得太狠,照样把脸颊、脖颈和我偎贴在一起……

二十天寒假的巡回演出,太短暂了。春节也是在陌生乡村的演出中度过的,我也不觉得有什么遗憾。这是我一生中最愉快的时期。当然,你只有了解了我的后来的不幸,才会觉得这二十天时间,事实上是我一生六十年生活中活得真正像个人的二十天!

父 与 子

阴历四月,中午的太阳已经很有力量,我和同学们围蹲在食堂外的浓荫下吃饭,父亲来了。

他站在院子里的阳光下,四下里瞅着,我看见了,连忙跑上前。我要给他打饭,他坚决不要。我引他到宿舍里去歇息,喝水他也不去。他要我跟他到山门镇上去。

我跟他走出校门,在山门镇的青石铺成的街道上走着,我发现他苍老了,大约刚交五十,鬓发全白了。从见面到进小镇的一家茶棚,他没有露出一丝笑颜。我的心里乱猜测着,出了什么事呢?

叫了一壶茶,他喝了一口,放下茶盅,也不看我,也不说话,直到一壶茶喝完,站起身又走。我问他要到哪里去,他说走走看吧!

走出街道,在小河边的一棵柳树下,父亲站住了脚,从肩上取下布褡裢,放在地上。我也在他旁边坐下来。

"我今日来,只问你一句话。"父亲说。

我没有话说,期待着。

"你要离婚?"父亲直接问。

"嗯。"我觉得没有必要隐瞒,同时又奇怪,法院还没有传票我,父亲怎么知道了呢?

"不离行不行?"父亲冷静地问。

"爸,你听我说……"我想给他摊开思想。

"不,其他闲话可以不说。"父亲说,"我只要你说声'行'或'不行'。"

"不行。"我只好也直言相告。

"那好!"父亲伸手从口袋里摸出一把剃头刀,拉开锋利的刀刃,"你先收了我的尸首,办了白事,再去离婚,再去办红事!"说罢,就抬起了握着刀柄的手。

我大惊失色,一把抓住父亲捏刀的手,吓得魂飞魄散,连忙说:"爸!有话好说……"

他依然不动声色,冷声静气地问:"没有多余的话好说!你只说'离'或'不离'!"

"不……离……"我无所选择了。

"不离的话,你跟我到县法院去。"他说。

"做啥?"我问。

"撤回你的状子!"父亲说。

"我不离婚就算了,撤不撤没关系!"我说,"或者改日我写信去,消了案就完了。"

"不!"父亲说,"我要亲眼看着你把状子撤下来,交给我,我好存着。待我死的时候,好做蒙脸纸啊……"

父亲已经"哇"的一声哭了。这是我平生头一次看见父亲的哭。他哭了三声,突然收住,用手帕擦擦脸和眼,从地上背起褡裢,又恢复了素有的冷静,说:"走!"已经扯开步子走了。

如果近旁有一口水井,我可能会一扑跳下去!我的脑子里嘣嘣乱响,是绷紧的神经折裂的声音。我想到了田芳,我的心爱的人儿,我不能跳井,也不能一气之下撞死在身旁的柳树上,下来再说下一步吧!我硬着头皮,费了多大劲儿,才跨开了这屈辱的一步。

"咱们父子今日也许是最后一次见面。"父亲说,"我也不是小娃娃,我知道,今日撤回状子,明日你还会再寄,我今日给你把话说透彻,日后不管何年何月何日,一旦我在家接到法院的传票,就是我的丧期死日。我好坏是个懂点文墨的老朽,说这不是吓唬你!"

我的心沉到冰窖里去了。

他说,昨天晌午,县法院两位办案人员到家里调查时,他都要气疯了。等那俩干部一走,他给褡裢里悄悄装进一把剃头刀,就上路了,走了半天一夜,找到学校,本没打算再回去。他说我的离婚案件,把徐家几辈人积下的阴德全给羞辱了,他再没脸在杨徐村见人了!

我信父亲的话不是吓我,他是注重面子的,讲究礼义的,我提出的离婚的事,对他无异于晴天霹雳。我说服不了他,他也觉得无法再说转我,于是就只有拿出剃头刀子来。

我和父亲都搞错了,法院里欢迎自行销案,却不发还诉状,要存档的。父亲看着人家注销了案子,才咂着舌头走出门,他想死时做蒙脸的纸是得不到了。

回到学校,已经放晚学了。

田芳一眼就看出我的神色不好。晚饭后,我和她顺着小河弯曲的河岸溜达。夕阳涂金,河岸边齐膝高的麦苗,绿茸的稻秧,叶儿上闪着晚霞的金光。散落在麦田里的桃树,毛桃儿结得蒜瓣儿似的,招人喜欢,我的心里却泛不起诗意来。

"老人来，出了什么事呀？"她着急了，"你说呀！我也好帮你出个主意。"

我说不出口。

"你觉得不好说的事，就不要说了。"她很贤明地说，"我只是劝你一句，无论什么事，都想得开一点，不要愁眉愁眼的。新社会了，还能有多大的事呢？"

她显然没有料到我的困难的严重性。这种局面，迟早要让她知道，再为难也不能不说清楚。我终于向她叙说了今天父亲来的举动。

"哈呀！这么点事，就压得你抬不起头来了？"她撇撇嘴笑笑，嘴角荡出一缕不在乎的神气说，"老封建家长都是这一套办法！我要跟大张村解除婚约，我爸把铡刀提起来，先往我脖子上砍，我跑了。他又砍自个，我妈一拉，他就扔下了，谁也没砍！全是这一套……"

"我的父亲，跟一般庄稼人不一样。"我向她说明我父亲的心性和脾气，"那可不是吓人的。"

"动真格的也甭怕！"田芳说，"慢慢来。没有斗争，就没有自由。我来上学时，俺爸就是挡道。他料定我一上学，订下的婚事就毕咧。我跑到我姑家，要了一床被子，就上学来了。现在，我上学了，和大张村的包办婚姻也解决了。要是我无论在哪个节口上一退让，我就被大张村圈住了。"

"我爸的思想，特顽固！"我说，"我没见过他那样顽固的人。"

"慢慢来。"田芳说，"再顽固的人，经得多了，见得广了，会慢慢开窍的。"

"我想毕业以后,咱们就结婚。"我说,"我是一天……也离不得你……"

"你给我念过一句古诗,意思说只要俩人心心相印,在不在一块,没啥关系。"她盯着我的眼睛说,"那句诗怎么说?"

"两情若是久长时,又岂在朝朝暮暮。"我说了一遍,似乎觉得憋闷的心里透出一点松活的缝隙来,"我……像一只关在笼子里的鸟儿,好容易飞到蓝天上去了,哪怕被雷电击死在空中,也不会自己重新钻进笼子去!"

"那你愁什么呢?"

"我只怕离开你。毕业后……"

"毕业了,分配了,都在本县,见面有多难呢?"

"我想天天见到你,永不分离!"

"你又来了……何必在朝朝暮暮!"

……

父亲接连着写来三封信,要我回家,而且要我至少每个月回一次家。我不能忍受了,我找到舅家,向我舅舅说明了原委,我已经向他做出了让步,如果他对我逼得太紧,我也可能拿起剃头刀子的;他的下一封逼我的信,可能就是我的蒙脸纸;他把我逼死了,那个媳妇也就不会在徐家门楼待下去了;把我逼死了,他可能在杨徐村更不好活人了!

舅舅是个胆小人,怕真的酿出人命来,劝了我,又立即跑到杨徐村去找我爸我妈,把我的话传过去……果然有效,父亲再没有来信催逼我回家。

僵局就这样保持着,谁也不退让,也不进攻。任何一方的进攻或退让都可能打破僵局,但谁也没有这样的表示。我相信我会撑到底的,甚至用年龄的优势来等待对方——父亲。一直到我在师范学校修业期满,甚至在我工作了二年的时间,这种僵局一直维持不动。

毕业离校的前一晚,我和田芳难分难离。我们坐在山门镇旁边的小河边的一棵大柳树下,有多少话要说呀,临了却什么也不想说,啰唆的嘱咐显得毫无必要,彼此完全已经心知了。一切最动人的语言都显得那么不精确,也缺乏力量,都不足以确切地表述我的依恋之情,一切依恋之情都融化在无声的信任之中了。初恋时的心的探询,如山瀑一样迸发的热烈的倾慕的话,颤抖着的感情的波浪,全都归于一种生死相依的明澈的无言状态里。她依偎着我,我偎依着她,亲吻是深沉而强烈的,却不像初恋时那么疯狂和如痴如呆,心的交流要比语言的交流准确得多。

我们挽着手,在河边的沙滩上漫无目的地走着;在沙滩的草地上坐下来,仰望星空,倾听河水在夜间发出的清脆的响声,感受大地在夜幕笼罩下的均匀迷人的呼吸……直到黎明的晨曦照亮秦岭群峰当中最高的那座峰巅的时候,我把一条精心写就的纸签送给她,那上面写着她喜欢的一句古词:两情若是久长时,又岂在朝朝暮暮。她送给我的,也是那一句古词,而且是用绿色的丝线绣扎在一块白布上的。那块白布中间,两颗重叠在一起的心的图饰,用的是红色的丝线扎成的。

有这样一件信物揣在我的怀里,父亲怎么能撑持得过我呢?

我没有料到,生活急骤发展的浪潮,一下子把我冲得丧魂落魄,完全陷入灭顶之灾……父亲竟然胜利了!

惶　惑

我成了右派。

详细告诉你我怎么当了右派的细枝末梢意思不大。不过,于今想起来我只觉得我当时太傻了!

仅仅只是因为一句话,我说了校长一句"好大喜功"的话,却付出了二十多年的代价——生命的代价呀!

我真是太傻了!那年暑假,县里把小学教师集中在县一中里"鸣放"时,当时报纸上已经对右派进行反击了,我是抱着反击右派的决心去参战的,结果自己被弄成了右派。

我们学校新提拔的校长,就是我在师范进修时的同班同学刘建国,我俩一同分配到县西的牛王砭小学,他在速成二班当班长时,已经是学校里为数不多的几个学生党员之一。毕业后工作了一年就转正为正式党员了,第二年就提拔为牛王砭小学的校长。他鼓励我要大鸣大放,要起带头作用。我很信任他,不仅因为他是我的老同学,重要的是他是我的入党介绍人。我经他介绍,已经获得通过,正在预备期经受考验,他的话我是完全信赖不惑的。我除了猛烈地反击储安平对新社会的污蔑之外,对改进我们学校的工作也鸣放了一些意见,说校长刘建国有些好大喜功的话,就是那些意见中最尖锐的一条,祸就从此惹下了。

我现在也搞不清这是不是刘建国对我设下的圈套?他当时鼓励我"鸣放"是十分真诚的,说我们不仅是老同学,而且是在同一个岗位上战斗,应该把珍贵的礼物——意见,直言不讳地讲出来,帮助他改进牛王砭小学的领导工作,这不仅是老同学的关系,而且是对我的重要考验。我信下了。我和他在速成二班进修时,同学们对他在政治上的坚定,工作上的积极表现,没有不佩服的,只是有点好大喜功,这影响了他在同学中的威信。到牛王砭小学工作以后,尤其是在他当了校长以后的半年中,教师们私下的议论就很明显了,主要还是这一点毛病。我曾经不止一次在和他的闲聊中给他提示过,他也不反感。可是,当我在"鸣放"大会上正式当作一条意见讲出来以后,居然变成了"攻击党的领导"!

刘建国找我谈话,说他冒着风险替我辩解,领导小组才将我定为"中右",要是搁在其他人身上,有十个我就会定成十个"极右"了。我没有被发落到农场去劳改,而是仍回原单位接受监督改造。

我重新回到牛王砭小学的时候,这所我十分喜欢的小学对我来说变得陌生了。我的预备党员被取消了。我也不能再任高年级毕业班的班主任,而是代一些"地理""自然常识"之类的副课。没有多久,任何课也不能带了,让我打铃,烧开水,扫院子,完全变成工友了。

世界上的许多事,都是第一次留给人的印象最深刻,三五次以至数年累月以后,就习以为常了。我第一次牵着麻绳撞击吊在学校院中那棵槐树上的铜铃的时候,看着一个个男女教师走出办公室,端着教案和粉笔盒走向教室的时候,我想应该立即去自杀!当工友还有一件重要职责,每天给校长和教务主任送三次开水,教员们的开水是自己到开水房里去打。我第一次给校长刘建国送开水的时候,提着水壶,站在门外,又想到了自杀!我硬着头皮推开门,他从办公桌上拧过头来,也有点不好意思,慌忙站起,接住我的水壶,说:"我的水……你甭送了!"我的心里感到一种被知的委屈,真想痛哭一场。当我再送去开水的时候,我也自然了,他也自然了,随后就一切都习以为常了,甚至我推开门,放下水壶,直到走出门,他连头都不抬起来。

小学校设备简陋,没有餐厅。我打过吃饭的铃声,教员们就到小灶房里买了饭,围成一个圆圈,蹲在院子里吃饭。这个时候,是学校里教师们之间最活跃的时刻,一边吃一边聊,尽是各班学生中的洋相和趣闻。我没有勇气再和大家蹲到一起去度过这轻松愉快的时刻,我总是等那些熟悉的说笑的声音消失以后,才拉开门,端上碗,到小灶房里去吃最后一份饭,好在炊事员杨师傅总不会忘记我。当我端着已经不那么热乎的饭菜走回自己的住屋的时候,我又想到了应该自杀!

我能得到的唯一安慰,是田芳留给我的那件信物。我晚上打过熄灯铃之后,躺在我的小住房里,趴在枕头上,就摸出那个绣扎着那句动人心魄的古词的白布,眼泪就涌流出来,滴在那两颗重叠着偎依着的心的图案上。

我们最后一次见面,是在县一中的"鸣放"会期间,那是我们毕业以后的又一次难得相聚的机会。后来,当我被宣布为"中右"时,她的惊恐并不在我之下。那天晚上,我被监护着,无法与她相会。我想立即向她诉说这一切变化的由来,心情十分迫切,却不能单独自由来去了。直到"鸣放"会结束那天,她来到我们小组住宿的地方,帮助我捆被子,却不说话,我看见一滴一滴的泪水滴在捆扎被子的白色线绳上。捆完之后,我没有勇气看她一眼,低着头,懊丧地等待她开口。她没有告别,就走了,当我抬起头来,只看见她闪出门口时的一个背影。

当我回到学校,打开被子,发现有一张小纸条:

我真想打你……你太叫人想不到了!
我永远等你!

我真希望她抽打我,不是用手,而是用皮绳或者木棍,狠狠地抽打我,我在这亲人的抽打中才能得到一点负罪的解脱。

我天不明就爬起来扫地,而且尽量不扫出声响,以免惊醒正在酣睡的教师。我一天不是三次而是不计次数地给主任和校长打水,接着给所有教师都送水到房间。我打扫了院子,又自动去打扫厕所,教员厕所和学生厕所。我拣来好多烂砖头,把小灶房和走道之间的泥路铺接起来,使教师们下雨天来打饭时不踩泥水。我烧完开水,就拣尚未烧尽的煤渣儿,节约开支。我帮炊事员杨师傅洗菜、涮锅。总之,从天不明爬起来到打过熄灯就寝的铃声,我不使自己有一刻钟的闲歇时间。我想向全校一切人,校长、教导主任、男女教员、学生以及炊事员,用我的不懈的努力,证明我改造的诚心。我的老同学刘校长给我谈过,要认真改造,争取重新做人。我要用诚恳的行为,赎回我的原罪。我渴望重新作为一个人的心情越强烈,我表现出来的改造的心意就越诚恳。我甚至觉得这个六七百名师生的学校里的杂务太少了,不够我表现。

过了一年,没有人找我谈一谈我改造得怎样了?我有点急,又不敢流露出来。这天,刘建国把我叫到他的房子,对我说:

"你这一年的表现不错,同志们反映好。"

我的心扑扑直跳,做人的出头之日到来了吗?我按捺不住激动的心情,向他做出一个感激涕零的笑,却说不出话来。

"你的行动表现了你的决心。"刘建国说,"可你心里怎么想的呢?你应该向党表示一下。"

我的心又慌乱了,行动和内心难道不一致吗?我忙说:"什么时候表决心呢?"

我知道,这个时候,社会上已掀起一个"向党交红心"的运动,学校里早已刷上大红标语了。教师们每天下午开会,向党交心,我没有资格参加会议,只是埋头杂务。刘建国校长让我向党交心,我终于有了一个向全体教师剖白自己的机会。我一夜没有睡好觉,把那个发言稿看了一遍又一遍。我一定要把自己的错误思想深刻地自我批判,争取早日拿起象征着人的标志的教案本来。

第二天下午,当我把自己狠狠地批了一通,狠得我痛哭起来的时候,我觉得我的确轻松了一下。紧接着是大家的评议,第一个人的发言之后,我就没有眼泪可流了,随之而起的争先恐后的发言,一个比一个激烈。没有一个人提及我做了许多不属于我做的事。没有一个人说我表现过哪怕是一分的改造的诚意,而是对我说过的那句反党言论——好大喜功的话，重新进行批判，甚至比"鸣放"会上定我"中右"时的气氛还要严厉，火力还要猛烈。有人在分析我的反动言论的根源时，说我本身就是一个不纯洁分子，生活作风有问题……

我彻底垮台了。我回到自己的小房子里，一头就栽倒了。我又犯了一个错误，把自己的罪行看得太轻松了，尤其是把时间的概念完全弄错了。想重新做人，远得看不到头哩！我浑身没有一丝儿劲了。人的绝望，就产生于这种迷茫之中。我坚决自杀！

打过熄灯铃儿，我插了门，第一件事就是给田芳写信。我拨开毛笔帽儿，在红格白纸上写下一个"芳"字的时候，眼泪就糊住了眼睛。我听见敲门声，慌忙收拾了纸笔，拉开门扣儿，门外站着刘建国校长。

这是他第一次走进我的"工友室"，坐在一把椅子上，很关切地问："思想压力很大吧？"

我抬起头，看见他很诚恳的关切人的脸色，不过，我觉得实际上已经没有压力了。当我一心想通过无休止的劳作来争得重新做人的权利的时候，我的心头压力很沉重；当我从"交红心"会上走回小房子，觉得永远也难得出头之日的时候，就绝望了；绝望了，反倒没有压力了。我苦笑一下，垂下头。

"同志们的分析，不是完全合乎实际。"刘建国说，"关键是你应该有一个正确态度，有则改之，无则加勉。"

我没有抬起头，又苦笑一下，我该怎样做到"无则加勉"这样纯正的心理修养的境界呢？我现在希望他走开，不要跟我谈话。我要处理我急切处理的事，给田芳写信。我应酬说:"我明白。"

"明白了就好,你明天继续'向党交红心'。"他说。

"还……"我猛然扬起头,还没完呀?我只说这就完了,明天还要……我说,"我今天讲了我心里话,明天还讲什么呢?我把自己心里的话都交出来了……"

"同志们不满意啊!意见很大咧!"他用一种假借的口吻说,"比如你的婚姻问题,好多人议论纷纷,你……"

"这与我的罪有啥相干呢?"我打断他的话,"我是包办婚姻,婚姻法上规定过的不合理婚姻。我在师范进修时,你完全了解情况,你当时也支持我离婚……"

"情况在不断地发展变化嘛!"刘建国说,"同志们现在认为你不仅政治上反动,生活作风也有问题,看来任何事情都不是孤立的。生活作风的腐化,必然导致政治上的……你应该在明天'交红心'时,深刻地挖一挖思想根子……"

"怎么能说成生活作风腐化呢?"我说,"田芳,我和她的关系好,可俺们没有……越轨的行为。再说,田芳也是贫农的女儿,她怎么会将我腐化了!我搞不清了。"

"你不了解她。"刘建国说,"这个人,有很多优点,也比较轻浮。她向我……我拒绝了!后来,在她入团时,我到她们村里去了解情况,党支部介绍说,她爸旧社会在西安混荡,收拾下一个没来历的女人,有人说是……窑子!"

我的天啊!田芳的母亲有人说是窑子,田芳被刘建国看成了轻浮的女子,于是就将我腐化成反党的右派了!难道就是要我明天在"交红心"会上这样去揭根子吗?我忽然记起,田芳当着我的面,焚烧刘建国的第五封求爱信的情景。谁更可靠呢?

刘建国走了以后,我再次插上门,掀开墨盒,拿起毛笔。坚决割断和田芳的关系,越早越快越好。我无出头之日的指望,田芳不能真的等我一辈子。我知道,任何劝解她的道理都无济于事,只会招来她对我的更深的依恋。必须找到最狠毒的恶言秽语,骂她一个狗血喷头,才能遏制她朝我跳动的心。我找不出这样一个词来,我想给她安一个不好的毛病也找不到。我忽然想到刘建国刚才的话,只有他才能想到的话,此刻帮了我的忙。我咬着牙,大约把嘴唇都咬破了,血滴在信纸上,却没有感觉到疼痛,信纸上留下一行罪恶的墨迹:

"你妈是个窑姐,你把资产阶级思想传给我,将我腐化了……"

第二天,在又一次"交红心"会上,我只是机械地重复着一句话:"我没有红心。我是颗黑心,反党的狼心狗肺,请大家批判……"我成了一节没有知觉的木桩,任凭四方的污言秽语朝我脸上泼来,而于心不惊了。

这天晚上,我用一条捆书的细绳合了几股,使它可以负起我的重量,挂上了房梁,在我把头伸进去的时候,心里竟是安详的。当田芳接到我的信时,也许同时就听到了我的死讯,她会憎恨我;憎恨我,比恋着我好;于她也好。

我没有死。当我恢复知觉时,才知道把我从另一个世界拉回这一个世界的人,竟然又是刘建国。他是一个细心的人,成熟的人,早已看出我"神色反常",悄悄地防着我了。我不想感激这位救命恩人,倒憎恶他了。

死讯惊动了几十里外的父亲,他惊慌失措地赶到牛王砭小学里来了,一来,先抽了我两个耳光……

这下该信我的话了

父亲推开门,在门口站住了。

我正坐在桌前,抬起头,看见父亲苍白的鬓发,惊急气恨的眼色,就慌忙站起来,去找椅子。我的房子,变成学校的小库房了。办公桌上堆满一摞摞教案本和剩下的课本,垒着粉笔盒子,墙角堆着一捆稻黍笤帚和葛藤编成的簸箕,地上放着两只木箱,装着篮球、杠铃、跳绳一类体育用具,那把椅子上,也搁着前几天刚购置回来的羽毛球拍和跳棋盒儿。整个小房子里,只有我栖身的一块窄窄的床和一把坏腿椅子闲着。我想把那稍好点的椅子腾下来,刚走出一步,父亲的巴掌就抽到我的脸上了——

"啪!啪!"连续两下。

父亲第三次举起巴掌的时候,被陪着他走进门来的刘建国校长拉住了。他按着他的肩膀,使盛怒的父亲在那把坏腿儿椅子上坐下。他说了一席安慰父亲也安慰我的话,就走出门去了。

我在凌乱得像个狗窝的床铺边坐着,垂下头,挨过抽打的脸颊烧辣辣的。我没有料到父亲会以耳光和我见面,却也没有惊慌失措。我第一眼看见他从门口走进来,真慌乱得不知如何是好,该怎么向他说明白我的处境,这一切的由来?他的两巴掌打过之后,我的心反倒安静了,不必再向他做任何解释了。我的父亲,在我的记忆中,很少对我表示过亲昵,微笑都稀少得像旱季的雨星儿,更没有通常家庭里父子间的嘻嘻哈哈的。然而他也没有动过拳脚,没有像一般粗庄稼汉和儿女们亲近时没大没小,生气时又动手动脚,骂出一串串秽言污语。他不苟言笑,也不打骂,常是冷着脸教给我怎么说话和待人。今天,他抽我耳光了,两下。

我坐着,低垂着脑袋,我成了右派,成了打杂的工友,我刚刚被旁人从房梁上的绳套里救下来……我开不得口。父亲也没有开口。我能听见他很粗的喘气声。

父亲端坐在椅子上,没有问我为啥上吊,也没有劝解,用压抑着的口气说:"你把我写给你的那两字拿出来。"

慎独!我到师范学校去进修的前一晚,父亲临行时写下的嘱言,我后来当作可笑的废物焚烧了。现在想到这个嘱言,我的心猛然一震,更加抬不起头来,就支吾说:"毕业时……弄丢了……"

"丢了!哼!丢了!"父亲悻悻地自问自答,"这下你该明白那两字的意思了!"

我早就明白那两字的意思,要谨慎,尤其是单身独处时,一切都要慎重,时时刻刻都要谨慎从事,包括言,也包括行。我的名字是父亲给起的,慎行就是这意思;我弟弟的名字也是父亲给起的,叫慎言,还是这意思。我在进入师范学校进修以后,父亲自幼给我心理上设起的防护堤,被新的生活的浪潮一节一节冲垮了。我既不慎言,也不慎行了。老师和同学们都说我从封建桎梏下脱胎成一个活泼泼的新人了。现在,父亲以毫不疑惑的语气说的话,证明了他的正确和我的失败。叫我想,他此刻有更多的话可以说了。譬如说,如果在说话时慎重地考虑一番,什么话该说,什么话不该说,那么今天就不会是这样的局面了。如果在决定给新任的刘校长提意见之前,慎重地考虑一下这种行动的不好的后果,那么,今天也就不会落入这种尴尬的局面。如果……那么……父亲完全可以以胜利者的姿态教训我:如果把我的话在心里稍微当一点子事儿,那么也就不会自寻苦吃了。我想,父亲一定想这样说,也完全可以这样说,可他没有这样说,只是问他写下的"慎独"的嘱言,让我自己去想想。

"病从口入,祸从口出。"父亲沉吟着,"谁都明白这道理,谁也难身体力行。图得一时馋嘴而染病,图得一时畅快而招祸……"

我心里痛苦极了,自从遭祸以来,我耳朵里灌进的全是严厉的批判反驳的正言义辞,没有一个人解析我的提意见的真实动机。现在,父亲用他的处世哲学来替我刨根溯源时,我仍然不能服气,心里有一个可怜的声音在叫着"冤枉"。我对父亲说:"'鸣放'会上,县长,教育局局长,都到会上来做报告,动员我们要'大鸣大放','帮助党整风','是每个党员和干部的革命责任心强不强的大问题'。我是人民教员,革命干部,又是预备党员,怎能不听党的话呢?我……"我又说不清了。

"我一辈子只求自己善处独身,不问人过。"父亲说,"我管不了别人,哪怕男盗女娼,我也无力管约。我只求自己做一个正人君子……"

"党章上批评的就是这样的思想。"我不能同意父亲的话,抱屈地说,"党要求每个党员要开展积极的思想斗争,只能不是洁身自好。我是预备党员,我听党的话……"

"这个话你该问自己,怎么回事?"父亲并不觉得我有什么委屈,反而直挖我的心底,"我不是预备党员,不懂党的规矩;你是,你也懂,你说为啥?"

我说不清为啥。我虔诚地拥护"大鸣大放"和"反右派斗争",却没有想到自己会是一个右派。我自己成了右派,也没有丝毫的异议怀疑反右斗争的偏颇。这样,我处于痛苦之中。即使处于痛苦之中,也不能重新接受早已听得心烦耳腻的父亲的处世哲学,经从我心里被荡除出去的陈腐发霉的东西了。但是,不管造成我的那是已这种结局和处境的原因如何解释,而结论却正好证明了父亲的正确。

"我也不想再说这事了,说也迟了,无用了,于事无补了。"父亲此刻平静下来,一种世故的平静,"我想过了,君子不吃后悔药。你也甭太难过。不能做先生,那就当农夫。回乡务农,自食其力。'人到无求品自高'哇!"

我苦笑一下,告诉他,新社会的人民教师,是有组织性儿的,不像旧社会做私塾先生,愿意受聘即去,不愿受聘就不干,一切要听从教育局的调拨安排。

"那么,现在安排你做什么事?"

"打铃,扫地……"

"打铃扫地就打铃扫地,总没判你死刑吧?"父亲倒显得不大在乎,"你愿意打铃扫地就在学校打铃扫地,不愿意打铃扫地了回家去务农。你要再想死,先给我招呼一声,让我跟你娘先死,你把俩老人埋葬了,再死不迟。让我跟你娘给你抬棺下葬,你良心上能过得去?"

我的心里阵阵发酸,终于忍不住,哭出声来。我们父子间平时很少这类骨肉情长的交谈。我看见了他的白发,他的苍老的脸,虽然像过去一样严峻而死板,毕竟因为垂暮的神色令我醒悟出自己的家庭责任了。我真想放声痛哭一场,无遮无掩,痛痛快快地放开喉咙大哭一场。

"我没有力气来搬你的尸首了。"父亲淌着泪,却说着这样凄惨绝情的话,"我也不会让杨徐村的乡亲来搬尸。你日后怎样活人,自己想想吧!我的话你不听,'子大不由父'。我也管不上了!"

他要走,我也没有实心挽留。我在学校的这种低下的处境,他也没有脸面再待下去。我送他走上那条爬上东塬的官路时,看着他拄着一根粗劣的手杖——实际是一根树枝——缓缓走去的步态,我可怜起他来了,狠狠地捶打自己的胸脯。我落到一种怎样的地步?学校里把我当作不忠诚分子,父亲也把我当作叛逆者,我算一个什么东西呢?

晚饭以后,校园里呈现出一种松懈下来的恬静的气氛,教师们有的提着水壶,懒洋洋地迈着步子到水房里去打水,或泡茶喝,或掺成温水擦身,再不像上课时那匆匆急急的样子了。有的教师在槐树底下下象棋,有的在井台上洗衣服,谁的舒悦的笛声在一排排教室之间缭绕。我关好开水炉,就提上锨和扫帚,去打扫厕所,这是清除师生们排泄物的最佳时空。

"徐慎行,你出来——"

天哪!田芳在喊我!我手中正在便池里掏挖的铁锨掉在地上,眼前一黑,我差点跌到屎尿池子里去了。我跌倒在墙上,那炸雷一样轰击我耳膜的余音还在回荡,心儿慌乱不止,我几乎被震昏了。

"徐慎行,你出来——"

我无处躲,又无处逃,从再次响起的声音判断,她就堵在男厕所的门口。我自发出那封臭骂她的信以后,就没有再想过还会和她相见,偶然的相遇也许不能排除,有意找我的事,大大出乎我的预料,我捂着良心和为人的道德,向她脸上泼去了多么脏的东西!我无脸见她,也不想再做解释。我要她永远恨我,甚至鄙视我,都比依恋我要好……我惶惶然从厕所门里走出来,做好了挨耳光的精神准备。

我一走出厕所门,就看见一双愤怒的火燃烧得痛苦不堪的眼睛,我立即低下头,再不敢看了。她在看见我的最初一瞬,身子微微颤抖了一下。不容我多想,我就听见一声吓人的呵斥:

"我要批判你!到这边来——"

她的非常举动使我忐忑不安,她要批判我?我当了右派也有一段时间了,她现在才想起来要批判我?我机械地走到那个小花坛前头,随她站住了。这是学校里最显眼的地方,房檐下的墙壁上挂着一只大钟,下面写着四个仿宋红字:按时到校。有几个教师站在远处看着。

"徐慎行,你身为人民教师,预备党员,恶毒反党,攻击社会主义,我坚决要批判你——"

她站在那里,离我有两米远的地方,一本正经地对我进行面对面的批判。我垂下手,低着头,不做任何表示。我听见从两边纷沓而来的脚步声,好多教师围过来看热闹了。

"你想自绝于人民,愚蠢透顶!党和人民花了多大代价培养了你,你不知向人民向党报答恩情,反而反党,自杀,你的良心何在?"

我的心在颤抖,头上冒出汗来,这些司空听惯的批判语言,今天由她对面说出来,我痛苦极了,惭愧极了!周围已经围了许多教师,凡是闻听到消息的人,都来看热闹了。我不知道校长刘建国在不在场?我没有抬头的勇气。

"你不服气吗?说你反党,你不服气,用自杀来威胁别人,谁吃你那一套!你要明白,党不是抽象的存在,在学校,代表党的就是校长,你恶毒攻击校长,就是反党——"

"田芳,你啥时间来的?"我听见刘建国校长的声音,稍抬一下头,就看见他走到田芳跟前,一副老同学间热诚的口气,"你胡来啥哩!走,快到我房子坐……"

"我是专门来批判他的坏思想的。"田芳说,"我和你是老同学,和他也是老同学。他和你分配在牛王砭小学,不协助你好好工作,反而攻击党!我看哪,他这个家伙纯粹是想往上爬!借着整党之机,攻击你,自己再爬得高些……"

我的天哪!我想爬高吗?我想借着整风弄倒别人自己往上爬吗?我明白我有许多毛病,却还没有如此恶劣!

"唔!你的心情可以理解……"刘建国说。

"你多虚伪啊!"田芳指着我说,不听刘建国的劝解,而且气更足了,"我们同学两年,我怎么当时就没有发觉呢?你假装积极,实际是想往上爬,不惜攻击同志和领导,踏着别人爬上去,你多虚伪啊!你……速成二班出了你这个右派伪君子,是全班同学的耻辱……"

"行啦行啦！田芳——"我听见刘建国的声音，似乎有点尴尬，不自然，"走吧走吧！到我房子坐坐——"

"我要赶回学校去，没时间坐了。"田芳说，"我以速成二班同学的名义警告你，老老实实交代，老老实实改造，老老实实做人！历史从来不包庇虚伪的人……"

她走了。我听见她的脚步声朝门口走去，才敢抬起头来，她又回过头，给刘建国说："我一有空儿，就来批判他！"说罢，昂起头，走出学校大门去了。

我一回头，看见刘建国有点发黄的脸色，眼里罩着一层憎恨的气色，气憋憋地走了。那些围观的教师们，有的莫名其妙，有的在神秘地交头接耳，不光是在嘲笑我吧？

我又走回男厕所，抓过锨把儿，心里猛然豁开，似乎此刻才完全醒悟，她是在旁敲侧击，痛骂的并不是我。骂我批判我，用不上伪君子这个名词。对这个名词更敏感的人，应该是他——刘建国校长。我竟然有一种从未有过的痛快，好像我骂了我想骂的人一样解气，痛快。我的胳膊上陡然涨起力气来，戳得那装着屎尿的便池哐啷哐啷响……

大约过了十天，她又来了，故伎重演。这次她来时，我正在房子里躺着。她在门外叫我的名字，大喊大叫要我"接受批判"。我慌忙跑出来，又站到挂钟下的小花园旁边。她又把我狠狠地批判一番，痛骂一番，挖苦讽刺，比第一次更尖酸了。我低着头，听着她的连挖带损的话，心里舒服极了。

刘建国这回也不客气了："你不能随便来批判人呀！要批也得通过组织……"

"我一看见这个虚伪的家伙，眼都黑了！连组织手续也忘了……对不起!"

她走了,没有去刘建国的房子办组织手续,也没有进我的房子,竟自走了。

她又来了两次。几乎所有教师都知道她的举动中的真实含义,刘建国也更是恼恨。这样下去,又怎么办呢?她第五次来的时候,我在房子里听见她叫我的声音,便从后窗跳出去,逃走了。

她再没有来。

自觉进入

我收到田芳一封信。她只字不提她几次赶到牛王砭小学来批判我的事,既不解释这种举动的真实动机,也不询问后来产生的效果,纯粹是对于我的那封恶毒地骂她的信的答复。

她在信中说,如果不是信的末尾附着我的名字,她会百分之百地判断成刘建国写的呢!在她拒绝了刘建国的求爱信以后,刘建国就说过一句类似的话。狐狸吃不着葡萄,就说葡萄是酸的,甚至说葡萄的祖宗更酸。她不计较我,是因为她认为那恶毒的信并非我的真心……

我实在忍受不了这种感情的折磨。我应该立即奔到她的面前,跪下,说明我的真心,让她抽我,打我。我抓着信纸,贴在脸上,像贴着她的手,饮泣不止。我流够了眼泪,冷静一点之后,我就给她写回信了。

我写道,我仍然坚持前信的看法,解释也没用。而且宣布,从今往后,我再也不写回信,不看来信,接到即投之以炬;我再不和她见面,一切都到此为止……

不要骂我心硬吧!我成了什么人?简直不是人了呀!我怎么能牵连着她跟着我受苦?只有用最冷酷的斧头砍断俩人的纽带,除此无法使她和我的心分开。我只能这样做。

她又来过几封信,我咬着牙扔进烧水的炉膛里,连拆也不拆开。她后来又找我两次,我仍是从后窗逃避了……我相信我的举动是为着她好。

她到牛王砭小学来批判我的行动,完全撕开了我和刘建国之间的那一层老同学的关系。即使我当了右派,刘建国表面上仍然是关心我的,他说,要不是他关照,我不会定为"中右",早该定成右派,发落到农场去劳改了。他说,他并不在意我当众说他"好大喜功"的话,只是我的话说得不是时候,在右派猖狂向党进攻的时候,我的话正投合了右派的需要,性质上就变成右派反党大合唱的一个音符了,并不是对他刘建国本人的威信有何伤害……我最初相信这些话,也相信刘建国,即使我当了右派,我也相信他说的主要是在非常的背景下说了不合适的话。现在,自从田芳来过几次以后,刘建国再也不对我说什么了,他冷着面孔在院子里喊:"怎么搞的?院子脏成这样?"那无疑是在大庭广众中谴责我没有尽到扫地的义务。

他对我给他每天送水再也不觉得不好意思,甚至连头也不从报纸上抬起来。

每月一次的改造汇报,他都亲自主持,在全体教师面前,我把自己骂一通,让教师们再批判。尽管我觉得那些污水脏物是自己吐到自个脸上的,教师中有几位总是还嫌我吐得少。刘建国过去还要肯定我一点进步,越到后来,反倒一丁点儿也不肯定了,总是强调我思想深处的东西,尚没有触动。我已经从记不清多少次的改造检查中得出一个结论,真诚的检讨和应付差事的检讨得到的实际效果是一样的。你真诚地批判自己,他说你没有"触动思想根子";你应付差事地乱骂自己一通,他照样说你没有"触动思想深处的肮脏东西"。我索性不再伤脑筋了,居然也能做到面对众人检讨时"脸不改色心不跳"了。

我烧水,打铃,扫地,打扫厕所,替炊事员杨师傅烧火,择菜,洗锅刷碗。我与任何人也不主动说话,而当别人问我一句话时,我竟然感到一种荣幸,似乎我的身价也提高了。久而久之,我完全接受了"右派"的既成事实,自己也没有一丝信心把自己当人看了。过去,有的学生骂我一声"右派",我心里忐忑一下,现在已经于心不惊了,甚至莫名其妙地对喊着"右派"的学生笑一笑,讨好似的笑一笑。

和我接触得最多的是炊事员杨师傅。本来,帮他添煤看火,洗锅刷碗,是我为了表示改造的诚意而主动承担的额外的事,时日一长,他倒把我当成半个炊事员了。活儿稍一紧,他就叫我,甚至骂骂咧咧地在院子里喊:"徐慎行,你狗日的钻到老鼠窟窿去了吗?火灭咧!"或者是:"徐右派!没水咧!你不绞水,挠去啦吗?"我一听见他的喊声,就去烧火,就去井台上绞水。我也不恼,也不说明我正在忙着其他活儿,好像我真的躲到老鼠洞里偷闲,或者是在做下流的事——挠尿去了。

他也有对我好的时候,那往往是他受了校长的批评的时候,就会对我十分诚恳,把两倍于定量的饭菜塞到我面前,赌气地说:"吃!不吃白不吃!你不吃,指望刘建国那个杂种说你的好话吗?妄想!甭那么不顾死活地干!你指望刘建国给你说好话,摘帽子吗?妄想!那个杂种没有人的心肝!狼心狗肺!你怕他,我不怕他……"

他有时对我又十分恶劣,那往往是他受了刘校长表扬的时候,就会对我瞪起三棱子眼睛:"你狗日的一天磨磨蹭蹭的,不好好改造,你死到阴司也不是个好鬼!人家刘校长跟你是同班同学,瞧人家而今在啥位位上敬着?你而今在啥洞儿里蜷着?共产党是人民的大救星,你敢反党,真没看出,你后脑勺上长了一根反骨……"

然而更多的是他既没受到刘建国的批评也没受到表扬的时间,他就一边揉着面团,一边斜着眼儿,说着损我的话。他一个人做饭,许是太寂寞;教师们一般不屑于和他有过多的交往,没有共同的语言;他于是就把我当作开心的对象:"徐慎行,听说你的本事很大的咧!能写能画,吹拉弹唱,是个全才咧!听说你能倒背《论语》,学问深沉咧!你没事干了,挠挠尿去嘛!怎么就要长嘴长舌地提意见?这下倒好!放着人民教师的位位不能坐,跟我这号下苦人烧锅燎灶,侍候人家。本来该我这号受苦人侍候你哩!"

他有时又显出很下流的样子:"你这家伙艳福不小哩!那个装模作样来批判你的女先生,长得多疼人哪!听说你跟她念书时,'咕咚'在一搭?嗨!你实话说,你跟她×来没有!哈呵!甭脸红哇!只要摸她一把奶,死了也值了!"

我要是不能忍受而抽身走掉,他就会大喊大叫:"这贼驴日的右派又钻到哪搭去了?不看看火都灭咧!真是顽固……"

我索性不说话。无论他骂,他损,我都权当是狗放屁。我最怵火的,是他到刘校长面前对我的揭发。刘校长经常通过他了解我的言行。祸从口出,我记下了这个千古名言。时日一长,我甚至能对着他骂我损我的脸孔傻傻地笑笑,讨好地笑笑。

我的妻子的变化更富于戏剧性。

我自那年暑假成了右派,就没有回家去过。我怕见父亲,怕见杨徐村的父老兄弟,尤其怕见我的妻子淑娥。我不知该怎么办,和田芳断绝了,我更愿意孤身独处。在这种情况下,我觉得最难处理的关系是她。离婚吧,我正是政治上遭难的时候;回去与她凑合着过吧,我心里觉得自己太下贱了,连个人味儿也没有了。

寒假里,我没处去了,想在学校待着,刘建国安排了轮流护校的人员,居然没有我,更不容许我整个一个假期都待在学校了。他不放心我,怕我纵火或爆炸吧?我在寒冷的腊月里,回到了有点陌生的家乡杨徐村。

村子里的临着街巷的墙壁上,有用白灰刷写的大幅标语:"社会主义好","保卫社会主义江山,反击右派进攻"。我几乎再不敢东张西望,低着头蹓进了自己的门楼。

我踏进院子,听见小灶房里有"啪嗒啪嗒"的风箱声。我的妻子淑娥大约听见脚步响,从小灶房里探出头,看见我,站直了身子,问:"你找谁?"

她装作不认识我了。我也不知该怎么对付这种局面,避开她的恶恨的眼光,径直往里走。

"噢!这是有名有望的徐老先生的好儿子呀!我这笨人笨眼,倒认不得了!"她在灶房门口拍打着手,拍打着膝盖,大呼小叹,揶揄着说,"听说你干阔了,从左派升成右派了!真气魄呀!给徐家争下光了!"

我的心像是给扎了一锥子,疼得几乎窒息了。我走进自己的住房,瘫痪似的跌坐在椅子上,脑子里麻木了。

她又赶进房里来,手叉在腰里,站在门口,嘲弄地撇着厚厚的嘴唇:"你怎么一个人回来了?你的白毛女呢?那个野婆娘呢?"

"你……"我的血一下子冲到脑顶,忽地站起,拳头捶在桌子上,"你再……胡说一句!?"

"在我面前凶,算啥本事?"她根本不怕,反而挺挺腰,"有本事在学校里发凶去!"

我想到我在学校的屈辱,顿然软了,坐了下来。

"你的右派,也不是我给定的,在我跟前凶啥呀!"她得势了,"你压迫了我整十年,欺侮了我整十年,我低声下气跟你快十年了!够了!你而今落下个大右派,跑回老窝儿来了,要是不当右派,你还是钻在野窝儿不回来……"

"那……"我说,"你也用不着这样。你不愿意了,随你的便!"

"离婚!"她随口说,"我找个农民,他也不弹嫌我人丑没文化。我早受够了,离……"

"好,既然离婚,再甭说了。"我说,"明天去办手续,各走各的。"

"谁不离就不是娘养的!"她跳起来,更加不可抑制,"我现在就去社长那儿开介绍信!"

她走出门去了。

屋子里很静。父母亲不知做啥去了,屋里没人,我一个人坐在屋子里,开始抱怨父亲,如果当初不是他用剃头刀威胁,何至于此!这个张淑娥,过去像个绵软的蛾子,总是怯怯地看我,从来也没有高声说过一句气话,开口总是叫我"先生",像旧戏里的侍女一样低声下气地服侍我。现在,她变成一只凶恶的黑蛾了!扑棱着翅膀,大喊大叫着要和我离婚,从门口沿着街巷喊过去了!我想,这下子,杨徐村人都知道我们的家丑了。

父亲和母亲走进院子,脸色惊恐,问我和她闹仗的原因,哀叹一声,也不再说谁是谁非,只是母亲连连挥手:"快去快去!把她拉回来。让她在街道里大喊大叫,打粪场上的人跟戏台下一样,真是丢尽人了……"

直到天黑,母亲也没能把她拉回来。她在粪场喊,说她坚决要离婚,随之又赶到社主任家,哭一阵子喊一阵子,说要是社主任不给她开离婚介绍信,她就不回家……

连续三天,她从早骂到晚,到社主任家要离婚介绍信。我的父亲是个好面皮的人,这下气得躺下了,茶饭不进。母亲跟前撵后,给儿媳妇说好话,劝解,急得都哭了,仍然不济事。俩老人惊叹:怎么也想不到腼腼腆腆的淑娥,一眨眼变成羞耻不顾的母老虎了。唉唉!

最后只得由我出面,去给社主任说话。我说了话,他才给她开了介绍信。

第二天一早,她洗脸梳头,催我到县法院去离婚。我心里冷冷地跟她上了路。

走进县城,走过一家饭馆,她说:"给我买饭,我饿了!"

我忽然有点难受,可怜起她来了。她跟我结婚成十年了,这是第一次进饭馆吃饭。我忽然觉得我过去对她太……我买好饭,炒了几个小饭馆里最好的菜,从窗口取出来,放到桌子上。她倒神气,右腿压着左腿,二郎担山坐在桌旁,等着我端来菜又端来米饭,像是报复似的瞅着我:你来服侍一回我吧!

"给我取盐来!"她支使我。

我从另一张桌子上取来盐碟儿,给她。

吃罢饭,她率先走出去,我在后面跟着。走到县百货公司跟前,她走进去了,站在柜台前,对售货员说:"取一双雨鞋。"她试试大小,然后对我说:"开钱!"我连忙给售货员开了钱,心里不由得又酸酸地像潮起醋了,这是我跟她结婚以来第一次亲手给她买东西。

"走,你领路。"她出得门来,精神抖擞,"你认得法院的路。"

我走到法院门口,回头一看,不见她的影子。她大约是第一次进县城,该不是在大十字走错路了吧?我慌忙去找,跑遍了县城的东关西关,又跑了南关和北关,没见她的踪影。从午间找到午后,我的两腿酸困,只好往回走。走过十里平川,路经一条小河的时候,我在桥头上看见她冻得发紫的脸。

"你……"我站在她跟前,气呼呼地说不出话,"你……怎么在这儿?"

她缓缓地站起来:"我在这儿等你。"

我看见她的脸色不好,说话也柔气儿了,忙问:"你不是要我跟你到法院吗?"

"到法院做啥?"她装傻卖呆。

"离婚呀!"我说。

"离婚?我才不干那号傻事!"她说,"我要叫杨徐人都知道,我也敢离婚!这几年你要跟我离婚,女人们都下眼看我,说男人不要我了。现时,我也不要男人了!其实,我哪能真真儿去离婚哩!"

我一下子瘫坐在河边的枯草地上,她在村子大叫大喊,到社主任家大哭大闹,原来是为了挽回她的可怜的面子啊!

她哭了,用袖子揩揩眼泪,一甩头,就踏上了木板搭成的独木桥。

我从干枯的草地上站起,走过去,踏上小桥。冬日惨淡的夕阳的红光,在蓝色的河水里投下淡淡的血红……

我的那间小房子

牛王砭小学坐落在一道砭坡下,门前是一条小河,砭坡上排列着大大小小几十个村庄。缓坡上是纵横摆列着的极不规则的田地。陡坡上生长着一岁一枯荣的杂草酸枣棵子。那些随处可见的红石子堆砌的崩坎,一年四季裸露着干燥的红色,令人看了难受。村庄周围那些低洼的土层厚而水分足的地方,一团团桃杏的花云,象征着这贫瘠砭坡地带四季中最轻松活泼的季节。冬天里有大雪降落的日子,这砭坡也会呈现出刚柔互济的气魄。顶入不得眼的是夏末秋初,一场旷日持久的干旱,把坡地上的草木渴死了,干枯了,树木早早落了叶子,玉米苗儿尚未抽出缨花来,就拔掉喂牛了。整个山坡上,像火烧火燎过一样,看去使人难受。

只有学校门前的这条河川,一年四季里都使人能感受到大自然的美的韵味。即使在干旱炙烤得砭坡上到处冒烟起火的焦灼时节,河川里也生机盎然。

一条条自流灌渠,把河水曲曲折折地引进玉米地、棉花田和瓜园里。一架架黄牛或青骡拉着的叮当叮当响着的解放式水车,把清凉的地下水汲上来,灌进刚刚显旱的田地。

我常常打开后窗,坐在我的小房子里,看砭坡和河川四季景色的自然转换。

学校坐南向北,三排土木结构的房舍,用木椽裹打起来的黄土围墙上,春天有小草小蒿冒出来,入夏稍遇干旱,便率先枯死。校园里有粗大的洋槐,阴凉极厚,春五月的洋槐花香透校园的每一个角落,晚饭后常有教师在树荫下品茶或下棋。三排房舍,教室与教室之间夹着教师的寝室兼办公室,因为房舍欠少,皆是三人或四人一室,一人一张床,一张办公桌,中间只留一个走道出入。似乎没有谁嫌太挤,条件限制,只能如此。只有校长刘建国一人一室,因为是一校之长,负有某些秘密的工作责任的需要,大家也没有异议,也更不会说成特殊化。

我最初在后排的一间房子,因为是小学高年级的班主任,所以稍为优待,三人一室。初年级的老师和科任老师,一般是四人聚居。自从我当了右派以后,就搬出了那个三人一室的办公室,颇有点依依不舍。三人虽然拥挤点儿,因为脾气相投,处得挺和睦,早晨不怕睡过头,晚上熄灯后可以聊天听闲话,从来不觉得孤寂。

学校的东边,有一排坐东向西的小房子,不做教室,只让人住的小房间。南头两间是灶房,接住两间是水房,第五间就是我后来搬入的房子。第六间是原来的工友韩民民的住房,他因为我的替代而升为事务员了。最后一间是炊事员的住屋。

韩民民是从农村招聘的工友,只在扫盲班里粗识一些常用字,会拨算盘珠儿,人却极灵聪。除了打铃搞卫生,因为上级没有拨调专职事务员,每逢开学结业的大忙日子,常是韩民民帮助买课本以及教案、粉笔、墨水一类杂物。他最喜欢的是替校长刘建国传达开会或什么临时通知,到各个房子去说一遍。小伙子年轻,有点爱面子,常在上衣口袋里插两根钢笔,小分头用水抿得熨熨帖帖,努力要把自己提高到一个教员的规格,而不致使人觉得他不过是勤杂工。我的落难,使他得到了做梦也想不到的天赐良机。我来打铃、烧水、扫地之后,他就成为专职事务员了。他住在隔壁,杂物却依旧堆在我住的房子里,不腾不挪,每逢给教员发教案、粉笔和笤帚,就到我住的房子里来拿。令我感到安慰的是,他尚相信我这个右派不会破坏公物,也不担心我偷盗。

"徐慎行——"他过去一直称我徐老师,说不上尊敬,这是学校里教师之间的习惯称呼。现在他直呼其名了,我也能想得通,"我在供销社把炭买好了,你去拉回来,这是票据。我还要去……"要去办的事自然很多,他很忙。

我就拉起那辆学校里甚为宝贵的架子车,从牛王砭供销社把炭拉回来。

每一次我做改造汇报的时候,第一个站起来说我交代不彻底的总是韩民民。他说某日某次我的铃儿晚打了整整一分钟,又说某日我打扫过的厕所里把脏物遗在了站台上,还有某一回的开水没有足滚。他是看见刘校长把鸡蛋冲成了一碗糊汤得到反证的,因为足滚的开水冲出的鸡蛋是呈絮状的。他的揭发往往使刘建国显出不耐烦,大约是他的讨好太显露,又在众人面前,而且讨好讨不到点上。不管怎样,我也无法记清某日某次的铃儿是否准时,水是不是足开,厕所里是否遗落下脏物,我都一律做出诚恳接受的姿态:我一定改正,欢迎大家监督……

出门干活,闭门思过,谁的房子我也不想去,怕因此而玷污别人,于自己也惹是生非。我关住门,躺在窄窄的床铺上,看吊着蛛网的顶棚,看房子里堆得满满的杂物,废弃的粗壮的麻拧的井绳,破了口的蔫瘪的篮球,散了架的克郎球盘,缺杆少珠儿的毛算盘,都从墙壁上,地角里,桌子下朝我瞪着可笑的眼睛。我初来时的寂寞,而今觉得这堆积有用和无用物品的小库房,是我借以安身立命的最恬静的角落了。

如果韩民民推门进来取什么东西,我立即从床上翻起来,站到地上,等着他取到东西走出门去,我再闭上门。他进这间小房,从来也不打招呼,推门而入,端直而出,如入无人之境,我也不觉得他对我有什么不恭。我有一条理由可以排解这种疑惑:房子本来就是韩民民的库房,他进自己的库房,自然不必敲门或打招呼这一套麻烦手续了。

我躺在床铺上,不由得思索回味我的父亲给我起下的这个名字:慎行,由此又联想到弟弟的名字慎言,以及父亲临别时嘱咐我的座右铭:慎独。言语和行为,在一个人单身独处的时候,应该慎而又慎,就是这个意思。这个意思,我只有现在才体味到它的颠扑不破的正确性。回想在师范学校的生活,我真有点不敢相信自己,我多么轻狂啊!想唱就唱,想说就说,想玩就玩个痛快,简直跟疯了一样啊!如果我当时起码在心里给父亲的嘱言保留下一个小小的角落,在"鸣放"会上有一点警策的作用,我就对自己的言论谨慎了,就不至于说出刘建国"好大喜功"的意见来,就不会有今天的这种蹲不下又站不直的难受处境了。

我如果彻底被打成右派,不是"中右",跟右派们一起劳改,也许猪崽不笑老鸦黑了。唯其因为我是"中右",比右派在性质上有轻重的差别,倒成了糟事,把我继续留在学校使用,改造,生活在许多好人中间,我就愈加顾影自怜了。我的体会是,站不直也蹲不下的这种屈腿弯腰的姿势,比站着或蹲着都更难忍受,大约是人的姿势中最难耐久的一种姿势了。

我再不能不慎言慎行了。

我取出笔和墨盒,墨盒干涸了,毛笔也干涸了,用水泡一泡。我找到一块书页大小的硬纸蘸了墨,写下了对自己的警告:慎独。我把它贴在床头,使我无论坐着或躺着都能看到。我感到了内心的惶恐,绝对需要这样一张护身护心的神符来佑护我,再甭出乱子。

过后两天,刘建国走进我的房子,一来就瞪着两只煞有介事的眼睛,在我桌边的墙上逡巡,而终于停在床头的墙上。他严肃地看一阵子,并不是欣赏我的书法,转过身说:"这个东西给我。"他未经我应诺,已经从墙上撕下来了,一句话也未说,径自走出门去了。

当天晚上,临时召开教师会,提前让我做改造汇报。没有人对我的汇报感兴趣,对"慎独"两字的批判一下子就成为会议的中心主题。我预知,会议之前,教员们早已得到批判的目标了。其余人的分析可以略去,刘建国的分析是校长的水平,自然高了一筹,深了一层——

"'慎'什么'独'?你的错误难道是不'慎'的结果吗?如果不从思想根源,阶级立场上彻底改造,怎么'慎'得住呢?这种封建修养的方法,怎么能救得了你的反动灵魂呢?"

我的头上冒汗了。这些尖锐深刻的批判,使我连喘气的力气都没有。我回到房子,躺在床上,我父亲尊为至明的处世哲学,也不管用了,我想钻在这张护身符下求得安宁,反而招灾惹祸了,怎样才能拯救我的小命?

我清楚记得,这张座右铭贴上床头后,只有韩民民来过我的房子,一定是他报告了。为了这个座右铭,我整整交代了三个晚上……

三四年过去了。

我被通知说,可以任课,按教师对待了。

我竟然感动得热泪盈眶。

不过,半月没过,我就陷入自身的烦恼。为了体现按教师对待的精神,把我从那间小库房调出来,插入一个二人居住的教师宿舍。学校里增添了一些房舍,教员住得稍松了。我在这个宿舍里不仅黑天睡不着,白天也不自在。我总是处于一种高度的紧张状态,惶惶不可终日。莫名其妙地对人家笑,对同宿舍的老师或到这个宿舍来的老师说下的话,一律说:"对对对!"其实许多话我根本就没听清内容,嘴里却不由自主地"对对对"地应诺着,惹得大伙发笑。我愈发窘了,也愈紧张了。

我去上课,突然觉得我不会说话了。我的脑子里的语言仓库全部关闭了,一个词儿也拿不出来,而且十分紧张。尽管我带的是地理课,也不敢讲,急得头上冒汗,只会照课本往下念,学生已经乱得像一窝雀儿了。

一按教师对待,我就要参加许多会议,这是更难受的时刻。往常,我是右派,一月里做一次改造汇报,坐在一个偏旁的角落。现在,和别人坐得近了,我很紧张;坐得远了,又显出我不太合群,会议室没有我坐的座位了。尤其是非做不可的表态性发言,我未说先流汗,总怕说错了什么……

我向校长赵永华提出要求:让我做事务工作,让我再回到我的那间兼作库房的小房子。我再三解释,不是使性儿,也不是有什么不满意见,而是事务工作更适宜于我干,保证干好。

刘建国在一年多以前,调县文教局当人事干部去了。赵永华调来也一年多了,我很少跟他有什么接触,只是偶尔听见韩民民在炊事员杨师傅跟前嘟嘟哝哝新校长的什么话,我就觉得他可能在赵永华跟前不如在刘建国手下感到畅快如意。赵永华听了我的要求,很随便地说:"你如果觉得事务工作更合适,你就干,别人还看不上这工作哩!"他告诉我,正好韩民民要调走,到县文教局的物资供应点上去,学校正好缺事务员。

一经赵永华允诺,我当下就把被卷行李搬回了我的那间小库房卧室。一躺下来,我闭上眼睛,浑身都舒适了。我忽然想到了蜗牛,蜗牛钻在它的壳里一定很舒适。要是打碎螺壳,把它牵出来,它可就活不了啦。我刚搬进这小库房时,感到压抑,感到杂乱,感到孤寂,想到和高年级那两位教师同居一室的愉快时光。久而久之,我像蜗牛一样适应了螺壳,蜷缩在螺壳式的小库房里才舒服,到别的房子里反而觉得活不了啦!

我去买煤,买了煤就亲自拉回来,绝不让从生产队里雇来的校工小朱干这些。我常常抢在小朱前一步打了铃,打罢又向小朱道歉,全是我过去打铃打下习惯了。尽管如此,我觉得十分满意,我虽不代课,却是事务员,事务员也是教职工,和教师一般对待。

有一件事伤了我的心。

大伙都去县上听报告,赵永华让我看门。看门其实正适合我的心愿,我怕开会,怕在会上遇见熟人,更怕遇见速成二班的老同学,尤其是怕碰见田芳。可是那天晚上,大伙听完报告回来,我才知道,会上有一个震动全国人民的消息,说我们国家发现了一个"大庆油田"。教师们为猜测这个油田的具体地址而争论不休,谁也说不服谁。我后来才知道,这样重要的报告,上级规定有几种人不能听,以免给帝修反泄密。我自然属于那几种不准听的人中的一种。

我暗暗警告自己,老老实实蜷在螺壳里吧!甭张狂,还是没有资格和一般教师同样对待哩!还要——慎独!

哦!故园,故园

徐慎行同学:

  定于本月二十日上午在母校举行学友聚会,请您拨冗参加。   专此

致礼   速成二班

               1980.8.12。

我的手颤抖着,泪水模糊了眼睛,擦一擦,又涌流出来了。速成二班……速成二班……我的那个速成二班啊!像一道急骤的电闪的亮光,把我尘封的脑壳炸乱了,把我的心兜底搅翻了。

多么遥远而又亲切的记忆——速成二班!速成二班——多么温暖而又自由的天地!我的心里一闪出这个名称,几乎承受不下它带进我霉腐的心室里的清新温润的春风,要昏厥了。

田芳,一想到速成二班,第一个蹦到我面前的就是田芳。那个白毛女,那个从我身上揭掉了蓝袍礼帽的田芳,她肯定要参加这个老同学的聚会的。缺了她,该会多么令人扫兴。不会缺她的,我安慰自己,甚至猜度这个别出心裁的聚会就是她出的点子呢。

八月二十日,一年中极其普通的一天,不是新年佳节,也不是纪念性节日,我渴盼这一天的到来,比小时候盼望过年的心情还要焦急。

微明中,牛王砭小镇掠过凉飕飕的晨风。我乘头班公共汽车进了县城,又换乘去山门镇的公共汽车,终于站在师范学校的门口了。

校史悠久的师范学校已经改为师范专科学校,属于大专建制了。砖拱木顶门楼变成了四方水泥立柱的钢条大门,从大门通到教学区和宿舍楼的窄窄的砖铺甬道,已经改换成水泥路面了。迎面是一幢三层教学大楼,外观十分漂亮,原先的一排排平房大多已拆除。二十五年的时间,毕竟使我感到了惊奇的变化。

树杈上挂着一块硬纸板,画着一只箭头,把聚会的地点指向后操场。暑假里没有学生,路道上和花坛里,落着一层树叶,有点荒凉和空寂,而我的心仍然止不住激动起来了。

操场的围墙根,高大的洋槐树组成一道屏障,在草地上投下浓密的阴凉,这是我们亲手栽植的,栽时不过酒杯那么细,而今已经桶粗了。草地上,站着或坐着一堆人,在聊着天。我走到跟前,听见有人在叫我的名字,有几个人跑上来,握手,搂肩……老天爷,一个个全都变成老汉老婆了!

我止不住热泪滚滚,和伸到我面前的一双双手紧紧握着,看着一副副皱纹巴巴的脸,我无法与印象中的那些青春焕发的脸膛联系起来,流逝的岁月给我心里留下的巨大的差异无法弥合;他们的心里也是这样感受这四分之一世纪的时间差的吧?我从他们一个个瞧着我的惊异的眼神里看得出来:你怎么老成这样子了?哈呀!瞧你,秃顶多厉害!

我握住了一双手,心里一震,那双细软的手也在用劲儿握着我的手。我相信,闭上眼睛,我也会准确地判断出田芳的手来。她的眼角有细密的几缕纹络,鬓角有几丝银白,而那双眼睛,似乎还是二十五年前的那双眼睛。当我们的眼光相碰的一瞬,我的心似乎一下子沉下去了,脑子里也中止了一切思维。我没有向她问好。她也没有问我好。我们竟然相对无言,默默地呆站着,手却握得粘在一起了。

我和她在草地上坐下。几位同学围住我,问我平反了没有?问我的孩子的安置状况,我也很关心他们的工作和家庭。田芳坐在我旁边,她什么也不问。我也没有问她,丈夫在哪儿工作,几个孩子,工作或是上学。我不问不是因为我了解,其实我什么也不知底,不知底儿也不想知底儿。

"你……身体……好吧?"我终于问。

"还好。"她笑笑,"你也……好吧?"

我点点头,又流泪了。

录音机在播放着优雅的舞曲,篮球队长何长海已经和一位老太婆——二婶的饰演者跳起舞来,又有三五对儿舞伴也跳起来了。田芳对我说:"咱们跳跳吧?"

我有点慌乱,连忙摇头摆手。

有几个同学在吆喊,催促我和田芳上场,他们或多或少知道我和田芳的遭遇,催促的意思是很明显的。我涨红了脸,对田芳说:"你跟他们跳吧,我上不了场了!"

田芳跳起来,和另一同学跳起来了。我坐在草地上,点燃一支烟,看田芳踏着舞步。

有人又出新点子,让大家每人出一个节目,或唱或说,或演或变魔术,谁也不得脱空儿。

有人提议,让田芳演唱白毛女。她不客气,跳起来,也不扭捏,有点遗憾地说:"就我一个人唱?"

我这才想到,饰演大春的刘建国没有来。他没有来,也没有谁提及,我也不想在这个场合提到这个人。这个饰演正面角色的人啊,在生活中几十年来也一直是正面角色,而大伙现在谁也不想问他为什么不来。饰演杨白劳的人儿已经进入另一个世界,听说在七八年前患下了肺癌。大伙也不愿意提及他,因为太令人伤惨了。于是,有人提出,让我和田芳演唱《扎红头绳》一节。我又慌恐万分,连连摇手,多少年来,我连话都说不顺口了,岂能唱歌?

"唱吧?"田芳看着我说,"你太拘束了。"

我摇摇头,又摆摆手。

田芳无奈了,也不勉强,就唱了一段。唱完,她又走回来,坐在我的旁边,说:"你太拘谨了! 拘谨得……叫我又想到'蓝袍先生'!"

我的心里一悸。我身上的蓝袍早已脱掉了,而我的心哪,又被蓝袍罩得死死的了。我苦笑一下,说不出话。

有人在接着唱,有人即兴赋诗吟诵。有人说幽默笑话。有人耍小魔术变戏法。喊啊笑啊,气氛热烈极了。轮到我,我什么也拿不出来。有人出恶招:"什么也不会,那就学熊猫儿在地上打个滚好了!"

我窘迫得六神无主。田芳也笑着,随口说:"讲句笑话吧! 你真的连一句笑话也不会讲?"她提醒了我,急迫中,我首先想到了《老和尚与小和尚》的笑话故事,那是我在刚到师范学校来的头一晚,在集体宿舍里听到的……我刚讲完,有人在哄笑中大喊:

"让老和尚永远寿终正寝!"

"小和尚们,去和'魔鬼'拥抱哇!"

……

有几位同学尚未赶来,野炊午餐还得再等一会儿。我已得知,午餐是大伙随意带来的罐头、面包、点心、饮料和各种水果,我是空手来的,想到山门镇上去买点礼物,田芳就和我散步同去了。

我和她走进校园,不约而同地走到速成二班的教室前,那里的平房虽然没有拆除,也已经隔间垒墙,分为三室,变成教师宿舍了。门口垒着蜂窝儿煤,火炉上蹲着小锅,吱吱响。我默默地瞅着这座房子的窗户,又想流泪。我的神经变得如此脆弱,简直不能抑制了。

田芳敲响了一间房子的门板。

门开了,一位年轻白净的小伙儿站在门口。

"这儿……原来是我们的教室。"田芳说,"我们想进去再看看……打搅您了。"

那青年初听时有点惊诧,随之就点头笑了,爽快地邀我们进屋。

我随着主人走进门。屋里一张双人床,一只双人沙发,靠墙的地方支一张桌子,桌上摆着钟表、花瓶、电视机。一个披着长发的女子从沙发上站起,礼让我们坐下。

"我们俩的那张课桌,大约就在这个位置上吧!"田芳站在那个桌子旁,回过头来问我。

"唔……就在那儿!"我应了一声。

"你过来……坐坐……"田芳说着,把一只椅子挪好,自己坐在靠墙的位置上,"让我们再回味一下……当年的学生生活……"

我走到桌前,在椅子上坐下了。我坐得端端正正,扬起头来,却看不到黑板,墙上挂着几张笔迹欠火候的条幅。我的胳臂肘碰到田芳的胳臂肘了。我不由得回过头,看到了她的一汪注满泪花的眼睛,从遥远的天空传来了一声声动人心魄的声音——

……你为啥不跟我说话?

……你的字儿写得多好呀!

我们静静地坐了一会儿,站起来,向男女主人歉意地笑笑,就走出这间屋子。

"再不会重返……当年的情景了!"我说。

"梦……二十五年……"田芳摇摇头。

我和她踏着走道上的落叶,走出校门,进入山门镇街道了。街道依旧狭窄,沿街的破旧的木房子有的拆除了,竖起一座高楼,鹤立鸡群似的。走到一家服装店门口,我和她都停住脚。现在,无论如何比当时那个一间门面,一个裁缝师傅,一台缝纫机的小裁缝铺气魄得多了。

田芳拉着我,到这个小铺店里来,把那件蓝袍脱下来,由裁缝师傅改成了列宁装。我穿上列宁式新装,戴上了八角帽,路也不会走了,八字步全乱了套。田芳和我走着,看着我的样子直笑。她说:"跳起来吧! 蹦啊! 你敢不敢?"我跳起来了,蹦起来了,街巷里的行人把我当疯子看,我也不管,只觉得我轻松了,自由了,再也不能按八字步迈步了,蹦蹦跳跳起来了……

"你现在又拘谨起来。"田芳瞅着我说,"使我又想起你穿着蓝袍时的样子……"

我悲哀地叹口气,说不出话。

"你现在还敢蹦起来不敢?"她笑着问。

我惶惶然连忙摇头。

她没有使我为难,朝前街走去。

我和田芳再回到操场草地上的时候,聚会的主持人宣布午餐开始,各式罐头打开了,糕点包子解开了,酒瓶盖子被咬开了。一切可以临时作为盛酒的瓶盖、水杯全都注上了酒,一齐举起来:速成二班万岁!

主持者向大家宣布了一个数字:

师范速成二班:四十一名学生。死亡四人,其中一人死于"文革"武斗,三人死于疾病。现在本地区工作三十人,另七人随家随夫调外省或外地。聚会通知了三十人,实到二十九人,其中三人抱病赶来。

唯一的缺席者:刘建国。

谁也没问刘建国为什么不来。

主持者在大伙的静默中提议:为死去的四位同学祭酒。

清凌凌的酒液泼在草地上,散发出一股清香。

主持者又进行下一项动议:向县委提出一项意见,请领导人把刘建国从教育局调开,随便调到县委所属的任何一个部门去,只要不在教育系统就行。他现在还在任教育局副局长,有他在那个位位上,我们会觉得心里不舒服。就是这一条要求。至于全县的中小学教师有多少人被他整了,不必计算,应该向前看,不究前账。但请把他调开,让教员们再不要听见他的令人讨厌的声音……

鼓掌。呼叫。一个个全都签上了名字。

我捉着笔的手在发抖,终于写上了我的名字。二十五年来,我第一次向这个老同学表示了愤怒……

咒　符

一觉醒来,老鼠在顶棚上奔马。

一只老鼠跑起来,像野马驰过草原;一群老鼠奔跑起来,追逐起来,拼杀撕咬,就像万马奔腾。

我刚刚从梦里醒来,一身虚汗,月亮照在南窗的窗格上,屋里静得可以听见窗外大地的呼吸,老鼠的追逐和嘶叫把一切都破坏得淋漓尽致。

我在黑暗中摸到烟,摸到火柴,火柴划着的一瞬,顶棚上的老鼠收敛了。我抽着烟,闭眼躺着,等待天明……

我平反以后,孩子顶替我去工作了,女儿早已出嫁,屋里只剩下我和老伴。老伴早已不再称我为先生,看我也不再是怯怯的神色。她手叉在粗壮的腰里,指挥我去种地,干一切过去由她自觉承揽的家务,初时有报复的意味,后来就成了习惯。

"你一天唉声叹气做啥?"她问我,"想那个野婆娘了吗?"

我说我背着右派的包袱,叹气成了习惯了。

"右派怕啥？只要给工资,啥屎派还不是一样叫!"她不在乎地说,"我看当个右派倒不错,你变得规矩了,再不敢跟野……"

我不能发火。我要是一张口分辩,她会大喊大叫,故意让左邻右舍都听见。

"你去洗衣服吧?"她吩咐我,"我腰疼了。"

农村里,男人洗衣服的习惯还不普遍,我抱着衣服走向井台的时候,男人女人都在拿眼睛瞟我。我硬着头皮也就过去了。

"你来擀面吧。"她说。

我学会了做饭。

我明白,她不光是为了享受,其实她倒不是懒女人。她要我洗衣,要我做饭,就会在村人尤其是女人伙儿里提高她的身份,她觉得过去的状况太叫别人瞧不起她了。

我退休回家之后,她也变得好起来了:"咱俩种那二亩地,够吃了。你领下的退休钱,够花了。只要你再不想野……我好好待你,咱欢欢乐乐过到死……"

说下这话一年,她突然死了,跌了一跤,心肌梗死。

我一个人躺在这个祖传的屋子里的炕上,听老鼠奔马。

别人给我介绍下一个女人。连子女都反对,说我快六十岁的人了,难道连面子也不顾了？娃他舅更是怒气冲天,说我败坏了徐家读书识礼的门风……

我的老姐和小妹子看我生活艰难,劝我的儿子和女子,加上你给我大女儿做工作,总算勉强同意了。

我的这件事,按说该办成了。可是,事到临头,要我办这事的时候,我又动摇了。你问为啥? 我也说不清……我总觉得我还在牛王砭小学那间小库房里蜷着。那间小库房,容不得旁人进去,打破里面凝结的空气。同样,我也在离开那个小库房以外的其他地方,感到了不自在。尽管我退休回到家里,我的心,似乎还在那个小库房里蜷曲着,无法舒展了。田芳能够把我的蓝袍揭掉,现在却无法把我蜷曲的脊骨捋抚舒展……

我送我的启蒙先生到山坡下。

春风吹绿了河川,也吹绿了塬坡,又是杏花纷谢桃花呈艳的阳春三月。坡地上的麦苗绿色葱郁,塄坎上的杂草蓬蓬勃勃,只有沟壁间的断崖的红石土色,显露着黄土高原地区残破丑陋的面貌。

他朝坡上走去,回他的塬上那个杨徐村去了。他的背脊弓起来,一步一踩,缓缓地沿着蜿蜒的坡间小路走上去。

我的心似乎也被什么东西箍住了。

日　子

1

发源地周边的山势和地形，锁定了滋水向西的流向。那些初来乍到的外地人，在这条清秀的倒淌河面前，常常发生方向性迷乱。

在河堤与流水之间的沙滩上，枯干的茅草上积一层黄土尘灰，好久好久没有降过雨雪了。北方早春几乎年年都是这样缺雨多尘的景象。

两架罗筛，用木制三脚架撑住，斜立在掏挖出湿漉漉的沙石的大坑里。男人一把镢头一把铁锨，女人也使用一把镢头一把铁锨；男人有两只铁丝编织的铁笼和一根水担，女人也配备着两只铁丝编成的铁笼和一根水担。

铁镢用来刨挖沉积的沙石。

铁锨用来铲起刨挖松散的沙石，抛掷到罗网上。石头从罗网的正面哗啦啦响着滚落下来，细沙则透过罗网隔离到罗网的背面。

罗网成为男人和女人劳动成果的关键。

铁丝编织的笼筐是用来装石头的。

水担是用来挑担装着石头的铁笼的。

从罗网上筛落下来的石头堆积多了,用铁锨装进铁笼,用水担的铁钩钩住铁笼的木梁,挑在肩上,走出沙坑,倒在十余米外的干沙滩上。

男人重复着这种劳作工序。

女人也重复着这种劳作工序。

他们重复着的劳动已经十六七年了。

他们仍然劲头十足地重复着这种劳动。

从来不说风霜雨雪什么的。

干旱的冬季和早春时节的滋水是水量最稳定的季节,也是水质最清纯的季节,清纯到可以看见水底卵石上悠悠摆动的絮状水草。水流上架着一道歪歪扭扭的木桥。一个青年男子穿着军大衣在收取过桥费,每人每次五毛。

我常常走过小木桥,走到这一对刨挖着沙石的夫妇跟前。我重新回到乡下的第一天,走到我的滋水河边就发现了河对面的这一对夫妇。就我目力所及,上游和下游开阔的沙滩上,支着罗网埋头这种劳作的再没有第二家了。

在我的这一岸的右首河湾里,有一家机械采石场,悬空的输送带上倾泻着石头,发出震耳挠心的响声。

沙坑里,有一个大号热水瓶,红色塑料皮已经褪色,一只多处脱落了搪瓷的搪瓷缸子。

2

早春中午的太阳已见热力,晒得人脸上烫烫的,却很舒服。

"你该到城里找个营生干。"我说,"你是高中生,该当……"

"找过。也干过。干不成。"男人说。

"一家干不成,再换一家嘛!"我说。

"换过不下五家主儿,还是干不成。"女人说。

"工作不合适?没找到合适的?"我问。

"有的干了不给钱,白干了。有的把人当狗使,喝来喝去没个正性。受不了咯!"他说。

"那是个硬熊。想挣人家钱,还不受人家白眼。"她说。

"不是硬熊软熊的事。出力挣钱又不是吃舍饭。"他说。

"凭这话,老陈就能听来你是个硬熊。"女人说,"他爷是个硬熊。他爸是个硬熊。他还是个不会拐弯的硬熊——种系的事。"

"中国现时啥都不缺,就缺硬熊。"他说。

"弓硬断弦。人硬了……没好下场。"她说。

"这话倒对。俺爷被土匪绑在明柱上,一刀一刀割。割一刀问一声。直到割死也不说银圆在哪面墙缝里藏着。俺爸被斗了三天两夜,不给吃不给喝不准眨眼睡觉直到昏死,还是不承认'反党'……我不算硬。"

"你已经硬到只能挖石头咧!你再硬就没活路了。硬熊——"

"噢!好腰——"

我看见男人停住了劳作,一只手叉在腰间,另一只手挂着铁锨木把儿,两眼专注地瞅着河的上方。我转过头,看见木桥上走着一位女子。女子穿一件鲜红的紧身上衣,束腰绷臀,许是恐惧那座窄窄的独板桥,一步一扭,腰扭着,臀也扭着,一个S身段生动地展示在凌水而架的小木桥上。

"腰真好。好腰。"男人欣赏着。

"流氓!"女人骂了一句,又加一句,"流氓!"

那个被男人赞赏着被女人妒忌着的好腰的女子已经走过木桥,坐上男友摩托车的后座,呜噜噜响着驰上河堤,眨眼就消失了。

"好腰就是好腰。人家腰好就是腰好。"男人说,"我说人家腰好,咋算流氓?"

"好人就不看女人腰粗腰细腰软腰硬。流氓才贼溜溜眼光看女人腰……"

"哈呀!我当初瞅中你就是你的腰好。"男人嘻嘻哈哈起来,"我当初就是迷上你的好腰才给你写恋爱信的。我先说你是全乡第一腰,后来又说中国第一腰,你当时听得美死了,这会却骂我流氓。"

女人羞羞地笑着。

男人顺着话茬说下去。他首先不是被她的脸蛋儿而是被她的腰迷得无法解脱。他很坦率地悄声对我说,他也搞不清自己为什么偏偏注意女人的腰,一定要娶一个腰好的媳妇,脸蛋嘛倒在其次能看过去就行了。

他大声慨叹着,不无讨好女人的意思:"农村太苦太累,再好的腰都给糟践了。"

男人把堆积在罗网下的石子铲进笼里,用水担挑起来,走上沙坑的斜坡,木质水担吱呀吱呀响着,把笼里的石头倒在石堆上。折返身回来,再装再挑。

女人对我说:"他见了你话就多了。嘎杂子话儿也出来了。他跟我在这儿,整晌整晌不说一句话。猛不丁撂出一句

'日他妈的！'我问他你日谁家妈哩？他说'谁家妈咱也不敢日。干乏了干烦了撒口气嘛！'"

男人朝我笑笑，不辩白也不搭话。

3

"把县委书记逮了。"

"哪个县的县委书记？"

"我妹子那个县的。"

"你怎么知道？"

"我晌午听广播听见的。"

"犯了啥事？"

"说是卖官得了十万。"

我已不太惊奇，淡淡地问："就这事？还有其他事没有？"

"广播上只说了卖官得钱的事。"男人说，"过年时我到我妹子家去给外甥送灯笼，听人说这书记被'双规'①了。当时我还没听过'双规'这名词。我妹家来的亲戚，都在说这书记被'双规'的事，瞎事多多了。广播上只说了受贿卖官一件事。"

"老百姓早都传说他的事了？"

"我给你说一件吧。县里开三级干部会，讨论落实全县五年发展规划。书记做报告。报告完了分组讨论，让村、乡、县各部门头头脑脑落实五年计划。书记做完报告没吃饭就坐

---

① 双规：对有腐败问题的干部采取的一种隔离措施。

汽车走了,说是要谈'引资'就走了。村上的头头脑脑乡上的头头脑脑县上各部局的头头脑脑都在讨论书记五年计划的报告。谁也没料到,书记钻进城里一家三星宾馆,打麻将。打了三天三夜。第三天后晌回到县里三干会上来作总结报告,眼睛都红了肿了,说是跟外商谈'引资'急得睡不着觉……"

"有这种事呀?"

"我妹子那个县的人都当笑话说哩。你想想,报告念完饭都不吃就去打麻将。住在三星宾馆。打得乏了还有小姐给搓背洗澡按摩。听说'双规'时,从他的皮包里搜出来的尽是安全套儿壮阳药。想指望这号书记搞五年计划能搞个屎……"

"你生那个气弄啥?"女人这时开了口。

"我听了生气,说了也生气。我知道生气啥也不顶。"

"那就甭说。"

"广播上都说了,我说说怕啥。"

"广播上的人说是挣说的钱哩,你说了是白说,没人给你一分钱。"

"你看看这人……"

"书记打麻将,你跟我靠捞石头挣钱;书记不打麻将不搞小姐,咱还是靠掏沙子捞石头过日子。你管人家做啥?"

男人翻翻白眼,一时倒被女人顶得说不上话来。闷了片刻,终于找到一个反驳的话头:"你呀你,我说啥事你都觉得没意思。只有……只有我说那个女人腰好,你就急了躁了。"

"往后你说谁的腰再好我也不理识你了。"女人说,"我只操心自家的日子。"

"你以为我还指望那号书记领咱'奔小康'吗?哈!他能

把人领到麻将场里去。"男人说，"我从早到黑从年头到年尾都守在这沙滩上掏石头，还不是过日子吗！我当然知道，那个书记打麻将与咱尿不相干，人家即就不打麻将还是与咱尿不相干咯！他被逮了与咱尿不相干不逮也尿不相干咯！"

"咱靠掏挖石头过日子哩！"女人说。

"我早都清白，石头才是咱爷。"男人说。

听着两口子无遮无掩的拌嘴，我心里的感觉真是好极了。男人他妹家所在县的那个浪荡书记，不过是中国反腐风暴中荡除的一片败叶，小巫一个。即使大巫如胡长清之流者，也不过是过眼烟云罢了。我更感兴趣的，或者说更令我动心的，或者说最容易引发我心灵深层最敏感的那根神经的，其实是这两口子的拌嘴儿。

他们两口子拌嘴的话所涉及的内容和范围，我都不大在意。我只是想听一听本世纪第一个春天我的家乡的人怎样说话，一个高考落榜的男人和一个曾经有过好腰的女人组成的近二十年夫妻现在进行时的拌嘴的话。我也只是到现在才终于明白，我频频地走到河滩走过小木桥来到这两口子劳动现场的目的，就在于此，仅在于此。我头一次来到他俩的罗网前是盲目的，二回三回也仍然朦胧含糊。现在变得明白而又单纯了，看这一对中年夫妻日常怎样拌嘴儿。

"呃！这书记而今在劳改窑①的日子可怎么过呀！"男

---

① 劳改窑：关中地区对犯人进行劳动改造的方式，多为让其烧制砖瓦，故有劳改窑之说。

人说。

"你看你这人！老陈你看他这人——就是个这！"女人说,"刚才还气呼呼地骂人家哩,这会儿又操心人家在劳改窑里受苦哩!"

"享惯了福的人呀！前呼后拥的,提包跟脚的,送钱送礼的,洗澡搓背的,问寒问暖的,拉马拽镫的,这会儿全跑得不见人影了。而今在号子里两个蒸馍一碗熬白菜,背砖拉车可怎么受得了?"男人说。

"你是闲(咸)吃萝卜淡操心。"女人说。

"他这阵儿连我都不如。我在这河滩想多干就多干想少干就少干不想干了就坐下抽烟喝水,运气好时还能碰见一个腰好的女子过河,还能看上两眼。他这阵儿可惨了,干不动得干不想干也得干,公安警卫拿着电棍在尻子后头侍候着哩！享惯了福的人再去受苦,那可是比没享过福只受过苦的人要难熬得多吧?"

没有人回答他的发问。我没有。他的她也没有。他突然自问自答——

"我说嘛人是个贱货！贱——货!"

……

太阳沉到西原头的这一瞬,即将沉落下去的短暂的这一瞬,真是奇妙无比景象绚烂的一瞬。泛着嫩黄的杨柳林带在这一瞬里染成橘红了。河岸边刚刚现出绿色的草坨子也染成橘黄色了。小木桥上的男人和女人被这瞬间的霞光涂抹得模糊了男女莫辨了。

4

应办了几件公务,再回到滋水河川的时候,小麦已经吐穗了。

我有点急迫地赶回乡下老家来,就是想感受小麦吐穗扬花这个季节的气象。我前五十年年年都是在乡村度过这个一年中最美好最动人的季节的。我有七八年没有感受小麦吐穗扬花时节滋水河川和白鹿原坡的风姿和韵致了。

太阳又沉下西原的平顶了。河堤和石坝的丁字拐弯的水潭里,有三个半大小子在游泳嬉水。我看见对岸的沙滩上,支撑着一架罗网。女人正挥动铁锨朝罗网上抛掷着沙石。石头撞击的唰啦唰啦的声音时断时续,缺乏热烈,有点单调。

男人呢?

那个尤其喜欢欣赏女人好腰又被她嗔骂为流氓兼硬熊的男人呢?

我脱了鞋袜,涉过浅浅的河水。水还是有点凉,河心的石头滑溜溜的。我走到她的罗网前的沙梁上,点燃一支烟。

"那位硬熊呢?"

"没来。"

我便把通常能想到的诸如病啦、走亲戚啦、出门办事啦这些因由一一询问。她只有一个字回答:没。

我就不再发问了。她的脸色不悦。我随即猜想到通常所能想到的诸如吵架啦与邻居村人闹仗啦亲戚家里出事啦等等这些令人烦心伤气的事。然而我不敢再问。

她轻轻叹了一口气。

我还是决定发问:"咋咧?出什么事了?"

她停住手中的铁锨,重重地深深地呼出一口气:"女子考试没考好。"

"就为这事?"我也舒了一口气,"这回没考好,下回再争取考好嘛!"

她苦笑一下:"这回考试不是普通考试。是分班考试。考好了进重点班。考得不好就分到普通班里。分到普通班里就没希望咧。"

这是我万万没有料想得到的事。

她这时话多了:

"女子自个不敢给她爸说。

"他听了就浑身都软了,连镢头铁锨都举不起来了。

"他在炕上躺了三天了,只喝水不吃饭,整夜整夜不眨眼不睡觉,光叹气不说话。我劝了千句万句,他还是一句不吭。"

"女子在哪儿念书?高中还是初中?"

"县中。念高一。这学期分出重点班。"

我也经历过孩子念书的事。我也能掂来重点班的分量。但我还是没有估计到这样严重的心理挫败。她伤心地说:

"这娃娃也是……平时学得挺好的,考试分数也总排前头。偏偏到分班的节骨眼上,一考就考……

"直到昨日晚上,他才说了一句话,我现在还捞石头做啥！我还捞这石头做啥……"

"你不是说他是个硬熊吗？这么一点挫折就软塌下来了?"我说。

"他遇见啥事都硬,就是在娃儿们上学念书的事上心太重。他高考考大学差一点点分数没上成,指望娃儿们能……

"他常说,只要娃儿们能考大学,他准备把这沙滩翻个过儿……

"他现时说他还捞这石头做啥哩!"

"我去跟他说说话儿能不能行?"我问。

"你甭去,没用。"

我自然知道一个农民家庭一对农民夫妇对儿女的期盼,一个从柴门土炕走进大学门楼的孩子对于父母的意义。我的心里也沉沉的了。

"他来了！天哪！他自个来了——"

我听见女人的叫声,也看见她随着颤颤的叫声涌出的眼泪。

我瞬即看见他正向这边的沙梁走来。

他的肩头背着罗网,扛着镢头铁锨,另一只肩头挑着担子,两只铁丝编织的笼吊在水担的铁钩上。

他对我淡淡地笑笑。

他开始支撑罗网。

"天都快黑咧。你还来做啥?"她说。

"挖一担算一担嘛。"他说。

我想和他说话,尚未张口,被他示意止住。

"不说了。"他对我说。

女人也想对他说什么,同样被他止住了。

"不说了。"他对她说。

"再不说了。"他对所有人也对自己说。

"不说了。"他又说了一遍。

我坐在沙梁上,心里有点酸酸的。

许久,他都不说话。镢头刨挖沙层在石头上撞击出刺耳的噪声,偶尔迸出一粒火星。

许久,他直起腰来,平静地说:

"大不了给她在这沙滩上再撑一架罗网咯!"

我的心里猛然一颤。

我看见她缓缓地丢弃了铁锨。我看着她软软地瘫坐在湿漉漉的沙坑里。我看见她双手捂住眼睛垂下头去。我听见一声压抑着的抽泣。

我的眼睛模糊了。

作家和他的弟弟

我曾在一部小说里说过,昼伏夜出几乎是世界上各路盗贼共有的生活习性。仅就这个习性而言,作家类同于盗贼,只是夜出工作的性质与之相去甚远罢了。这篇小说记述的作家就是一个顽固地遵循着昼伏夜出规律的人。他沉静而又疯狂地写作一夜,天色微曙时伸着懒腰打着呵欠躺到床上,直到午后才醒来。

在作家睡眠的这段时间里,最恐惧的事就是来人。来人太多了,多到一般人不可想象的程度。作家因一部小说以及由小说改编的电影爆炸,就出现了这种寻访如潮的情形。作家自然沉浸在热心者好奇者研究者的不断重复着的问询的愉悦之中,多了久了也就有点烦。烦就烦在心里,外表上不敢马虎也不敢流露出来,怕人说成名了就拿架子摆臭谱儿脱离群众了。然而作家还想写作,还想读书,即使不写不读,仅仅只想一个人坐下来抽支烟品一杯咖啡。于是作家终于下定决心,在白天睡觉的这段时间里,拔掉电话插头,拉下了门铃的闸刀,在门板上贴一张粗笔正楷的告示:"如若不是发生地震,请手下留情,下午三时后敲门。"作家往往最容易在语言上出错,仅这条告示而言,就存在严重的错误,因为地震如果真的发生时,即使是四五级的中震,作家就会自己冲出门来的,任何人都不必敲门了。无论如何,这条幽默而又严峻的告示确实制止了无数只已经举起或蠢蠢欲举的手,保证了作家的睡眠。

大约十二时许,作家正沉入深睡状态,有人敲门。轻敲时作家没有听见。作家被惊醒时的敲门声,已不是敲而是捶,真如发生了失火或地震一类灾难似的。任谁都可以感同身受地去想象作家的不快甚至恼恨了,一个通夜写作而刚刚睡了三四个小时的人多么需要休息啊!

作家是聪明人,敢于无视告示而如此用劲儿捶打门板的人,肯定是有重大事由的人,所以也就不敢恼怒,甚至怀着忐忑的心情赶紧拉开门闩。站在门口的,是弟弟,二弟。

作家的第一个心理反应是,这个货又来了。

作家连"你来了"一类的客套话都不说,就转身走进客厅。弟弟也不计较哥哥的脸热脸冷,尾随着进入客厅,不用让坐就坐到沙发上了,把肩头挎着的早已过时的那种仿军用黄色帆布挎包放到屁股旁边的沙发上,顺手从茶几上的烟盒里抽出一支烟来点着了。美滋滋地吐出一条喇叭状的烟雾之后,弟弟笑嘻嘻地说:"哥,我想你了。"

作家还没有从睡眠的恍惚里转折过来,木木的脑子里却反应出:你是想我的钱了。其实早在开开门看见弟弟的那一瞬,他首先就想到了自己腰里的钱包。这已经是惯常性的心理反应了。没有办法,他的兄弟姊妹全都生活在尚未脱贫的山区。已经给许多人提供了发展机会的社会环境是前所未有的,然而他的兄弟姊妹没有一个能够应运而出,连一个小暴发主儿都没有,更没有一个能通过读书的渠道进入城市的。他们依然贫穷。他们自觉不自觉地把骄傲的心理和依赖的眼光都倾斜到作家哥哥身上来了。作家是兄弟姊妹中唯一一个走出山沟走进省会城市的出类拔萃者,而且不是一般地进入城市谋得一份普通的社会工作,而是一步步打进文坛且走出潼关响亮全国文坛的佼佼者。作家自己有时候也纳闷:同是一母一父所生的兄弟姊妹,智商为何有如此悬殊的差别,以至怀疑自己是不是父亲的血缘……现在,作家最揪心的是兜里没有多少钱,怎么打发这个货出门呢?小说作品走红了,由小说改编的电影更红火,然而作家的稿酬收入却少得羞于启齿,即使启齿说给兄弟姊妹,兄弟姊妹也不信。

弟弟喝了口水就坦然直言:"哥,你甭怕也甭烦,我不要你的钱。我知道你名声大,钱可不多。你是个名声很大的穷光蛋。你给我钱我也不要。"

作家不由一愣,有点摸不着头脑了。

弟弟更坦率了:"我想搞一个运输公司。先买一辆公共汽车,搞长途客运,发展到三辆以上就可以申报公司了。"

作家吃惊地瞅着眉色飞扬的弟弟,半天才回过神来,我们家里终于要出一个"万元户"了哇。

"你想想你能有多少钱给我?你把我大嫂卖了也买不来一辆'中巴'……"

作家终于清醒过来,甩了烟头,讥讽道:"凭你这个货能搞长途客运?你是不是昨晚做梦还没醒来?"他太了解这个弟弟了。在他的兄弟姊妹中,这是他唯一可以当面鄙夷地称之为"这个货"的一个。其他几个,本事不大,却还诚实;做不了大事,做小事做普通事也还踏实;挣不来大钱,挣小钱也还扎实巴稳。唯有这个货,什么本事没有还爱吹牛说大话包括谎话,做不来大事还不做小事;挣不来大钱还看不上小钱,总梦想着发一笔飞来的洋财。连父母也瞧不起的一个谎灵儿人物。他唯一的长处是有一副好脾气,无论作家怎么损怎么骂都不恼,而且总保持一张天真的笑嘻嘻的脸。

"我知道你看不起我,不相信我。事没弄成以前谁也不信,大事弄成了人就给你骚情了,挡都挡不住。"弟弟不仅不恼,反而给他讲起生活哲学,"你前多年没成名时,谁把你当一回事?我那时候看你没日没夜地写稿投稿,人家不登给你退回来。甭说旁人把你不当个人看,兄弟我咋看你都不像个作家。可你把事弄成了,真成个人了,而今我咋看你都像个作家……"

作家还真的被弟弟堵住了口,这是生活运动的铁的法则。他当业余作者屡写屡投稿件屡屡不中且不说,即使后来连连发过不少小说散文诗歌时,文坛也没人看好他,只有那部小说和小说改编的电影爆炸之后,原有的属于他的生活秩序整个被打乱了。这个过程和过程中的生活法则,被弟弟都识破了。作家突然想到,论脑瓜,这个货还真的不笨;论心计——好的或坏的——他还真的不缺,说不定弄不来小事还能弄成大事哩!而今常常是这类人最早越出原有的生活轨道和惯性,一夜暴富。作家便松了口,半是无奈地笑笑:"行啊!你想买一列火车搞运输我都没意见。你搞吧!"

弟弟笑了:"现在该求你了。不要你的钱,只要你给刘县长写个字条儿,让他给银行行长说句话,我就能贷出款子来。刘县长是你的哥们儿……办这事不费啥。"

作家故作惊讶:"哦!你还真动脑子了,把我的朋友关系都调动起来了……"

"而今这社会好是好,没有'关系'活不了。"弟弟说,"你不过写一张二指宽的字条儿,刘县长也不过给行长打个电话说两句话,都不算啥麻烦劳神的事咯!"

作家笑笑,夹着烟在屋子里转了两圈,给刘县长写了一张字条儿。

几天之后,作家愈来愈感到某种逼近而又逼真的隐忧。这种隐忧之所以无法排遣,在于他意识到某种危险。作家的情绪制约着思路,总是别扭,总是不能通畅,总是无法让想象的翅膀扇动起来,正在写作着的长篇巨著遇到了障碍。他终于拿起电话,拨通了刘县长办公室的号码,很内疚地说明来龙去脉,最后才点破题旨:"你不知道我这个弟弟是个什么货!我给他说不清道理才把他推到你手里。你随便找个理由把他打发走算了。"

刘县长笑了:"你的电话来晚了。你弟弟前日后晌就来了。我把他介绍给农行行长了。"

"这怎么办?"作家急了,不是怕弟弟贷不到款,恰恰是怕他贷到款子,三天两后晌把钱赔光了怎么办!他对刘县长叙说了自己的隐忧。

刘县长不在意地笑了:"银行现在不会再做这种挨了疼里疼而说不出口的蠢事了。现在贷款手续严格了。你放心吧。"

作家放下电话时,稍微安稳了。

巧的是电话铃又响了,是弟弟打来的。

弟弟说:"哥呀贷款是没问题的。刘县长一句话,农行行长照办。我想贷十五万元,他连一个子儿不敢少给。"

作家听着弟弟狐假虎威得意忘形的口气,心情又负累了。真要是贷下十五万元,这货把钱给倒腾光了,谁来还贷? 他便郑重警告弟弟:"你得考虑还贷能力……"

"害怕火烫还敢学打铁?"弟弟满腔豪气,"现在人家贷款要担保人,或者财产抵押。咱们兄弟姊妹就你日子过得好,你给我来担保。"

作家脱口而出:"那就把我押上。"

"谁敢押你这个大作家呀!"弟弟哈哈笑起来,"行长倒是给我出主意,把你那本书押上。"

作家现在才放松了,疑虑和隐忧全在这一瞬间化释了。行长给弟弟出的这个主意,分明是游戏,不无耍笑戏弄的意味。自以为聪明的弟弟现在还在农行行长的圈套里瞎忙着。作家既不想为贷款而负累,也不想再看弟弟揣着那点鬼心眼在老练的农行行长跟前继续瞎忙出丑。他便一语戳透:"我的那本书早都卖给出版社了。版权在人家出版社,不属于我了,押不成了。"

弟弟显然不懂出版法,这个专业法律与弟弟的实际生活太隔膜了。弟弟还不死心:"你写的书怎么不由你哩? 你的娃娃咋能不跟你姓哩?"

"这是法律。"作家说。

"到底是你哄我哩,还是农行行长哄我哩?"弟弟的声音毛躁起来了,已经意识到那个梦的泡儿可能要碎了。

"你自个儿慢慢辨别吧。"作家说。

"那你得给我想办法。"弟弟说,"哪怕找个有钱的人,哪怕编个谎话,先让我把款贷下。"

作家再也缠不过,便说:"我有一支好钢笔,永生牌的。你作押吧!"说罢挂断了电话。

冬天到来的时候,作家完成了长篇小说的上部。此刻的心境是难以比拟的,像生下了孩子的产妇,解除了十个月的负累之后的轻松和痛苦折腾之后的恬静与踏实;像阴雨连绵云开日出之后的天空一样纯净和明媚。这些比拟似乎又都不够贴切,真正的创造后的幸福感是难以言说的。

作家急迫地想回老家去。温暖的南方海滨,他都毫不犹豫地谢绝了。他迫切地想回到故乡去,那里已经开始上冻的土地,那里冬天火炕上热烘烘的气息,那一家和这一家在院墙上交汇混融的柴烟,那一家的母鸡和这一家的母鸡下蛋后此起彼伏的叫声,甚至这一家和那一家因为牛羊因为孩子因为地畔而引起纠纷的吵架骂仗的声音,对他来说都是一首首经典式的诗,常诵常吟,永远也不乏味。每一次重大的写作完成终止,每一次遭遇丑恶和龌龊之后,他都会产生回归故土的欲望和需求。在四季变幻着色彩的任何一个季节的山梁上或河川里,在牛羊鸡犬的鸣叫声中,在柴烟弥漫的村巷里,他的"大出血"式的写作劳动造成的亏空,便会得到天风地气的补偿;他的被龌龊过的胸脯和血脉也会得到迅速的调节,这是任何异地的风景名胜美味佳肴所无法替代的。他的肚脐眼儿只有在故乡的土地上才汲取营养。他回来了。

作家下火车时,朋友刘县长在那儿接站,随后便进入一家新开发出来的民间食物的餐馆,便是豪饮,便是海阔天空的大谝,便是动人的城南旧事式的回忆。作家后来提起了弟弟贷款的事,随意地问:"后来他还缠没缠你?"

刘县长也是多喝了几杯,听罢便大笑起来,笑得前俯后仰,说话都不连贯了:"啊呀!我的我的……作家作家……老哥老哥呀……你的你的……这个活宝活宝……弟弟呀!我现在才……才明白了……你为啥为啥把他……叫'货'……"

作家倒进一大口酒,没法说话,等待下文。

刘县长仍然止不住笑,拍着作家朋友的肩膀:"任何天才天才……作家……也编不出……的……"

刘县长讲给作家一个可以作为小说结尾的故事——

"你弟弟从我办公室走时,我借给他一辆自行车,机关给我配发的一辆新型凤凰车子。在咱们这个小县城里,天天用汽车接送上下班,我嫌扎眼,就让后勤处给每位头儿配发一辆自行车。他把车子骑走了,三天后给我还回来,交给传达室了。传达室老头儿把车子交给我的时候,我都傻眼了。车铃摘掉了,车头把手换了一副生锈的,前轮后轮都被换掉了,后轮外胎上还扎绑着一节皮绳。只剩下三角架还是原装货。真正是'凤凰'落架不如鸡了……"

作家"噢"地叫了一声,把攥在手里的酒杯甩了出去,笑得趴在桌子上直不起腰来:"我的么……富于心计的……伟大的农民弟弟呀!"

刘县长倒是止住了笑:"你不还我车子倒算个屁事!你说你丢了,我还能叫你赔一辆不成?可他……偏偏耍这种把戏……"

"这就是我弟弟。常有叫人意料不到的创举,叫你哭笑不得,叫你……"

刘县长说:"我看着那辆破自行车,突然就想起你常常挂在嘴上的'这个货'!我忍不住就说了你的'这个货'的称呼……才体会到这个称呼真是恰到好处……"

当日后响,作家就回到了父母仍然固守着的家园。没有热烈,却是温馨。窑洞整个都收拾得清清爽爽。火炕已经烧热。新添的一对沙发和一只茶几,使古老的穴居式的窑洞平添了现代文明生活的气氛。父母永远都是不需要客套式的问候的,尤其是对着面的时候,看一眼那张镌刻在心头的脸就不需要再说什么了。

他随后转悠到弟弟的窑院来。

弟弟正蹲在窑门口的台阶上抽烟,笑嘻嘻地叫了一声"哥"就搬出一只马扎来。作家没有坐,站在院子里,看满院作务过庄稼的休眠着的土地。宽敞的院子里有两棵苹果树,统统落叶了,树干刷上了杀灭病菌虫害的白灰灰浆。一边墙角是羊圈,一边墙角是鸡舍。一只柴狗蹿进蹿出。是一个井井有条的令人感到舒服的庄稼院儿。

客运汽车公司显然没有办成。那辆偷梁换柱而焕然一新的自行车撑在储藏棚子门里。所有零部件都是锃亮的,只有三角架锈迹斑驳,露出一缕寒酸一缕滑稽一缕贼头贼脑。

作家用嘴努努自行车,说:"兄弟,再去借用一回,把他的三角架也换回来。"

"不用了不用劳神了。"弟弟顺茬说,"三角架一般不会出问题,新的旧的照样能用。"

"你也太丢人了!"作家终于爆发了。

"我丢什么人了?"弟弟一脸的诚实之相。

"我给你买不起'中巴',买一辆自行车还是可以的嘛!"作家摊开手说,"你怎么能这样?"

"噢哟哟哟!"弟弟恍然大悟似的倒叹起来,"这算个屁事嘛!也不是刘县长自己掏钱买的,公家给他配发的嘛!公家给他再买一辆就成了嘛!公家干部一年光吃饭不知能吃几百几千辆自行车哩!我揣摩几个自行车零件倒算个屁事!"

作家说:"我现在给你二百元,你去买新车子。你明日个就把人家的零件送回去。"

"你这么认真反倒会把事弄糟了。"弟弟世故地说,又嘻嘻哈哈起来,"刘县长根本没把这事当事……权当'扶贫'哩咯……"

作家瞅着嘻嘻哈哈的弟弟,想说什么也说不出来了,就走出了窑院。晚炊的柴烟在村巷里弥漫起来,散发出一种豆秆儿谷秆儿焚烧之后混合的熟悉的气味。作家还是忍不住在心里呻吟起来,我的亲人们哪……

猫与鼠,也缠绵

"我要见局长。"小偷说。

"你说啥?我没听清楚你再说一遍。"警察李猛乍从椅子上跳到地上,大声反问。

小偷垂下头,没有再说一遍刚刚说过的话。他相信李警察把他刚才说的话都听清楚了。他和李警察中间的距离大约也就是三米远,他蹲在墙根下,李警察跷着二郎腿坐在椅子上,他的口齿清晰吐字很正声音也大着哩,李警察不会听不清的。恰恰可能是李警察听得太清楚了,而且大大出乎意料了,一个小偷一个小蟊贼,怎么敢挑选审讯他的警察呢?而且要局长亲自来,太出格的要求。李警察从椅子上蹦到地上的举动和他佯装没有听清的反问的语气里,有惊诧,有嘲弄,有蔑视。他让他再说一遍的真实语气是,你是个什么货色你为老几你是皇上的外甥吗?居然敢叫我们局长来审讯你?小偷扬起头瞅了一眼李警察,李警察整个脸上的表情证实着他的猜忖。其实,小偷在提出这个要求之前,早就预料到了李警察会有这种反应的,他自己也明白局长是不可能来审讯一个小小的小偷的。这样,小偷又垂下头,没有按李警察的命令再重复申述要局长来的要求。小偷以为不再说比说更能表明他要见局长是认真的。

"说！把你刚才说的话再说一遍。"
"你都听清了……"
"听清了也还要你再说一遍。"
"那我就再说一遍——我要见局长。"
"你再说一遍。"
"我要见局长。"
"再说一遍。"
"……"

小偷不说了。他现在不敢说了,再说脸上可能就要挨耳光或溅唾沫了。他低垂下脑袋,看看李警察是否还坚持要他再重复那句话。

李警察放弃了。李警察一只手夹着烟卷,另一只手反叉在腰里,在屋子里踱步,竟自乐呵起来:"我办了十来年案,大贼小贼都交过手了,还没见过哪个贼娃子开口先要局长亲自来,嗨呀呀呀……"

李警察"嗨呀呀呀"地笑着,确实把诧异、鄙夷、蔑视以及好笑等丰富的内容都糅进那听来颇为轻淡的笑声里了。按说平常发生的这类小绺小偷案子根本就进不了市局的门,属于案件发生地所辖的派出所的正常业务,局里办的都是上了档次的大案要案,李警察也不会上手过问的小蟊贼,居然提出要见局长,真是有点滑稽可笑了。

李警察唯一感到新鲜到惊讶的是,这个小偷偷到了公安局里来了,偷到他的办公室里来了,这是他万万没有想到过的事。这样的案子本身就很滑稽,这样的小偷也就更滑稽。想想明天在局机关传播开以后,会是怎样的惊诧和滑稽。想想这样滑稽的案子在市民中传播开来以后会引发怎样的街谈巷议。这样滑稽的事偏偏撞到李警察腿上了。完全是撞上了,不经意间撞上了。像他这样肩负本市大案要案侦破重任的警察,必须审讯这个给本局制造滑稽的小蟊贼了。小蟊贼居然还要见局长。嗨呀呀呀呀!李警察忍不住又笑起来。

这个滑稽的案子,撞得真是太巧了。真得相信世界上确实有这样不迟不早不偏不差恰恰巧巧的事让人撞上。

李警察明日一早要出差,自然还是追查案件线索。这种差事对他这种职业来说是家常便饭,早已习以为常,早已没有了普通人出远门前夜的精细准备和对陌生之地的新奇和激动。他在收拾几件简单的行李时,突然发现把火车票忘记在办公室抽屉里没有带回家,说好局里公车明日一早到家接他送站的。妻子说:"这么晚了,算咧别去取咧。明天一早让司机把车拐进局里去拿。"他沉吟了一阵儿,最后还是决定当即去取回来。许是职业习惯,习惯里充斥着严密,不容许疏忽也不允许拖沓。他说:"别让司机拐来拐去的了。我很快就取回来,不过半个小时。"他就骑上摩托车从城圈外的住宅地进到最繁华的老城区了,在办公室就撞上了这个正在行窃的小蟊贼。如果听了妻子的话明早顺路来拿火车票,这场滑稽的捉贼和审讯就会错过了,没有了。

他按局机关军事化的严格管理规定,把摩托车停在东墙下的车棚里,就走过院子,进入办公大楼的大门,轻捷地上着宽敞的水泥踏级。大楼里空空荡荡,该关的灯都关掉了,楼道里昏昏暗暗,只有厕所的灯照亮着白布门帘。他突然想到,既然楼道里的灯都关了,还开着厕所的灯干什么?给谁开呢?生活里常常就有这些盲区。他上到三楼了,一个人也没有见着,这是正常的不足奇怪的事。他走到自己的办公室门口,摸着黑就把钥匙往那个圆形黄铜暗锁的锁孔里插。准确无误地插进去了,无须解释,再熟悉不过了。他往外扭动钥匙,扭动了,门却推不开。他怀疑是否拿错了钥匙,顺手把门边墙上的灯按着了,楼道里一片空前的灿亮。钥匙对着哩嘛!他心里同时想,不可能错嘛!这门的钥匙几乎跟自己身上的某个器官一样熟悉,怎么可能拿错呢?他又把钥匙捅进去,又往右边扭动一下,仍然是钥匙顺利地扭动了,门却推不开。他怀疑是不是锁子失灵了,滑丝了,可下午开门时还好着哩。他第三次扭动钥匙的时候,右肩顺势就抵到门上,用力一顶,顶不开。尽管顶不开,他却隐隐看到锁子部位的门板和门框有了一点错差的位移。这一刻,他的头发"噌"地一下竖立起来了。锁子和钥匙都没有问题,正是那两厘米的位移证明了这一点。那就肯定是屋里有人顶着门,这人肯定不是正常的人了,黑着的灯就又证明了在屋子里潜藏的人属于什么样的人了。所有这些判断,都是李警察在用右肩一抵的瞬间完成的。他随之在接着的一瞬间就声色俱厉地叫起来:"谁在里边?开门!"他已经离开门口,贴墙站着,如果有人冲出门来,他只需伸出一只脚就置对方于死地了。他又对着门喊:"狗日的不想活咧?"

门依旧死死地关着。

他用肩膀抵住门板再推,隐隐听到了门里边压抑着的喘气声。他的头发又一次"噌"地竖了起来。他抓过号称"杀人魔王"的罪犯,也没紧张到头发竖立的程度,这个隐藏在自己办公室里的歹家伙,却使他两次头发竖立,如同人在野地里看见蛇和在自家床上发现蛇的感觉是决然差异的。他抵着门板的肩膀和歹家伙顶着门板的肩膀同时都在发着力,肩膀和肩膀之间就隔着一层不过几厘米厚的木板,进行着殊死的较量。他又想到,如若对方猛乍抽身,他肯定会闪跌在地,歹家伙一跷就会逃出门去。他又贴着墙壁做好出脚的准备,对着屋子喊:"你狗日再不开门我就挖门了。"他已拨通了值班室的电话,自然说的是悄悄话。

值班的刘警察话毕就到了。两人决定同时用手去推门板。李警察提醒刘警察,小心闪跌!然后再次把钥匙插进锁孔,往右扭动。两人合力一推,那门板就一寸一寸移位。可见里面的人绝不轻易放弃,直到无奈直到大势已去,放弃了抵抗,门开了。李、刘两位警察冲进门时,全都是训练有素的规范化的抓捕凶犯的动作,直到两人看见门后地上蹲着的人,双手抱着头,毋宁说护着头顶,同时就松弛下来。李警察一把揪住那人的头发往后一掀,那人的闭着眼睛的脸就呈现出来。李警察几乎失声叫道:"怎么是你?你到我办公室来干什么?"刘警察也惊讶地叫起来:"怎么是你?"

这是市局机关里烧锅炉的那个小伙子,在水房里干了十多年了,嘴唇和两颊上的茸茸黄毛,业已变成又黑又硬的胡茬子了。

水工从口袋里掏出一沓人民币来,放到就近处那个三角书报架的架板上,这些刚刚偷得的钱可能在兜里尚未暖热。他一步也不敢动,他不做任何分辩也不撒谎,掏出赃款来就表明他已经不做任何徒劳无益却可能招来耳光的对抗。李警察很熟练地把他的双手扭到背后,使其丧失全部反抗和报复的能力。刘警察同样老到地搜查他的每一个衣兜,尚未发现任何凶器。尽管如此,李警察还是把一副手铐扣铐在水工的右手腕上,同时铐住一只木椅的一条木梁子,然后就和刘警察开始审讯。你在本局院子里偷了多少次?你都偷过哪些人?你偷过多少钱?还有什么物品?你在社会上作过多少回案?就你一个人作案吗?还有同伙?是谁?诸如此类最基本的疑问都问过了。其中往往夹杂着李警察和刘警察带着情绪性的话语,诸如:你狗日吃了豹子胆居然偷到市公安局里来了!平时看你老老实实勤勤快快憨憨厚厚的农民小伙子,怎么会是个贼?老鼠居然钻到猫窝里偷食来咧!无论李、刘两位警察怎么追问怎么损刮,水工却只有一句话回答:"我要见局长。"拖得时间稍长逼得也紧了时,水工对于那句话做了修改,意思更明白了点儿:"见了局长我把核桃枣儿全倒出来。"

李警察的手机响起来,是妻子打来的,问他怎么出门这么久还不见回家。他说他跟值班的刘警察说说话儿,没有什么麻烦事。他把意外撞上这个小蟊贼的事对妻子保密下来,是职业的严格纪律,已成习惯。而妻子对他这种职业所形成的担心,或者说担惊受怕,却已形成一种心理惯性。她在电话里开始数落:"你这个人出了家门就不知道回家了。你明天要出差要起早你还不知道早点回家,又没有什么正经事。"

李警察口里"噢噢噢"应答着马上回家,同时就把刘警察拍了一把,两人走到楼梯口来商量。李警察笑着挖苦:"这狗日的死咬着要见局长,该不是咱局长的外甥吧?"刘警察同样挖苦似的笑笑说:"没听说过局长有这门亲戚。这货在局里烧了十多年的锅炉了,没见过跟局长有啥来往咯!不过也许万一有情况,局长有意避亲躲闲话也说不定。"李警察为难地说:"这号小蟊贼的案子挂都挂不上号儿,怎么向局长开口说这话呢?怕是寻着受夯挨头子呀!"刘警察:"不管局长来不来,得让局长知道这件事。这个案子虽小,跟社会上的偷盗不一样,它发生在市局机关大院里。"李警察连连说着"对对对有道理"的话,同时也就有了主意:"我给局长报告机关院内发生的偷窃案件,顺便捎带一句小偷要见他才交代问题的话,看局长怎么说就怎么办。"刘警察表示赞同。不过两人都估计到局长是百分之百不会来的。两人就商定,把小偷转移到值班室继续审讯,或者等到明天早晨上班后交给相关部门去。李警察得回家去了,明天出差有更重要的案子。

李、刘两位警察都没有料到,局长居然答应亲自来审讯。李警察愣过神儿一边关手机一边说:"牛刀真的出面杀鸡来咧。"刘警察也跟着阴了一句:"噢呀!说不定真个把局长的外甥扣住了,或者是局长的远门亲戚也说不定。"无论如何,有一点可以立即做出决断,李警察不能马上回家了,得陪着局长。

截止到李、刘两位警察抽着烟等待局长到来的时候,他俩同样百分之百地丝毫也不曾意识到,正是他俩的这个电话,把他们的局长送进了地狱。

局长在他的二楼办公室里通知李警察去汇报案情。刘警察看守着铐着一只手的小偷水工。李警察走进局长办公室。局长坐在单人沙发上喝茶,把另一杯沏好的茶水推给李警察,同时指一指并排隔着小茶几的另一个单人沙发,让李警察坐下。李警察有点拘谨地坐下来,礼节性地握住了装着茶水的一次性纸杯。他刚才和刘警察在楼梯门商量该不该把小偷的要求报告局长的时候,还轻松地调侃小偷会不会是局长的外甥一类调皮话,现在却无端地拘谨甚至紧张起来了。他就从他来办公室拿明日出差的火车票说起,一直说到给局长打电话为止。他特别解释了要不要把这件事给局长汇报的两难选择。局长真诚地表示,他处理这件事处理得好,说:"公安局被偷,当然不是一般的偷盗案子,你说得很对。我也是从这一点考虑,才亲自来审这个小蟊贼。他不提出要叫我来我也要来。贼娃子偷到咱们心脏里来了,闹笑话哩嘛!"

局长很平淡地做出安排:"你明日要出差你就可以回家了,别影响了正经事。"李警察忙说:"我年轻少睡一会儿不碍事,明天坐火车还可以睡觉。我得陪着局长,万一有事你跟前也得有个帮手。"局长淡淡地笑笑,说:"这么个小蟊贼,我还对付不了哇!万一有事还有小刘在跟前,有一个人就行了。"这样,李警察就不再坚持留下为局长当帮手的想法,看着局长把那只黄绿色的帆布挎包挎上肩头,相随着一起出门,一起上三楼,一起进入自己的办公室,对小偷说:"我们局长亲自来了,你就老老实实交代你的偷盗事实吧。"然后就退出办公室,和伺候在门外的刘警察告别,就回家去了。

李警察下楼,出楼,走过院子,在车棚发动摩托车,直到驱车穿过大街小巷,脑子里就隐隐浮现着局长那只黄绿色的帆布挎包。这种帆布质地黄绿颜色的挎包,曾经在六七十年代风行整个中国,人不分男女长幼和职业,出门一律都是挎着这种包在肩头的。将军挎这种包士兵也挎这种包,教授挎这种包小学生也挎这种包,部长省长和工人农民一样都习惯挎这种包。这种包体现着绝对的平等和绝对的一律。这种包现在在城市里几乎绝迹,连贫穷落后相对不太注意装潢的乡村人也没人用了。随着一个时代的结束也结束了一种包的价值,或者说一种包的被废弃标志着一个时代的结束。然而,局长还挎着这种包。局长一年四季上班下班开会出差都挎着这种包。局长当警察时挎这种包,调办公室当副主任再升主任挎着这种包,直到跃升为副局长再到局长,几十年所有变化中唯一不变的就数这种包。他曾经亲自批示过给全局干警买一种实用型的手提式皮包的拨款报告,自己却从来也不使用那个质地不错的皮包。这种黄绿色的帆布包挎在局长肩头,早已成为本局一道迥然的风景,这种早已陈旧的过时的包在局长肩头却造成别致的新颖。人们不仅不以为它落伍,反而装满了敬重,也装满了荣誉……至于局长如何审讯小偷水工以及审讯的结果,他已经全然漠不关心了。这个小案子小蟊贼,本身不具备让他关心的分量;即使局长这样的牛刀亲自出手,也不会撕下几两肉来;只是因为发生在公安局办公大楼里才不一般,只是体现局长的一种作风一种姿态罢了,案子本身并没有多少意思。

李警察把这个撞到腿上的案子轻描淡写地说给妻子,突然意识到对他的一个重要好处。正是这个贼向妻子证明他私设的小金库里只有五百元人民币。小偷把他的大小抽屉全部翻了搜了,就是这个数儿。妻子总是不相信他的小金库银子的储量。他解释过多回也无法使妻子的心稳妥下来。现在可好,小偷水工向妻子揭开了谜底儿。妻子舒展地笑了,就把他拢上床去,刚刚获得的踏实的心就蒸腾起更多的温柔,兼蕴着曾经疑猜小金库打着埋伏的歉意,全部融为一种前所未有的温柔和激情了。李警察自然敏感觉察到熟识的老套里新生的鲜活,作为远行前夜必有的夫妻之事,呈现出新鲜的别开生面的美好……明早轻松上路。

李警察办公室里,局长对小偷的审讯正在进行。

局长走进李警察办公室,第一次和铐在椅子横杠上蹲在地上的小偷水工眼光相撞时,随口轻淡地说出一句:"嗬!是你呀!"然后就在椅子上坐下来。刘警察送走李警察,自己在门外伺候着。

小偷水工低下头没有说话。他心里想,从局长到大门口站岗的武警再到扫地务花的勤杂工,任谁知道在水房里干过十多年的他竟是一个贼时,都会发出这样的感叹来。既然贼的面目已经暴露出来,任何人的惊讶对他都不再构成压力。压力只在本真的丑相处于可能被揭开而又可能被继续掩盖的时候才会发生。

"据后勤处同志说,你是用过的民工中最能干最勤快的一个,哪个民工也没干到你这么长时间,十多年呀!从领导到警察对你都很信任嘛!甚至在待遇上把你都当局里职工一样对待呀,结果你却干出这样的事。"局长说,"农民孩子的忠厚老成到哪里去了不说,你连起码的良心都没有。"

小偷无动于衷,这全是废话一堆咯。作为一个贼被铐在椅子下边的横杠上,在你眼前脚下的地板上蹲着,你却说这一堆属于情感范畴的话,什么作用也不起。小偷心里现在最焦虑的是什么样的结局。锅炉肯定烧不成了,当水工的工资也挣不成了,都不重要。要紧的是会不会判刑蹲监狱,重判还是轻判,毕竟偷的是公安局这样的谁也不敢碰的单位。其他属于感情世界道德范畴的话语,对他来说连任何力量任何意义都没有。他现在低垂着头,等待恰当的时机,按自己蓄谋已久且十分确定的一招进行。这一招是他被李警察铐到椅子横杠上时就冒出来的,相信绝对有效的;如果这一招不能奏效,他就只有蹲监狱一条路一个结果。让局长说吧!局长想说什么,局长无论怎么说怎么问,他都听着。

"我把你狗东西毙了!"

局长"啪"地拍响了桌子,声响震天,同时就直昂昂地突兀在小偷眼前。刘警察当即推门进来,看了一眼局长又看了一眼小偷,弄明白没有意外情况,又退出身子拉上门板。

"枪毙你都便宜你了。"局长又补说了一句。

小偷水工低垂着头,心里突然觉得局长不像个局长了。这么大失法律水准的话,居然从他的嘴里说出来,而且鼓着那么大的劲。就他的偷窃行为和偷得的钱数儿,离着挨枪子儿的距离还远得很哩!这种吓唬不仅不起作用,反倒让小偷惊讶局长怎么会说出如此差池的话。小偷倒是有点儿急,局长一会儿动情的软话一会儿乱抡的吓人的硬话,都不是他等待的可以说出那一招儿的时机,就只好再等着。

"明日这事一传开,看看这些干警把你砸死!"局长说,"你们村子的农民知道你竟敢偷公安局,看看谁还会把你当人看。你爸你妈你媳妇,谁在村里还能抬起头来?"

这一下刺中要害穴位了,小偷不自在地扭了扭身子。这是他最敏感也最虚怯的一个穴位。道理很简单,从明日起他就不是公安局的烧锅炉的水工了,可能一辈子再也不会走进从早到晚有武警站岗的这幢高大气派的门楼了,这个院子里的头头脑脑和普通警察会怎么骂他,他都听不见了,也就没有什么压力了。而他生活的村子里的人们的眼色,才是他最不堪忍受的。一旦他的贼皮在村子里亮出来,直到进入棺材也甭想脱掉了。还有他尚健在的父母,也将在别人的那种眼光下度完余生。更有他正上小学的一女一男两个孩子,心里也将罩上父亲一张贼皮的阴影。这个敏感的穴位在他被李警察铐住右手的时候就刺疼了,只是时间和地点都不容他更多地去纠缠,眼下最致命的穴位是他的结局。因为会不会重判或轻判,比他和他的父母他孩子的面子都重要得多。

"说。"局长重新在椅子上坐下来。

"交代你的罪行吧。"局长点燃一支烟。

"你不是说要我亲自听你坦白吗?"局长说。

小偷水工抬起头来。他心里的整个感觉和全部智慧迅捷地完成了一次整合,形成一个判断,现在到了抛出唯一能够拯救自己的那一招的时候了。他抬起头来的时候,没有忘记沉稳,为此而稍作静默,然后才说出蓄意已久的一句话——

"局长,我偷过你。"

小偷说完这句话,看了局长一眼就低下头去。在他短暂的一瞥里,看见了局长的眼光避闪了一下。那一瞬,他相信他掐中局长最致命的穴位了。这个穴位对局长来说,比局长刺中他的那个虚怯的穴位要致命百倍。局长躲闪了一下的眼光,标志着他和他的关系的根本性易位,老鼠咬住猫的脖颈了;双方在这一瞬间,都清楚谁对谁更致命。他很快低下头去,就是不要再继续去看局长的那种眼光,只要看见躲闪的那一下就行了。让局长掂一掂分量,尽快做出选择。小偷现在是一位超级心理学家,认为像局长这样有身份的大猫,在这样不容久想的时限里,要与一个他这样的老鼠做出同流合污的妥协达成一种利害同盟,是十分残酷的。他如果一眼不眨地盯着局长,于局长做出他所期待的选择是不利的。他低下头,就是留给局长一个不受逼视的软空间,对这个无法回避的残酷做出自己的整合。

"我不记得我丢过钱。"局长说。

局长说这句话的时候是一种轻淡的口吻,却也没有否定小偷坦白的事实,只是不记得。他做出这样的回答,是在接到李警察的电话之后,出门上路回到他的办公室时就已整合出来的选择。李警察在电话里向他报告了小偷要对他坦白的要求,他就准确无误地判断出小偷要对他说什么事了。那一刻,他同时感到了地狱的恐惧。这个突然袭来的灾难,比之本市发生的几十年不遇的恶性案件对他更具威压。任何恶性案件的发生,只是增加他的工作压力,对他本人并不构成威胁;这个小蟊贼所作的案子虽然不足挂齿,却对他个人的命运直接造成威胁。如此之突然,如此之意料不及,毁灭之网竟然由一个小偷对他撒开。对这样的灾难从来未有心理防范准备，没有先例也就没有参照可循，真是无法找到一个安全可行的办法来处理这个小偷已经抛出的罗网。他现在说出的听来不大在意的话，是他所能做出的自认为最恰当的话。

小偷仍然低垂着头。他在专心致志地解析着局长的话，尚不敢轻率地做出反应。

"说，你还偷过谁?"局长说，"包括你在社会上作的案。"

小偷水工当即意识到，不能让局长就这样轻松地滑开。他甚至在这一刻产生了一种蔑视，你没有做出任何一点儿承诺，怎么可能让我松开咬你的口呢？你怎么可能轻轻松松逃开了呢！他才不想向局长坦白其他偷盗案件。他相信局长其实也无心听他交代其他偷盗案件。他继续低垂着头，而不想和局长对视，就说——

"我偷过别人，钱数都很少。我偷你偷的次数最多，有两次数字很大。"

他说完仍然低着头。他不想看局长眼里的脸上的感情反应，避免对抗，仍然想留给局长一个重新掂量的软环境，以期盼局长朝着有利于自己结局的方向转折。

"你胡说哩嘛！我办公室顶多留一点抽烟和吃饭的零钱，谁拿了也不在乎。我的同事常从我抽屉拿钱让我犒劳他们。"局长说。

这真是稀罕的案情，不管它大小，都是稀罕。小偷坦白招供他偷了局长，局长却拒不接受。局长针对小偷的进攻，做出尽可能轻淡又轻松的反应，让怀着最阴毒的目的的小偷逐渐接受这样的理念,你手里攥着的那个把柄,已经没有证据,可以用如上的话不大费劲就化解了。局长已经意识到现在到了最危险的当口儿,对手已经兜出他攥着的最后的王牌了,他反而比初听到电话报告初见这个小偷时更具信心了。

小偷听到这里,也已无路可择,更坚定了按最初的一招进行到底,现在还不是这一招完全失败完全捞空的时候。他仍然低着头,说得更具体,把杀手锏抛了出来——

"我有两次偷你都偷的五位数。你都没有报案。"

这个话里的潜台词是明白不过的。小偷明白,被偷的局长更明白。李警察把电话打给他的时候,他的脑子里立即蹦出来的就是这两次被盗的五位数的款子,致命的是他两次被盗都没有报案,这是他现在最难排除的心惊肉跳的致命的穴位。小偷已经把话说到头了,他只要把小偷最得意的这个把柄化解掉,就会彻底粉碎这个小蟊贼的阴招了。他反其道而行,索性把小偷的阴招全部掰开:

"你可以说你偷我的数字是六位七位数。你说得越大,我越无法解说这些钱的来源。你想反咬一口让我解脱你,我明白。你这点小九九很阴毒的,可谁会信呢?你想想你诬陷的后果,比你偷盗的行为要严重得多。"

小偷水工现在才感到了软弱。他抛出杀手锏而没有收到杀伤性效果,就感觉手里空空心里也空空的软弱了。他现在才重新感觉到了局长警衣肩头的那个标志性符号,是这个大院里人人敬畏人人仰慕的唯一一个标志符号,是最具分量的。还有那个黄帆布包,就放在旁边的桌子上,这个过时的稀世陈物也对他软弱下来的心变成一个沉重的压力。

局长觉得这个飞来的横祸应该过去了,化险而为夷了。他现在才能拿出自己的一招儿。他清楚小偷要什么。他在李警察报给他的案情电话的最初反应,感觉到了横祸的同时,也明白小偷要向他坦白的目的,其实说穿了就是一点小小的勾当。他不能在小偷的胁迫下让小偷的欲望得到满足,留下心灵深处的亏损。他要把小偷这个歹毒阴险的招数粉碎之后,不失局长体面地给予他一点满足。

"你偷了同志们包括我的一些零用钱,算不上什么大事,老老实实交代,争取宽大处理。但——"局长说,"这件事性质恶劣,影响太坏!你居然敢在公安局行窃。我当然得亲自过问了。"

小偷水工听到这里,似乎心里有数了。他的脑袋此刻抵得住一台高速高效运转着的电脑,条分缕析,字斟句酌,刨皮搜核儿,既是一位精确的语言大师,又是一位洞察微明的心理学家。他已经判断出来,关于他偷盗案件的性质和处理结果都包含其中,而且为他下面要做的口供定准了调子。小偷水工准确无误地抓住了局长这段话里的关键词:零用钱。把局长两次被他盗走的均上了五位数的款子缩小为零用钱的一般范围,于他就"算不上什么大事"了,于局长也就更算不上什么大事了,被盗大额款子而不报案的嫌疑也就化解无虞了。局长后半句话的意思,无论性质多么恶劣,影响坏到怎样的程度,并不依此为据来量刑,真实的用意只是解释局长为这件小案子而出马的因由。这样,小偷要见局长的目的已经达到,蓄谋的一招已经实现了效果,就该及时回报,让被他咬住的大猫也心底坦然。他当即对局长说:"局长,我没偷过你。我连你的'零用钱'也没偷过。打死我我都说这话。"

局长已经转身拉开了门,对刘警察做出纯粹业务式的安排:"就这样,暂时就这样了。太晚了,你先把他关起来。明天我安排人正式审讯。"

小偷被刘警察带到四楼一间空荡无物的房子,把手铐的另一半铐死在墙上的一个钢环上。他在心里嘲笑刘警察,你不给我戴铐子我都不会逃跑了,你不锁门我都不会逃跑了,我现在还有什么必要逃跑呢!当屋子里剩下他一个人的时候,顿然觉得被抽了骨头也被挑除了筋儿的疲软,高度的精神紧张一旦解除,攥紧的心一旦松开,比射精快感褪去之后的疲软还要疲软,欲望完全满足之后的慵懒被瞌睡挟裹着进入温柔之乡。在跨进梦乡之门的最后一缕清醒的意识里,他的脑海里久久闪现着局长最后一瞥的目光。他对局长用压低了的声音说他连局长的"零用钱"也没偷过的时候,局长只瞥了他一眼就迅即避开了。那一瞥倏忽一闪之后就深掩不露了;初见的那一刻和现在令他仍然挥之不去的这一刻,他在心里一次又一次地发出吟诵,他和我一样其实都是鼠哇!

三天之后,局长被"双规"。

李警察几乎在局长被"双规"的当天,在南方的海滨就知道了这个惊天的消息。电话是刘警察打给他的。他当时正在温厚的海水里游着。他是一个生长在北方旱地却擅长水性的人,难得有大海这样施展生理优势的好水。他回到沙滩上休息的时候,手提电话响了。他听到刘警察报告的消息时如同发生了地震,一打挺就从沙滩上跳了起来,连声问:"你说啥你说啥你说啥???"

极端的震惊之后也是一种疲软。李警察躺在沙滩上,也如同被人抽了筋剔了骨似的疲软。他也开始向温柔之乡移动,在进入梦乡的门槛时尚存的一缕清醒里,眼前像蝴蝶一样飘忽闪动着局长那只黄绿色的帆布拎包。到李警察从沙滩上重新站立起来时,这只黄绿色帆布拎包还历历飞舞在眼前,不过里边不再装着敬重和风度,而是老鼠和蛤蟆以及浸淫的耻辱和肮脏了。

晚上,李警察躺在宾馆的房间里,妻子又打来电话告诉他局长被"双规"的消息。他说刘警察已经告诉过他了。妻子似乎抑制不住惊奇和新鲜,说事情的起因正是他出差前夜撞上的小偷牵扯出来的。他说他知道,刘警察已经说过了。妻子仍然不甘心扫兴,告诉他局长被宣布"双规"的有惊无险的情景。局长被省上通知去开会。局长还拎着黄绿帆布包坐三菱车去了。局长走进会议室大门,发现会议室内空无一人,还以为自己是第一个到会者。门后闪出两个人同时扭住了他的胳膊,搜了他的衣兜儿,又搜了他的黄帆布包儿,怕他带枪。然后一位领导从套间出来向他宣布组织的决定。她还告诉他一个细节,就在他的局长被宣布"双规"那一天,《日报》还登着一篇很长的写他勤政廉洁的通讯,作者把那个黄绿色的帆布包单独列了一章,赞美的句子和诗歌一样。他却为那位作者开脱:"我要是那位作者也会这么写的。"他的话使妻子大为扫兴,把局长东窗事发的过程和细节省略不说了。

半个月之后,又是海滨,沿着中国陆地的又一个城市的海滨。李警察和他的一位河南籍的同事,循着这个案子的线索又追踪到这个滨海城市来了。他把他的旱鸭子同事拖到海边来。他在海里劈水斩浪,他的河南籍的旱鸭子朋友在浅水里泡着。他们又先后回到沙滩上抽烟,从报童手里买来一份当地的晚报,翻出有关他们局长的新闻报道。通栏大标题,醒目,震人。他和他的同事挤蹭着头,几乎同时看完了标题很大而内文不长的文章,过目不忘的是最刺眼的一段文字:小偷交代说,他偷过局长十二次,累计偷得六位数的赃款。他偷第一次时,局长还是办公室副主任。局长升主任时,他偷过。局长升副局长时,他也偷过。局长升成局长时,他仍然偷。无论偷多偷少,局长都没报过案。局长在"双规"期间交代,这些被偷的钱都是赃款……

李警察的河南籍同事拍了一巴掌报纸:"我操!"

李警察接着用自己的乡土话应和:"我日他妈。"

李警察的同事转过脸模仿李警察的口音:"我日他妈!"

李警察顿然也想滑稽一回,模仿他的河南籍同事的口音:"操!"

李十三推磨

"娘……的……儿——"

一句戏词儿写到特别顺畅也特别得意处,李十三就唱出声来。实际上,每一句戏词乃至每一句白口,都是自己在心里敲着鼓点和着弦索默唱着吟诵着,几经反复敲打斟酌,最终再经过手中那支换了又半秃了的毛笔落到麻纸上的。他已经买不起稍好的宣纸,改用便宜得多的麻纸了。虽说麻纸粗而且硬,却韧得类似牛皮,倒是耐得十遍百遍的揉搓啊翻揭啊。一本大戏写成,交给皮影班社那伙人手里,要反复背唱词对白口,不知要翻过来揭过去几十几百遍,麻纸比又软又薄的宣纸耐得揉搓。

"儿……的……娘——"

李十三唱着写着,心里的那个舒悦那份受活是无与伦比的,却听见院里一声呵斥:

"你听那个老疯子唱啥哩?把墙上的瓦都蹭掉了……"

这是夫人在院子里吆喝的声音,且不止一回两回了。他忘情唱戏的嗓音,从屋门和窗子传播到邻家也传播到街巷里,人们怕打扰他不便走进他的屋院,却又抑制不住那勾人的唱腔,便从邻家的院子悄悄爬上他家的墙头,有老汉小子有婆娘女子,把墙头上掺接的灰瓦都扒蹭掉了。他的夫人一吆喝,那些脑袋就消失了,他的夫人回到屋里去纺线织布,那些脑袋又从墙头上冒出来。夫人不知多少回劝他,你爱编爱写就编去写去,你甭唱唱喝喝总该能成嘛! 他每一次都保证说记住了再不会唱出口了,却在写到得意受活时仍然唱得畅快淋漓,甭说蹭掉墙头几页瓦,把围墙拥推倒了也忍不住口。

"儿……啊……"

"娘……啊……"

李十三先扮一声妇人的细声,接着又扮男儿的粗声,正唱到母子俩生死攸关处,夫人推门进来,他丝毫没有察觉,突然听到夫人不无烦厌倒也半隐着的气话:

"唱你妈的脚哩!"

李十三从椅子上转过身,就看见夫人不愠不怒也不高兴的脸色,半天才从戏剧世界转折过来,愣愣地问:"咋咧吗? 出啥事咧?"

"晌午饭还吃不吃?"

"这还用问,当然吃嘛!"

"吃啥哩?"

这是个贤惠的妻子。自踏进李家门楼,一天三顿饭,做之前先请示婆婆,婆婆和公公去世后,自然轮到请示李十三了。李十三还依着多年的习惯,随口说:"黏(干)面一碗。"

"吃不成黏(干)面。"

"吃不成黏(干)的吃汤的。"

"汤面也吃不成。"

"咋吃不成?"

"没面咧。"

"噢……那就熬一碗小米米汤。"

"小米也没有了。"

李十三这才感觉到困境的严重性,也才完全清醒过来,从正在编写的那本戏里的生死离别的母子的屋院跌落到自家的锅碗灶膛之间。正为难处,夫人又说了:"只剩下一盆苞谷糁子,你又喝不得。"

他确凿喝不得苞谷糁子稀饭,喝了一辈子,胃撑不住了,喝下去不到半个时辰就吐酸水,清凌凌的酸水不断线地涌到口腔里,胃已经隐隐作痛几年了。想到苞谷糁子的折磨,他不由得火了:"没面了你咋不早说?"

"我大前日个前日个昨日个都给你说了,叫你去借麦子磨面……你忘了,倒还怪我。"

李十三顿时就软了,说:"你先去隔壁借一碗面。"

"我都借过三家三碗咧……"

"再借一回……再把脸抹一回。"

夫人脸上掠过一缕不悦,却没有顶撞,刚转过身要出门,院里突响起一声嘎嘣脆亮的呼叫:"十三哥!"

再没有这样熟悉这样悦耳这样听来让人从头到脚从里到外都感觉到快乐的声音了,这是田舍娃嘛!又是在这样令人困窘得干摆手空跺脚的时候,听一听田舍娃的声音不仅心头缓过愉悦来,似乎连响午饭都可以省去。田舍娃是渭北几家皮影班社里最具名望的一家班主,号称"两硬"班子,即嘴硬——唱得好,手硬——耍皮影的技巧好。李十三的一本新戏编写成功，都是先交给田舍娃的戏班排练演出。他和田舍娃那七八个兄弟从合排开始，夜夜在一起，帮助他们掌握人物性情和剧情演变里的种种复杂关系，还有锣鼓铙钹的轻重……直到他看得满意了，才放手让他们去演出。这个把他秃笔塑造的男女活脱到观众眼前的田舍娃，怎么掂他在自己心里的分量都不过分。

"舍娃子，快来快来！"

李十三从椅子上喊起来站起来的同时，田舍娃已走进门来，差点儿和走到门口的夫人撞到一起。只听"咚"的一声响，夫人闪了个趔趄，倒是未摔倒，田舍娃自己折不住腰，重重地摔倒在木门槛上。李十三抢上两步扶田舍娃的时候，同时看见摔撂在门槛上的布口袋，"咚"的沉闷的响声是装着粮食的口袋落地时发出的。他扶田舍娃起来的同时就发出诘问："你背口袋做啥？"

"我给你背了二斗麦。"田舍娃拍打着衣襟上和裤腿上的土末儿。

"你人来了就好——我也想你了，可你背这粮食弄啥嘛！"李十三说。

"给你吃嘛！"

"我有吃的哩！麦子豌豆谷子苞谷都不缺咯！"

田舍娃不想再说粮食的事，脸上急骤转换出一副看似责备实则亲畅的神气："哎呀我的老哥呀！兄弟进门先跌个跟斗，你不拉不扶倒罢了，连个板凳也不让坐吗？"

李十三赶紧搬过一只独凳。田舍娃坐下的同时，李夫人把一碗凉开水递到手上了。田舍娃故作嘘叹地说："啊呀呀！还是嫂子对兄弟好——知道我一路跑渴了。"

李十三却以不容置疑的口气对妻子说："快,快去擀面,舍娃跑了几十里肯定饿了。今晌午咥黏(干)面。"

夫人转身出了书房,肯定是借面去了。她心里此刻倒是踏实,田舍娃背来了二斗麦子,明天磨成面,此前借下的几碗麦子面都可以还清了。

田舍娃问："哥咃,正谋算啥新戏本哩？"

李十三说："闲是闲不下的,正谋算哩,还没谋算成哩。"

田舍娃说："说一段儿唱几句,让兄弟先享个耳福。"

"说不成。没弄完的戏不能唱给旁人。"李十三说,"咋哩？馍没蒸熟揭了锅盖跑了汽,馍就蒸成死疙瘩了。"

田舍娃其实早都知道李十三写戏的这条规矩。之所以明知故问,不过是无话找话。改变一下话题,担心李十三再纠缠他送麦子的事。他随之俏声悦气地开了另一个话头："哥呀,这一向的场子欢得很,我的嗓子都有些招不住了,招不住还歇不成凉不下。几年都不遇今年这么欢的场子,差不多天天晚上有戏演。你知道咯——有戏唱就有麦子往回背,弟兄们碗里就有黏(干)面咥！"

李十三在田舍娃得意的欢声浪语里也陶醉了一阵子。他知道麦子收罢秋苗锄草施肥结束的这个相对松泛的时节,渭河流域的关中地区每个大小村庄都有"忙罢会",约定一天,亲朋好友都来聚会。多有话丰收的诗韵,也有夏收大忙之后歇息娱乐的放松。许多村子在"忙罢会"到来的前一晚,约请皮影班社到村里来演戏,每家不过均摊半升一升麦子而已。这是皮影班社一年里演出场子最欢的季节,甚至超过过年。待田舍娃刚一打住兴奋得意的话茬,李十三却眉头一皱眼仁一聚,问:"今年渭北久旱不雨,小麦歉收,你的场子咋还倒欢了红火咧?"

"戏好嘛!咱的戏演得好嘛!你的戏编得好嘛!"田舍娃不假思索张口就是爽快的回答,"《春秋配》《火焰驹》一个村接着一个村演,那些婆娘那些老汉看一遍八遍都看不够,在自家村看了,又赶到邻村去看,演到哪里赶到哪里……"

"噢……"李十三眉头解开,有一种欣慰。

"我的十三哥呀,你的那个黄桂英,把乡下人不管穷的富的老的少的男的女的都看得迷格登登的。"田舍娃说,"有人编下口歌,'权当少收麦一升,也要看一回黄桂英'。人都不管丰年歉年的光景咧!"

说的正说到得意处,听的也不无得意,夫人走到当面请示:"话说完了没?我把面擀好了,切不切下不下?"

"下。"李十三说。

"只给俺哥下一个人吃的面。我来时吃过了。"田舍娃说着已站立起来,把他扛来的装着麦子的口袋提起来,问,"粮缸在哪儿,快让我把粮食倒下。"

李十三拽着田舍娃的胳膊,不依不饶非要他吃完饭再走,夫人也是不停嘴地挽留。田舍娃正当英年,体壮气粗,李十三拉扯了几下,已经气喘不迭,厉声咳嗽起来。长期胃病,又添了气短气喘的毛病。田舍娃提着口袋跷进另一间屋子,揭开一只齐胸高的瓷瓮的木盖儿,吓了一跳,里边竟是空的。他把口袋扛在肩上,松开扎口,"哗啦"一声,二斗小麦倒得一粒不剩。田舍娃随之把跟脚过来的李十三夫妇按住,

"扑通"跪到地上:"哥呀!我来迟了。我万万没想到你把光景过到盆干瓮净的地步……我昨日个听到你的村子一个看戏的人说了你的光景不好,今日个赶紧先送二斗麦过来……"说着已泪流不止。

李十三拉起田舍娃,一脸感动之色里不无羞愧:"怪我不会务庄稼,今年又缺雨,麦子长成猴毛,碌碡停了,麦也吃完了……哈哈哈。"他自嘲地撑硬着仰头大笑。夫人在一旁替他开脱:"舍娃你哭啥嚜?你哥从早到晚唱唱喝喝都不愁……"

田舍娃抹一把泪脸,瞪着眼说:"只要我这个唱戏的有的吃,咋也不能把编戏的哥饿下!我吃黏(干)面决不让你吃稀汤面。"随之又转过脸,对夫人说:"嫂子,俺哥爱吃黏(干)汤的尽由他挑。过几天我再把麦背来。"

田舍娃抱拳鞠躬者三,又绽出笑脸:"今黑还要赶场子,兄弟得走了。"刚走出门到院子里,又折回身,"哥呀!我知道你手里正谋算一本新戏哩!我等着。"

"好!你等着。"李十三嗓门亮起来。说到戏,他把啥不愉快的事都掀开了,"有得麦吃,哥就再没啥扰心的事了。"

李十三和他的夫人运动在磨道上。两块足有一尺多厚的圆形石质磨盘,合丝卡缝地叠摞在一起,上扇有一个小孩儿拳头大小的孔眼,倒在上扇的麦粒,通过这只孔眼溜下去,在转动着的上扇和固定着的下扇之间反复压磨,再从磨口里流出来。上扇磨石半腰上捆绑一根结实的粗木杠子,通常是用牲口套绳和它连接起来,有骡马的富户套骡马拽磨,速度是最快的了;一般农户就用自养的犍牛或母牛拽磨,也很悠闲;穷到连一条狗都养不起的人家,就只好发动全家大小上套,不是拽而是推着磨盘转动了。人说"拽犁推磨打土坯"是乡村农活里头三道最硬茬的活儿,通常都是那些膀宽腰圆的汉子才敢下手的,再就是那些穷得养不起牲口也请不起帮手的人,才自己出手硬撑死扛。年届六十二岁的李十三,现在把木杠抱在怀里,双臂从木杠下边倒钩上来反抓住木杠,那木杠就横在他的胸腹交界的地方,身体自然前倾,双腿自然后蹬,这样才能使上力鼓上劲,把几百斤重的磨盘推动起来旋转起来。他的位置在磨杠的梢头一端,俗称"外套",是最鼓得上力的位置。如果用双套牲口拽磨,这位置通常是套犍牛或二马子的。他的夫人贴着磨道的内套位置,把磨杠也是横夯在胸腹交界处,只是推磨的胳膊使力的架势略有差异,她的右手从磨杠上边弯过去,把木杠搂到怀里,左手时不时拨拉一下磨扇顶上的麦子。等得磨缝里研磨溜出的细碎的麦子在磨盘上成堆的时候,她就用小木簸箕揽了。离开磨道,走到罗柜跟前,揭开木盖,把磨碎的麦子倒入罗柜里的金丝罗子,再盖上木盖,然后扳动摇把儿,罗子就在罗柜里"咣当咣当"响起来,这是磨面这种农活儿的象征性声响。

"你也歇一下下儿。"

李十三听见夫人关爱的声音,瞅一眼摇着拐把的夫人的脸,那瘦削的肩膀摆动着。他抬起一只胳膊用袖头抹一抹额上脸上的汗水,不仅没有停歇下来,反倒哼唱起来了:"娘……的……儿——"一句戏词没唱完,似乎气都堵得拔不出来,便哑了声,喘着气,一个人推着磨扇缓缓地转动,又禁不住自嘲起来:"老婆子哎!你说我本该是当县官的材料,咋的就落脚到磨道里当牛做马使唤?还算不上个快马,连个蔫牛也不抵……哎!怕是祖上先人把香插错了香炉……"

"命……"夫人停住摇把,从罗柜里取出罗子,把罗过的碎麦皮倒进斗里,几步走过来,又回到磨道里她的套路上,习惯性地抱住磨杠推起来,又重复一遍:"命。"

李十三似接似拒的口吻,沉吟一声:"命……"

李十三推着石磨。要把一斗麦子的面粉磨光罗尽,不知要转几百上千个圈圈,称得"路漫漫其修远兮"了。他的求官之路,类如这磨道。他十九岁考中秀才,令家人喜不自禁,也令乡邻羡慕;二十年后的三十九岁省试里考中举人,虽说费时长了点儿,却在陕西全省排在前二十名,离北京的距离却近了;再苦读十三年后到五十二岁上,他拉着骡子驮着干粮满腹经纶进北京会试去了。此时嘉庆刚主政四年,由纪昀任主考官,录取完规定的正编名额后,又拟录了六十四名作为候补备用的人。李十三的名字在这个候补名单里。按嘉庆的考制,拟录的人按县级官制待遇,却不发饷银,只是虚名罢了。等得牛年马月有了县官空缺,点到你的名字上,就可以走马上任做实质性的县官领取县级官饷了。李十三深知这其中的空间很大很深,猫腻狗骚都使得上却看不见。恰是在对这个"拟录"等待的深度畏惧发生的时候,失望同时并生了。做官的欲望就在那一刻断灭,是他的性情使他发生了这个人生的重大转折,凭学识凭本事争不到手的光宗耀祖的官衔,拿银子换来就等于给祖坟上泼了狗尿。

他依着渭河北部高原民间流行的小戏碗碗腔的种种板路曲谱,写起戏本来了。第一本名叫《春秋配》,交给田舍娃的皮影班社,得了田舍娃的好嗓子,也得了他双手绝巧的"耍杆子"的技艺,这个戏一炮打响,演遍了渭北的大村小庄……他现在迷在写戏的巨大兴趣之中,已有八本大戏两本小戏供那些皮影班社轮番演出……现在,他和夫人合抱一根木杠,在磨道里转圈圈,把田舍娃昨日晌午送来的麦子磨成白面,就不再操心锅里没面煮的事了……

"十三哥十三哥十三哥——"

田舍娃的叫声。昨日刚来过怎么又来了?田舍娃压抑着嗓门的连声呼叫还没落定,人已蹿进磨坊喘着粗气,收住脚,与从磨道里转过来的李十三面对面站着,整个一副惶恐失措的神色。未等李十三开口,田舍娃仍压低嗓门说:"哥呀不得了咧……"

李十三喘着气,却不问,他和夫人在自家磨道推磨子,闭着眼也推不到岔道上去,能有什么了不得的祸事呢!那一瞬,他甚至料定田舍娃是虚张声势。虚张声势夸大事态往往是这些皮影艺人的职业习性。

"哥呀!皇上派人抓你来咧……"

李十三"嘿"的一声不着意地轻淡地笑:"你也算是当了爸的人了,咋还说这些没根没影的话……"

田舍娃见李十三不信,当下急得失了色变了脸,双手击捶出很响的声音,像道戏曲白口一般疾骤地叙说起来:"嘉庆爷派的差官已经到县上咧。我奶妈的三娃在县衙当伙夫,听到这事赶紧叫人把信儿传给我。我撂下饭碗赶紧跑过来给你透风报信,你还大咧咧地信不下……"

李十三打断田舍娃的话问:"说没说我犯了哪条王法?"

"'淫词秽调'——"田舍娃说,"皇上爷亲口说你编的戏是'淫词秽调'。如野草般疯长,已经传流到好多省去了。皇上爷很恼火,派专使到渭南,指名要'提李十三进京',还说连我这一帮演过你的戏的皮影客也不放手……"

田舍娃说着说着就自动打住口,哑了声。他叙述这个因由的过程,突出的眉棱下的两只燕尾形的眼睛一直紧盯着他亲爱的李十三哥,连扶着磨杠的嫂夫人一眼也顾不及看。他看着李十三由不信不屑不嗤的眼神脸色逐渐转换出现在这副吓人的神色,两眼瞪得一动不动一眨不眨,脸色由灰黄变成灰白,辨不清是气恨还是惧怕,倒吓得田舍娃不敢再往下说了。

李十三突然猛挺起身子,头往后一仰,又往前一倾,"噢"地叫了一声,从嘴里喷出一股血来。田舍娃眼见一道鲜亮如同朝阳的红光闪耀了一下,整个磨坊弥漫起红色的光焰,又如同一条血的飞瀑,呼啸着爆响着飞溅出去,落在磨扇顶端已经磨碎的麦粒上,也泼洒在琢刻着石棱的磨扇上,磨盘上堆积着的尚未收揽的碎麦麸顷刻间也染红了。田舍娃"噢呀"惊叫一声,吓愣了。

李十三又挺起胸来,头先往后一仰,即刻再往前用力一倾,又一道血的光焰血的飞瀑喷洒出去,随之横跌在磨盘上,一只手垂下来。

田舍娃手足无措地站在一边,突然灵动过来,一把抱起李十三,轻轻地摆平仰躺在地上。夫人也早吓蒙了,忙蹲下身为李十三抚胸搓背,连声呼叫:"你不能走呀你甭走呀……"随之掐住了丈夫的鼻根。

许久,李十三终于睁开眼睛了,顺手拨开了夫人掐着他鼻根的手。稍停半刻,他两手撑地要坐起来。夫人和田舍娃急忙从两边帮扶着。李十三坐起来,田舍娃这时才哭出声来,夫人也哭了。

李十三舒了口气,看着田舍娃说:"你咋不跑还在这儿?"

"你是这样子,我咋跑呀!"田舍娃说,"让人家把咱俩一块提走,我好招呼着你。"

李十三摇摇头:"咱俩得跑。"

田舍娃忙接上说:"就等你这句话哩,快走。"

李十三站起来,走了两步试了试腿脚,还可以走动,便对夫人说:"你也甭操心了。你操心也是白操——皇上要我的命,你还能挡住?挡不住咯。我要是命大能跑脱,会捎话给你,会来取戏本的——这本戏刚写到热闹的当当儿,你给我藏好。"

两人装出无什么要紧事的做派,走出门,走过村巷,还和村人打着礼仪性的招呼。村人乡党打问今晚在哪个村子摆场子,舍娃说在北原上很远很远的一个寨子。乡党直惋叹太远太远了。两人出了村子,两人又从出村的这条宽敞的土路拐上一条一步多宽的岔路,两边是高过人头的苞谷苗子。隐入无边无际的苞谷绿秆之中,似乎有一种被遮蔽的安全感。两人不约而同又拐上一条岔道。岔道上铺满青草,泛着一缕缕薄荷的清香。两人又跨过水渠,清凌凌的水已经没有诗意了,渠沿上的白杨也没有诗意了。这渠水和这白杨是最容易诱发诗意的景致,他每一次踏过渠上的木桥或直接跨过这水渠的时候,都忍不住驻足品味,都忍不住撩起水来洗一把脸。现在只有奔逃的恓惶和恐惧了。李十三在用力跳过渠的时候,有一阵晕眩,眼睛黑了一瞬,驻足的同时,又吐出一口血来。稍作缓息,田舍娃搀扶着他继续走着。两边依旧是密不透风的苞谷秆子,青幽幽闷腾腾的田野。走到这条小路的尽头,遇到一道土塄,分成又一个岔口。李十三站住脚:"咱俩该分手了。"

田舍娃愣了一下,头连着摇:"分手?谁跟谁分手?我跟你分手——我死都跟你不分手。"

李十三说:"咱俩总不能傻到让人家一搭儿抓了,再一窝端了一锅蒸了嘛!留下一个会唱会耍竿竿儿的(支撑皮影的竹竿)人嘛!"

"不成不成不成!"田舍娃的头摇得更欢了。"耍竿竿儿的人多,死了我还有那一大帮伙计,会编戏的只是你十三哥——死谁都不能死你。"

"是这样嘛——"李十三说,"咱俩谁都不该死。咱俩谁都不死当然顶好咧!现时死临头了,咱俩分开跑,逃过一个算一个,逃过两个更好。千万不能一锅给人家煮了蒸了。"

田舍娃还是听不进去:"你这么个病身子,我把你撂下撇下,我就是你戏里头写的那号负义的贼了。"

李十三说:"我的戏本都压在你的箱子里,旁人传抄的不全,有的乱删乱添,只有你拿的本子是我的原装本子。想想,把我杀了不当紧,我把戏写成了。要是把你杀了又抄家,连戏本子都会给人家烧成灰了……你而今活着比我活着还当紧。"

田舍娃这下子不说话了。

李十三又说:"你活着就是顶替我活着。"

田舍娃出着粗气,眼泪涌出了。

"你的命现在比我的命贵重。"李十三再加重说,"快走赶快跑,哥的戏本就指望你了。"

李十三转过身走了。

田舍娃急抢两步,堵在李十三面前,"扑通"跪在路上,连磕三个响头,站起来又抱拳作揖再三,瞪着眼睛说:"我的哥呀!你放心走,只要有我舍娃子一条命,你的戏本一个字都丢不了!"

"你的命丢了,本子也甭丢。"李十三也狠起来,"你先把戏本藏好再逃命。"

"记下了。"田舍娃跑走了,跑到一畛谷子地里,对着坡塄骂了一句:"嘉庆呀嘉庆,我没有你这个爷了。"

田野静寂无声。

李十三顺着这条慢坡路走着。他想到应该斜插到另一个方向的梯田里去,谁会傻到顺着一条上渭北高原的官路逃亡呢?他不想逃跑,又不想被抓住。他确凿断定自己活不了几个时辰了。他只不过不想死到北京,也不想活着看见那个受嘉庆爷之命前来抓他的差官的脸。他也不想死在磨道里或死在炕上,那样会让他的夫人更恓惶,活着没能让她享福,死时却可以不让她受急迫。他也不想死在田舍娃当面,越是相好的人越想死得离他远点。

莽莽苍苍的渭北高原是最好的死地。

李十三面朝着渭北高原背对着渭河平原,往前一步一步挪脚移步,他又吐出一口血。血把脚下被人踩踏成细粉一般的黄土打湿了,瞬间就辨不出是血是水了。

再挣扎到一个塄坎上的时候,他又吐血了。

当他又预感到要吐血的时候,似乎清晰地意识到这是最后一口所能喷吐出来的血了。他已经走出村子二十里路了,在这一瞬转过身来,眺望一眼被绿色覆盖的关中和流过关中的渭河。他吐出最后一口血,仰跌在土路上,再也看不见渭北高原上空的太阳和云彩了。

附　记

约略记得是上世纪五十年代末,我在周六从学校回家去背下一周的干粮,路上的男男女女老人小孩纷纷涌动,有的手里提着一只小木凳,有的用手帕包着馒头,说是要到马家村去看电影。这部电影是把秦腔第一次搬上银幕的《火焰驹》,十村八寨都兴奋起来。太阳尚未落山,临近村庄的人已按捺不住,挎着凳子提着干粮去抢占前排位置了。我回到家匆匆吃了饭,便和同村伙伴结伙赶去看电影了。"日行千里夜行八百"的火焰驹固然神奇,而那个不嫌贫爱富因而也不背信弃义更死心不改与落难公子婚约的黄桂英,记忆深处至今还留着舞台上那副顾盼动人的模样。这个黄桂英不单给乡村那些穷娃昼思夜梦的美好盼望,城市里的年轻人何尝没有同一心理向往。直到五十年后的今天我才弄清楚,《火焰驹》的原创作者名叫李十三。

李十三,本名李芳桂,渭南县蔺店乡人。他出生的那个村子叫李十三村。据说唐代把渭北地区凡李姓氏族聚居的村子,以数字编序排列命名,类似北京的××八条、××十条或十二条。李芳桂念书苦读一门心思为着科举高中,一路苦苦赶考直到五十二岁,才弄到个没有实质内容的"候补"空额,突然于失望之后反倒灵醒了,便不想再跑那条路了。这当儿皮影戏在渭北兴起正演得红火,却苦于找不到好戏本,皮影班社的头儿便把眼睛瞅住这个文墨深不知底的人。架不住几个皮影班头的怂恿哄抬,李十三答应"试火一下",即文人们常说的"试笔"。这样,李十三的戏剧处女作《春秋配》就"试火"出来了。且不说这本戏当年如何以皮影演出走红渭北,近二百年来已被改编为秦腔、京剧、川剧、豫剧、晋剧、汉剧、湘剧、滇剧和河北梆子等。这一笔"试火"得真是了得!大约自此时起,李十三这个他出生并生活的村子名称成了他的名字。李芳桂的名字以往只出现或者只应用在各级科举的考卷和公布榜上,民间却以"李十三"取而代之。民间对"李芳桂"的废弃,正应合着他人生另一条道路的开始——编戏。

李十三生于一七四八年,距今二百六十年了。我专意打问了剧作家陈彦,证实李十三确凿是陕西地方戏剧碗碗腔秦腔剧本的第一位剧作家,而且是批量生产。自五十二岁摈弃仕途试笔写戏,到六十二岁被嘉庆爷通缉吓死或气死(民间一说吓死一说气死,还有说气吓致死)的十年间,写出了八部本戏和两部小折子戏,通称十大本:《春秋配》《白玉钿》《火焰驹》《万福莲》《如意簪》《香莲口》《紫霞宫》《玉燕钗》,折子戏《四岔》和《锄谷》。这些戏本中的许多剧目,随后几乎被中国各大地方剧种都改编演出过,经近二百年而不衰。我很自然地发生猜想,中国南北各地差异很大的方言,唱着说着这位老陕的剧词会是怎样一番妙趣。不会说普通话更没听过南方各路口音的李十三,如若坐在湘剧京剧剧场里观赏他的某一本戏的演出,当会增聚起抵御嘉庆爷捉拿的几分胆量和气度吧,起码会对他点灯熬油和推磨之辛劳添一分欣慰吧!

然而,李十三肯定不会料到,在他被嘉庆爷气吓得磨道喷吐鲜血,直到把血吐尽在渭北高原的黄土路上气绝而亡之后的大约一百五十年,一位秦腔剧作家把他的《万福莲》改编为《女巡按》,大获好评更热演不衰。北京有一位赫赫盛名的剧作家田汉,接着把《女巡按》改编为京剧《谢瑶环》,也引起不小轰动。刚轰动了一下还没轰得太热,《谢瑶环》被批判,批判文章几成铺天盖地之势。看来田汉胆子大点儿气度也宽,没有吐血。

一切都已成为过去。过去了的事就成历史了。

我从剧作家陈彦的文章中获得李十三推磨这个细节时,竟毛躁得难以成眠。在几种思绪里只有一点纯属自我的得意,即我曾经说过写作这活儿,不在乎写作者吃的是馍还是面包,睡的是席梦思还是土炕,屋墙上挂的是字画还是锄头,关键在于那根神经对文字敏感的程度。我从李十三这位乡党在磨道里推磨的细节上又一次获得确信,是那根对文字尤为敏感的神经,驱使着李十三点灯熬油自我陶醉在戏剧创作的无与伦比的巨大快活之中,喝一碗米粥吃一碗黏(干)面或汤面就知足了。即使落魄到为吃一碗面需得启动六十二岁的老胳膊硬腿去推石磨的地步,仍然是得意忘情地陶醉在磨道里,全是那根虽然年事已高依然保持着对文字敏感的神经,闹得他手里那支毛笔无论如何也停歇不下来。磨完麦子撂下推磨的木杠,又钻进那间摆置着一张方桌一把椅子一条板凳的屋子,掂起笔杆揭开砚台蘸墨吟诵戏词了……唯一的实惠是田舍娃捐赠的二斗小麦。

同样是这根对文字太过敏感的神经,却招架不住嘉庆爷的黑煞脸,竟然一吓一气就绷断了,那支毛笔才彻底地闲置下来。我就想把他写进我的文字里。

晶莹的泪珠

我手里捏着一张休学申请书朝教务处走着。

我要求休学一年。我写了一张要求休学的申请书。我在把书面申请交给班主任的同时，又口头申述了休学的因由，发觉口头申述因为穷而休学的理由比书面申述更加难堪。好在班主任对我口头和书面申述的同一因由表示理解，没有经历太多的询问便在申请书下边空白的地方签写了"同意该生休学一年"的意见，自然也签上了他的名字和时间。他随之让我等一等，就拿着我写的申请书出门去了，回来时那申请书上就增加了校长的一行签字，比班主任的字签得少自然也更简洁，只有"同意"二字，连姓名也简洁到只有一个姓，名字略去了。班主任对我说："你现在到教务处去办手续，开一张休学证书。"

我敲响了教务处的门板。获准以后便推开了门，一位年轻的女先生正伏在米黄色的办公桌上，手里捏着长杆蘸水笔在一厚本表册上填写着什么，并不抬头。我知道开学报名时教务处最忙，忙就忙在许多要填写的各式表格上。我走到她的办公桌前鞠了一躬："老师，给我开一张休学证书。"然后就把那张签着班主任和校长姓名和他们意见的申请递放到桌子上。

她抬起头来,诧异地瞅了我一眼,拎起我的申请书来看着,长杆蘸水笔还夹在指缝之间。她很快看完了,又专注地把目光留滞在纸页下端班主任签写的一行意见和校长更为简洁的意见上面,似乎两个人连姓名在内的十来个字的意见批示,看去比我大半页的申请书还要费时更多。她终于抬起头来问:

"就是你写的这些理由吗?"

"就是的。"

"不休学不行吗?"

"不行。"

"亲戚全都帮不上忙吗?"

"亲戚……也都穷。"

"可是……你休学一年,家里的经济状况也不见得能改变,一年后你怎么能保证复学呢?"

于是我就信心十足地告诉她我父亲的精确安排计划:待到明年我哥哥初中毕业,父亲谋划着让他投考师范学校,师范生的学杂费和伙食费全由国家供给,据说还发三块钱零花钱。那时候我就可以复学接着念初中了。我拿父亲的话给她解释,企图消除她对我能否复学的疑虑:"我伯伯说来,他只能供得住一个中学生;俺兄弟俩同时念中学,他供不住。"

我没有做更多的解释。我的爱面子的弱点早在此前已经形成。我不想再向任何人重复叙述我们家庭的困窘。父亲是个纯粹的农民,供着两个同时在中学念书的儿子。哥哥在距家四十多里远的县城中学,我在离家五十多里的西安一所新建的中学就读。在家里,我和哥哥可以合盖一条被子,破点旧点也关系不大。先是哥哥接着是我要离家到县城和省城的寄宿学校去念中学,每人就得有一套被褥行头,学费杂费伙食费和种种花销都空前增加了。实际上轮到我考上初中时已不再是考中秀才般的荣耀和喜庆,反而变成了一团浓厚的愁云忧雾笼罩在家室屋院的上空。我的行装已不能像哥哥那样有一套新被子新褥子和新床单,被简化到只能有一条旧被子卷成小卷儿背进城市里的学校。我的那一绺床板终日裸露着缝隙宽大的木质板面,晚上就把被子铺一半再盖上一半。我也不能像哥哥那样由父亲把一整袋面粉送交给学生灶,而只能是每周六回家来背一袋杂面馍馍到学校去,因为学校灶上的管理制度规定一律交麦子面,而我们家总是短缺麦子而苞谷面还算宽裕。这样的生活我并未意识到有什么不好,因为背馍上学的学生远远超过能搭得起灶的学生人数,每到三顿饭时,背馍的学生便在开水灶的一排供水龙头前排起五六列长队,把掰碎的各色馍块装进各自的大号搪瓷缸子里,用开水浸泡后,便三人一堆五人一伙围在乒乓球台的周围进餐,佐菜大都是花钱买的竹篓咸菜或家制的腌辣椒,说笑和争论的声浪甚至压倒了那些从灶房领取炒菜和热饭的"贵族阶层"。

这样的念书生活终于难以为继。父亲供给两个中学生的经济支柱,一是卖粮,一是卖树,而我印象最深的还是卖树。父亲自青年时就喜欢栽树,我们家四五块滩地地头的灌渠渠沿上,是纯一色的生长最快的小叶杨树,稠密到不足一步就是一棵,粗的可做檩条,细的能当椽子。父亲卖树早已打破了先大后小先粗后细的普通法则,一切都是随买家的需要而定,需要檩条就任其选择粗的,需要椽子就让他们砍伐细的。所得的票子全都经由哥哥和我的手交给了学校,或是换来书籍课本和作业本以及哥哥的菜票我的开水费。树卖掉后,父亲便迫不及待地刨挖树根,指头粗细的毛根也不轻易舍弃,把树根劈成小块晒干,然后装到两只大竹条笼里挑起来去赶集,卖给集镇上那些饭馆药铺或供销社单位。一百斤劈柴的最高时价为1.5元,得来的块把钱也都经由上述的相同渠道花掉了。直到滩地上的小叶杨树在短短的三四年间全部砍伐一空,地下的树根也掏挖干净,渠岸上留下一排新插的白杨枝条或手腕粗细的小树……

我上完初一第一学期,寒假回到家中便预感到要发生重要变故了。新年佳节弥漫在整个村巷里的喜庆气氛与我父亲眉宇间的那种根深蒂固的忧虑形成强烈的反差,直到大年初一刚刚过去的当天晚上,父亲便说出来谋划已久的决策:"你得休一年学,一年。"他强调了一年这个时限。我没有感到太大的惊讶。在整个一个学期里,我渴盼星期六回家又惧怕星期六回家。我那年刚交十三岁,从未出过远门,而一旦出门便是五十多里远的陌生的城市,只有星期六才能回家一趟去背馍,且不要说一周里一天三顿开水泡馍所造成的对一碗面条的迫切渴望了。然而每个周六在吃罢一碗香喷喷的面条后便进入感情危机,我必须说出明天返校时要拿的钱数儿,1元班会费或5毛集体买理发工具的款项。我知道一根丈五长的椽子只能卖到1.5元钱,一丈长的椽子只有8角到1

块的浮动区。我往往在提出要钱数目之前就折合出来这回要扛走父亲一根或两根椽子，或者是多少斤树根劈柴。我必须在周六晚上提前提出钱数，以便父亲可以从容地去借款。每当这时我就看见父亲顿时阴沉下来的脸色和眼神，同时，夹杂着短促的叹息。我便低了头或扭开脸不看父亲的脸。母亲的脸色同样忧愁，我似乎可以看；而父亲的脸眼一旦成了那种样子，我就不忍对看或者不敢对看。父亲生就的是一脸的豪壮气色，高眉骨大眼睛统直的高鼻梁和鼻翼两边很有力度的两道弯沟，忧愁蒙结在这样一张脸上似乎就不堪一睹……我曾经不止一次地产生过这样的念头，为什么一定要念中学呢？村子里不是有许多同龄伙伴没有考取初中仍然高高兴兴地给牛割草给灶里拾柴吗？我为什么要给父亲那张脸上周期性地制造忧愁呢……父亲接着就讲述了他的让哥哥一年后投考师范的谋略，然后可以供我复学念初中了。他怕影响一家人过年的兴头儿，所以压在心里直到过了初一才说出来。我说："休学？"父亲安慰我说："休学一年不要紧，你年龄小。"我也不以为休学一年有多么严重，因为同班的五十多名男女同学中有不少人都结过婚，既有孩子的爸爸，也有做了妈妈的，这在五十年代初并不奇怪，解放后才获得上学机会的乡村青年不限年龄。我是班里年龄最小个头最矮的一个，座位排在头一张课桌上。我轻松地说："过一年个子长高了，我就不坐头排头一张桌子咧——上课扭得人脖子疼……"父亲依然无奈地说：

"钱的来路断咧！树卖完了——"

她放下夹在指缝间的木制长杆蘸水笔，合上一本很厚很长的登记簿,站起来说:"你等等,我就来。"我就坐在一张椅子上等待,总是止不住她出去干什么的猜想。过了一阵儿她回来了,情绪有些亢奋也有点激动,一坐到她的椅子上就说:"我去找校长了……"我明白了她的去处,似乎验证了我刚才的几种猜想中的一种,心里也怦然动了一下。她没有谈她找校长说了什么,也没有说校长给她说了什么。她现在双手扶在桌沿上低垂着眼,久久不说一句话。她轻轻舒了一口气,扬起头来时我就发现,亢奋的情绪已经隐退,温柔妩媚的气色渐渐回归到眼角和眉宇里来了,似乎有一缕淡淡的无能为力的无奈。

她又轻轻舒了口气,拉开抽屉取出一本公文本在桌子上翻开,从笔筒里抽出那支木杆蘸水笔,在墨水瓶里蘸上墨水后又停下手,问:"你家里就再想不下办法了?"我看着那双滋浮着忧郁气色的眼睛,忽然联想到姐姐的眼神。这种眼神足以使任何被痛苦折磨着的心平静下来,足以使任何被痛苦折磨得心力交瘁的灵魂得到抚慰,足以使人沉静地忍受痛苦和劫难而不至于沉沦。我突然意识到因为我的休学致使她心情不好这个最简单的推理,而在校长班主任和她中间,她恰好是最不应该产生这种心情的。她是教务处的一位年轻职员,平时就是在教务处做些抄抄写写的事,在黑板上写一些诸如打扫卫生的通知之类的事,我和她几乎没有说过话,甚至至今也记不住她的姓名。我便说:"老师,没关系。休学一年没啥关系,我年龄小。"她说:"白白耽搁一年多可惜!"随之又换了一种口吻说,"我知道你的名字也认得你。每个班前三名的学生我都认识。"我的心情突然灰暗起来而没有再开口。

　　她终于落笔填写了公文函,取出公章在下方盖了,又在切割线上盖上一枚合缝印章,吱吱吱撕下并不交给我,放在桌子上,然后把我的休学申请书抹上浆糊后贴在公文存根上。她做完这一切才重新拿起休学证书交给我说:"装好。明年复学时拿着来找我。"我把那张硬质纸印制的休学证书折叠了两番装进口袋。她从桌子那边绕过来,又从我的口袋里掏出来塞进我的书包里,说:"明年这阵儿你一定要来复学。"

　　我向她深深地鞠了躬就走出门去。我听到背后咣当一声闭门的声音,同时也听到一声"等等"。她拢了拢齐肩的整齐的头发朝我走来,和我并排在廊檐下的台阶上走着,两只手插在外套的口袋里。走过一个又一个窗户,走过一个又一个教室的前门和后门,校园里和教室里出出进进着男女同学,有的忙着去注册去交费,有的已经抱着一摞摞新课本新作业本走进教室,还有从校门口刚刚进来的背着被卷馍袋的迟来者。我忽然心情很不好受,在争取得到了休学证后心劲松了吧?我很不愿意看见同班同学的熟悉的脸孔,便低了头匆匆走起来,凭感觉可以知道她也加快了脚步,几乎和我同时走出学校大门。

　　学校门口又涌来一拨偏远地区的学生,熟悉的同学便连连问我:"你来得早!报过名了吧?"我含糊地笑笑就走过去了,想尽快远离正在迎接新学期的洋溢着欢跃气浪的学校大门。她又喊了一声"等等"。我停住脚步。她走过来拍了拍我的书包:"甭把休学证弄丢了。"我点点头。她这时才有一句安慰我的话:"我同意你的打算,休学一年不要紧,你年龄小。"

我抬头看她,猛然看见那双眼睫毛很长的眼眶里溢出泪水来,像雨雾中正在涨溢的湖水,泪珠在眼里打着旋儿,晶莹透亮。我瞬即垂下头避开目光。要是再在她的眼睛里多驻留一秒,我肯定就会号啕大哭。我低着头咬着嘴唇,脚下盲目地拨弄着一颗碎瓦片来抑制情绪,感觉到有一股热辣辣的酸水从鼻腔倒灌进喉咙里去。我后来的整个生命历程中发生过多次这种酸水倒流的事,而倒流的渠道却是从十四岁刚来到的这个生命年轮上第一次疏通的。第一次疏通的倒流的酸水的渠道肯定狭窄,承受不了那么多的酸水,因而还是有一小股从眼睛里冒出来,模糊了双眼,顺手就用袖头揩掉了。我终于扬起头鼓起劲儿说:"老师……我走咧……"

她的手轻轻搭上我的肩头:"记住,明年的今天来报到复学。"

我看见两滴晶莹的泪珠从眼睫毛上滑落下来,掉在脸鼻之间的谷地上,缓缓流过一段就在鼻翼两边挂住。我再一次虔诚地深深鞠躬,然后就转过身走掉了。

……

二十五年后,卖树卖树根(劈柴)供我念书的父亲在癌病弥留之际,对坐在他身边的我说:"我有一件事对不住你……"

我惊讶得不知所措。

"我不该让你休那一年学!"

我浑身战栗,久久无言。我像被一吨烈性梯恩梯炸成碎块细末儿飞向天空,又似乎跌入千年冰窖而冻僵四肢冻僵躯体也冻僵了心脏。在我高中毕业名落孙山回到乡村的无边无际的彷徨苦闷中,我曾经猴急似的怨天尤人:"全都倒霉在休那一年学……"我一九六二年毕业恰逢中国经济最困难的年月,高校招生任务大大缩小,我们班里剃了光头,四个班也仅仅只考取了一个个位数,而在上一年的毕业生里我们这所不属重点的学校也有50%的学生考取了大学。我如果不是休学一年当是一九六一年毕业……父亲说:"错过一年……让你错过了二十年……而今你还算熬出点名堂了……"

我感觉到炸飞的碎块细末儿又归结成了原来的我,冻僵的四肢自如了冻僵的躯体灵便了冻僵的心又噔噔噔跳起来的时候,猛然想起休学出门时那位女老师溢满眼眶又流挂在鼻翼上的晶莹的泪珠儿。我对已经跨进黄泉路上半步的依然向我忏悔的父亲讲了那一串的泪珠的经历,我称呼伯伯的父亲便安然合上了眼睛,喃喃地说:"可你……怎么……不早点给我……说这女先生哩……"

我今天终于把几近四十年前的这一段经历写出来的时候,对自己算是一种虔诚祈祷,当各种欲望膨胀成一股强大的浊流冲击所有大门窗户和每一个心扉的当今,我便企望自己如女老师那种泪珠的泪泉不致堵塞更不敢枯竭,那是滋养生命灵魂的泉源,也是滋润民族精神的泉源哦……

旦旦记趣

外孙取名旦旦,已经长到两岁半,常有"惊人"之语出口。每每听到,先是猝不及防,随之便捧腹,或忍不住而喷饭,且不能忘。

他很贪玩,几乎没有片刻的闲静,即使吃饭,仍然是手不闲脚亦不停。这时候,我便哄他说,你不好好吃饭,屁股上都没肉啦!顺手便捏一捏他的小屁股,再鼓励一番,好好吃肉,屁股上就长肉啦。他便真听了话,张口接住他妈妈递到嘴边的一块肉,刚嚼了两下,估计还未嚼碎,便急忙咽下,跑过来,背过身,撅起小屁股:"爷爷你再摸一下,看看长肉了没有?"在一家人的哄笑声中,我只好将错就错:"长了长了!再吃再长!"我亦忍不住笑,这才叫立竿见影!林彪要中国人学习"语录"要"立竿见影",肯定没有想到这样快的效果和这样幼稚的荒诞和荒谬!

旦旦吃了一块豆腐,蹦过来,转过身,又一次撅起小屁股,认真地说:"爷爷你再摸一下,看看屁股上长豆腐了没?"哇!一家人全部放下碗,停住筷子,笑得前仰后合。

然后就没完没了。一次连一次地重复如前的动作和姿

势,一次比一次更加认真地问:

爷爷你再摸一下,屁股上长蘑菇了没?

爷爷你再摸一下,屁股上长木耳了没?

我已经再没劲儿笑了,无可奈何地对他说,旦旦的屁股成了副食超市了。

有一天,我要上班了,照例先和旦旦说再见,然后就走到门口。旦旦却急了,从沙发上跳下来,鞋也顾不得穿,光着脚跑过来,边跑边喊,爷爷别走爷爷别走。我就站住安慰他。他却盯着我喊:爷爷我送你。我也就释然,还以为他缠住我不让出门呢。我拉开门,他先蹦了出去,站在楼梯口,伸出一只小手来。我尚弄不明白他要做什么,就牵住他的手引他进门回屋。小家伙抽回手去,甩了几下,又伸到我面前。我女儿终于明白了,提示我说,他要跟你握手送别呢。我恍然醒悟,随即弯下腰伸出手去,攥住他的小手。他却当即跳着蹦着,另一只手像翅膀一样上下扇着扇着,嘴里连续丢出一串话来:再见拜拜巴尼哈! 那就这。

我对于这突如其来的发挥毫无心理准备。旦旦表演完毕,向我摇摇手,又跑回屋里沙发上去了。我走下楼梯走过楼院走出住宅区的大门,心里还一直在想着。"再见"和再见的英语口语"拜拜"他早都会说了,自然是他爸爸妈妈教的。"巴尼哈"是维吾尔语"再见"的意思,肯定是奶奶教给他的。我和老伴今年夏天去一趟新疆,就学会了这么一句维吾尔语的"再见"。这些当然都不足为奇,奇就奇在"那就这"从何而来,谁教给他的?

想想也不难破译。家里来了人,说完了事,送客人出门,握手告别时我常习惯说"那就这"。意思是我们说过的事就这样了。不仅如此,打完电话时,我也习惯说一句"那就这。再见"。这娃娃不知观察了多少次我的举动和说话,终于和我要来表演一回了。

从这天开始,这样的握手告别仪式就成为必不可缺的铁定的程序,我一天出几次门,就有几次这样的表演仪式,地点也必须是门外的楼梯口。有一次因事急我匆匆开门出去,走到楼下,从窗户里传出旦旦的哭声,哭声不仅大而强烈,且很悲伤,我感到了一种他被轻视了的伤心,我犹豫一下,还是返身回家,补救了那个握手告别的仪式。他的脸蛋上挂着泪珠,仍然把小手递到我手里,蹦着跳着,左胳膊还是小鸟翅膀一样上下扇动着,哽咽着却一字不漏地说完"再见……拜拜……巴尼哈……那就这。"

旦旦学骑小三轮车几乎无师自通,哪怕是车子可以擦轴而过的狭窄过道,他都可以骑过去。旦旦对我说,爷爷我到北京去了。说罢便踩动车轮钻进另一间房子去了。不一会,旦旦又转回来:爷爷我到上海去了。说罢又钻入第三间屋子。我的三室住房加上厨房,不时变幻着中国十几个城市的名字,大都是我或家人出差去过的城市。因为去某个城市的时间和回来之后的一段日子,家人总是说那些城市的见闻和观感,旦旦便在谁也不留意他的时候记住了这些城市的名字,而且被他骑车一日几次地往返了。

旦旦睡觉了,家里便恢复了安静。他的一双小鞋却丢在我的房间的床边。我总是在看见那一双小鞋时忍不住怦动。我说不清什么原因,似乎也没有什么关于鞋的往事的参照或触发，反正看见那双脱下的小鞋时心里就怦然一动，甚至比看见他穿着鞋跑来跑去更加富于诱惑。

回到家里，迎上前来打招呼的总是旦旦。这时候，无论什么顺心的事和烦恼的事甚至令人窝火的事，全都在旦旦的无序的话语里化解了，说宠辱皆忘说心静如水似乎都不大确切，只是觉得自己就是一个爷爷了。

秋收过后，我带着旦旦回到老家乡村。今年夏天雨水好，秋粮得到了近来少有的好收成，村巷里的椿树槐树皂荚树树杈上，架着一串串剥光了皮壳的玉米棒子，橙黄鲜亮的，这虽然是我自小就看惯了的家乡的最亮丽最惹眼的风景，依然抑制不住对于丰收果实的那种诗意的感受。旦旦也激动起来，扬起两条小胳膊，睁大惊异的眼睛欢呼起来：啊呀！这么多的香蕉呀……

旦旦的惊人之举引来哄然大笑。他奶奶他妈妈和周围的乡亲都笑了。我笑过之后，便由不得感慨。这孩子生在城里，长在城里，两岁半了，第一次看见玉米棒子，把形状类似的香蕉就联想起来混淆一起了。我的三个儿女，包括旦旦的妈妈，都是生长在这祖传的乡间老屋里，她们生在"文革"的非常时期，也是我的生活最困窘的时期，香蕉无异于天国的神果，她们正好可能把香蕉当作玉米棒子。香蕉在现时的乡村，已经不是什么稀奇的水果，乡村小镇和马路边的小店散摊，都摆着一堆堆零售的香蕉，肯定不会有农村孩子再把它当作玉米棒子的笑话发生了。无论大人们怎样开心地调笑，旦旦却早跑到树下，仰起脸盯着树杈上的玉米棒子，跳着叫着要摘下"香蕉"来。

两岁半的旦旦,大约正处于人生的混沌状态,什么都要问,却什么也懂不了;什么都感觉新鲜,过眼之后便兴味索然;什么人的什么话都可以不听,一味固执于自己当时的兴趣;什么行动和动作都想去模仿,结果是毫不在意地又丢弃了。我可以看到一个人成长过程中两岁半这个年龄区段里的全部可爱,混沌的可爱。不必做任何意义上的猜想和推测,两岁半的混沌形态容不得意义,因为它本身属于无意义的自然形态。

这个年龄区段的混沌可能很短暂。因为在两岁的时候,旦旦还不是这样的形态。半岁的变化有点急骤,两岁时说不出的混话和做不出的行动动作,到两岁半时就都发生了。那么我就猜想,再过半岁呢? 到了三岁时,该是从混沌状态走出来而踏入半混沌半清明的状态了吗? 他在蜕却一半混沌的同时,还能保持那一份憨态的可爱吗?

猜测那混沌状态的可能消失,依恋着那混沌状态的全部可爱,我便打算笔记下来。我的记性已经很差,无疑是老年的生理特征的显现。想到生命的衰落生命的勃兴从来都是这样的首尾接续着,我便泰然而乐。

生命之雨

一个年过五十的人,某天傍晚突然警悟,他的生命中最敏感的竟然是雨。秋日。傍晚。

细雨如丝如缕如烟,无穷无尽的前方和已经穷尽的身后都是这种雨丝,飘飘洒洒却无声无息。他沿着家乡的河水在沙滩上走着。一旦有雨或雪降下,他就有一种迎接雨雪的骚动而必须刻不容缓地走向雨雪迷蒙的田野。他的腋下挟着一把黑色雨伞,除非雨点变得粗疾起来才准备打开。

沙滩上的野苇子的苇毛已经飘落,蒿草的绿色无可挽救地变得灰黑而苍老了。他看见河的远处有人在涉水过河,辨不清过河的是男人还是女人,雨雾把雄性和雌性的外部特征模糊起来了。走过滩柳丛生的一道沙梁,一个看去和他年龄相仿的女人伫立在沙地上,看守着七八只羊。女人的右手攥着一根新鲜的柳枝儿,无疑是用来警示她的羊的武器;她的左腋下挟着一顶金黄色的草帽,而让头发也淋着雨。她的生命中也敏感雨而渴盼细雨的浇灌和滋润吗?

女人满脸皱纹,皮肤黝黑而粗糙,骨骼粗硬而显示着棱蹭;她挽着黑色的裤脚,露出小腿如同庄稼汉一样坚硬的筋骨的轮廓。他瞅着她,又瞅着她的羊,瞅过去是七只,倒瞅过来却成了八只;数过了羊又瞅着她。他瞅着数着羊是潜意识的行为,避免死呆呆瞅着她而引起反感。瞅了瞅她又去数羊,这回数过去是八只,再数过来又成了七只。

她却只瞅着她的羊,或者根本就没有瞅羊。她也不瞅他。他想,在她说不清是呆滞或是不屑的眼神里,他不过也是一只羊吧? 他便走开了,踏上高踞沙滩的河堤。

母亲说生他的时候正是三伏天。母亲强调说他落地的时辰是三伏天的午时。母亲对他落地后的记忆十分清晰,落地后不过半个时辰全身就潮起了痱子,从头顶到每一根脚趾头,都覆盖着一层密密麻麻的热痱子。只有两片嘴唇例外地侥幸,却爆起苞谷粒大的燎泡。母亲说整整一个夏天里,他身上的热痱子一茬尚未完全干壳,新的一茬便迫不及待地又冒了出来,褪掉的干皮每天都可以撕下小半碗。母亲说她在月子里就只是替他从头到脚撕揭干壳了的痱子皮……母亲对已经成年了的他遭遇灾难时便说:"你落生的时辰太焦躁了。那天能遇着下雨就好了。"

他后来得知,他与父亲同一个属相:马。这根本不用奇怪,家族中两代人和同代人之中同一属相的现象屡见不鲜完全正常。奇异的是,他和父亲同月同日生,而且时辰都是午时。只是没有人说得清,父亲出生时潮没潮起那么厉害的热痱子,父亲出生时是否侥幸遇到了三伏天的雨。

他便猜疑,在他来到这个世界时便领受到的如煎如煮的酷热焦躁,在父亲来说早已领受过了。从而并不以为什么了不起。

关于他的父亲,他想写篇小文章来悼念那位如草芥一样无声无响度过一生又悄然死去的农民,然而终于没有形成文字。原因在于,那个念头刚一产生,如潮的记忆便把他齐头盖脑淹没了。他喘息着又合上了钢笔。父亲是一本书,不是一篇小文章。

现在,他只能说一句话,在这个世界上,他最熟悉最了解的是他的父亲,而最难理解的也是他的父亲。他深深地懊悔,直到父亲离开这个世界时,才发觉自己从来没有太在意过父亲。起初他剖析造成这种懊悔心理的因素,是他既不可能对父亲寄托稍大点儿的依赖,更不可能发现以至研究他有什么伟大和不平凡之处;后来随着生命体验的不断加深,终于有一天警悟过来,便是从来也没有想到过对父亲的心理设防,是一种绝对的心理安全的天然依赖,反倒不太在意了。

父亲死亡的情景永难忘记。一个自身生长的异物堵死了食道,直到连一滴水也不能通过,那具庞大的躯体日渐一日萎缩成一株干枯的死树……哦!生命中的雨啊!

他一个人坐在家乡的河边,天上洒下旱季里少见的细雨。他刚刚十三岁,开始了永远的没有限期的暑假,从学校走向社会了。他半是豪勇半是惶惑,怀着宏大的文学梦却又怀疑自己是否具备文学的天赋,自信与自卑五十对五十折磨着他,便有了一种孤自散步的欲望,尤其是在雨雾迷茫之中。

这条河不大却闻名于遥远悠久的历史,河有多长,河边的柳林有多长,骚客文人折柳赠别也抛撒离愁思怨的诗句,成为一代又一代文化人寄托情怀的佳作。他坐在水边,一个琴瑟般的声音不期而至:"大哥哥你饿吗?"他转过头就看见了一只小仙鹤，是的，这个大约不过十岁的女孩像河滩草地上偶然降至的仙鹤。他苦笑一下摇摇头。处于整个民族的大饥饿年代，小孩子看世界的眼睛也是饥饿。他笑笑说："我渴。"河堤上传下来一声笑，他看见那儿站着一位干部，这是一家大企业的党的领导干部，据说是一位出身富贾而又背叛了自在阶级的老革命，革命胜利了他已成为企业领导，却依然需要下放乡村锻炼改造……他很忠诚，不仅自己老老实实在农民中间生活，而且还利用暑假把小女儿也领到这炼狱里来改造了。

几十年后，在一次全国性的文学集会上，有一位中年女人向他走来："你现在是饿还是渴？"

"还是渴。"

"还是渴？"

"是渴……生命之雨。"

她说她后来随父亲到北方一个城市，又转过四五个城市。她现在在一家报纸主持着一个《婚姻与家庭》的专栏。她在年轻男女中名声显赫，几乎家喻户晓，当然是她坦率而又真诚地解答过来自全国各地青年男女关于爱的困惑，并因此而很自信："你比我写的书多，我比你写的信多；你只是在文学圈子里有名声，而我却在青年人心中是知音。"她的佐证是多年来收到和回复青年人的书信数以万计。她说她读过他的全部作品，当然不是因为作品好不好，亦不是要研究他的创作，主要是因为在他未成名之前她见过他一面，那时她不足十岁。她说："我至少给青年朋友写过20000多封信，而你的小说最多发行5000册。"

他很尴尬,随之反诘:"我也来请你解答一个过去的问题,有一对年轻夫妇在'文化大革命'中分属对立的两派组织,妻子向自己一派的造反队司令报告了丈夫的行踪,丈夫被抓去打断了一条腿。这位现在走路还颠着跛着的丈夫仍然和那位告密的妻子生活在一起。他向你写过信没有?如果他有一天写信给你要求解释困惑,你怎么回答他?"她张了张口却摇摇头笑了,竟是一副不屑回答的神气。

半年以后,他接到她从千里之外的城市打来的长途电话,说她今天收到一封信,信中所表述的精神痛苦使她陷入深沉的无言以对的心境之中,那人的遭遇与他所说的"文化大革命"夫妇的故事大同小异,关键在于他们的故事一直延续到今天而且还有发展,类似于被打断腿的这个跛子丈夫,居然投靠那个抓他施刑的造反队头儿的门庭挣钱去了。造反队头儿受过几年冷落之后,现在是一位腰里别着大哥大的公司老板了……现在反倒是类似于那个告密妻子的妻子陷入痛苦境地,据说是丈夫现在跟着那个不计前嫌的老板北上南下东闯西骗,出入星级宾馆酒楼歌舞厅,既卡拉OK又桑拿浴……她在电话中向他复述了这个故事,情绪很沉静,似乎没有了她写过两万余封回信的那种自信与得意,很真诚地说:"上次你讲的那对'文化大革命'夫妇的故事我没有回答,我觉得那是你们上一代人的故事和困惑;你们上一代人所处的那个时代是一个不正常的时代,用今天正常人的思维是无法理解也无法解释的,因为他和她都是不正常生活里的不正常的人所演绎的不正常故事。现在,当他和她在今天正常的社会里继续演绎不正常的故事时,我竟然第一次感觉到我的肤浅,无法回答那个类似告密妻子的新的苦恼……"他反而宽厚地安慰她说:"是的,你不可能解除所有痛苦着的心灵的痛苦,也不可能拯救所有沉沦的灵魂。"她说:"我总得给她回信呀!情急之下,我用了你的一句话回复了她,就是'生命之雨'。"

他说:"这话太……"

她说:"我就想起你的这句话……恰当不恰当都不管了,上帝!"

纤纤细雨依然。依然是如丝如缕如烟。依然是飘飘洒洒无声无响。他已经走到这一段河堤的尽头,河堤朝南拐弯伸展过去,顶头和南岸的山崖接住了;那一段河堤从山崖下开始延伸到雨雾迷茫的无穷无尽的上游。人生其实也类似这河堤,分作一段一段的,这一段到头了,下段又从这儿开始,一直延伸成为一个生命的河流。

河堤拐弯的内堤里,就圈住了好大一片滩地。滩地里有一幢孤零零的土坯房,房子的南墙和西墙上苫着一层长长的稻草,那是防止西风和南边的下山风卷来的骤雨对泥皮土坯的冲刷的,就像一位插秧的农夫身披的蓑衣。房前有一片偌大的打谷场,场角靠近房子的地方有一个黄色的麦秸垛。他猜测这是一个土地承包经营者仓促建筑的房子,从那简陋的建筑判断,主人完全是出于一种临时的考虑,不愿投注更多的钱财给这幢远离村庄的建筑。

一个男人吆着拽犁的牛在翻耕打谷场。打谷场已完成了夏季打麦秋季打谷的用场,现在翻耕以恢复土地的疏松和绵软,然后撒下早熟的青稞或者油菜籽,赶明年收割小麦之前先收获了青稞或油菜,再把这块土地碾压瓷实作打谷场。男人悠悠地吆着牛扶着犁,没有戴草帽,一任细雨淋着。一个女人站在麦秸垛下撕扯麦草,撒下一把便弯下腰纳到一只大竹条笼里,动作也是悠悠的不急不忙的样子。只是那一件红色的衣衫像一簇火焰在迷茫的河滩上闪耀。

一男一女一低一高两个小孩在场地上追逐,他们从土屋里奔出来时就是互相追逐着的,大约是男孩抢走了霸占了女孩的吃食或玩具,争执便发生了。女孩追着男孩显然力不从心,在溜滑的打谷场上摔倒了,顺势在场地上打滚而且号啕起来。那女人扔下柴火笼飞跑过去,在滑溜的打麦场上跑起来闪动着两只胳膊,像是一种舞蹈。她没有扶起倒地打滚的女孩,一直冲到男孩跟前,一巴掌抽过去就把男孩打翻在地了。她随后转身走过来抱起女孩,另一只胳膊挎上柴火笼走进土屋里去了。

他竟然大声喊起来,愚蠢你愚蠢!你是个愚蠢的妈妈!

男人喝住牛插住犁,慢腾腾走过去抱起男孩,也走进那间土屋里去了。

一头在套的牛站在打麦场上甩着尾巴。

土屋房顶的烟囱有灰色的烟冒出来。

他依然站在河堤上。几十年后,那个扯柴火打男孩抱女孩的愚蠢的女人肯定就变成那个放牧着七八只羊的粗硬的老女人了吧?那个受宠的女孩会不会成长为如那个写过两万多封信的专栏主持人?

那土屋里爆起激烈的吵闹声,浑厚的男声和尖锐的女声。肯定那是关于应不应该打倒男孩的争执。他忽然想到她,如果把这幢远离人群的河滩土屋里的争论提到她的专栏上,她还会用他的"生命之雨"这话来解释给这一对乡野夫妻吗?

告别白鸽

老舅到家里来,话题总是离不开退休后的生活内容,谈到他还可以干翻扎麦地这种最重的农活儿,很自豪的神情;养着一只大奶羊,早晨起来挤下羊奶煮熟和孙子喝了,孙子去上学,他则牵着羊到坡地里去放牧,挺诱人的一种惬意的神色;说他还养着一群鸽子,到山坡上放羊时或每月进城领取退休金时,顺路都要放飞自己的鸽子。我禁不住问:"有白色的没有?纯白的?"

老舅当即明白了我的话意,不无遗憾地说:"有倒是有……只有一对。"随之又转换成愉悦的口吻:"白鸽马上就要下蛋了,到时候我把小白鸽给你捉来,就不怕它飞跑了。"老舅大约看出我的失望,继续解释说:"那一对老白鸽你养不住,咱们两家原上原下几里路,它一放开就飞回老窝里去了。"

我就等待着,并不焦急,从产卵到孵化再到幼鸽独立生存,差不多得两个月,急是没有用的。我那时正在远离城市的乡下故园里住着读书写作,七八年了,对那种纯粹的乡村情调和质朴到近乎平庸的生活,早已生出寂寞,尤其是陷入那部长篇小说的写作以来的三年。这三年里我似乎在穿越一条漫长的历史隧道，仍然看不到出口处的亮光，一种劳动过程之中尤其是每一次劳动中止之后的寂寞围裹着我，常常难以诉叙难以排解。我想到能有一对白色的鸽子，心里便生出一缕温情一方圣洁。

出乎我意料的是，一周没过，舅舅又来了，而且捉来了一对白鸽。面对我的欣喜和惊讶之情，老舅说："我回去后想了，干脆让白鸽把蛋下到你这里，在你这里孵出小鸽，它就认你这儿为家啰。再说嘛，你一年到头闷在屋里看书呀写字呀，容易烦。我想到这一层就赶紧给你捉来了。"我看着老舅的那双洞达豁朗的眼睛，心不由怦然颤动起来。

我把那对白鸽接到手里时，发现老舅早已扎住了白鸽的几根羽毛，这样被细线捆扎的鸽子只能在房屋附近飞上飞下，而不会飞高飞远。老舅特别叮嘱说，一旦发现雌鸽产下蛋来，就立即解开它翅膀上被捆扎的羽毛，此时无须担心鸽子飞回老窝去，它离不开它的蛋。至于饲养技术，老舅不屑地说："只要每天早晨给它撒一把苞谷粒儿……"

我在祖居的已经完全破败的老屋的后墙上的土坯缝隙里，砸进了两根木棍子，架上一只硬质包装纸箱，纸箱的右下角剪开一个四方小洞，就把这对白鸽放进去了。这幢已无人居住的破落的老屋似乎从此获得了生气，我总是抑制不住对后墙上的那一对活泼泼的白鸽的关切之情，没遍没数儿地跑到后院里，轻轻地撒上一把玉米粒儿。起始，两只白鸽大约听到玉米粒落地时特异的声响，挤在纸箱四方洞口探头探脑，像是在辨别我投撒食物的举动是真诚的爱意抑或是诱饵？我于是走开，以便它们可以放心进食。

终于出现奇迹。那天早晨，一个美丽的乡村的早晨，我刚刚走出后门扬起右手的一瞬间，扑啦啦一声响，一只白鸽落在我的手臂上，迫不及待地抢夺手心里的玉米粒儿。接着又是扑啦啦一声响，另一只白鸽飞落到我的肩头，旋即又跳弹到手臂上，挤着抢着啄食我手心里的玉米粒儿。四只爪子掐进我的皮肉，有一种痒痒的刺疼。然而听着玉米粒儿从鸽子喉咙滚落下去的撞击的声响，竟然不忍心抖掉鸽子，似乎是一种早就期盼着的信终于到来。

又是一个堪称美丽的早晨，飞落到我手臂上啄食玉米的鸽子仅有一只，我随之发现，另外一只静静地卧在纸箱里产卵了。新生命即将诞生的欣喜和某种神秘感，立时就在我的心头潮溢开来。遵照老舅的经验之说，我当即剪除了捆扎鸽子羽毛的绳索，白鸽自由了，那只雌鸽继续钻进纸箱去孵蛋，而那只雄鸽，扑啦啦扑向天空去了。

终于听到了破壳出卵的幼鸽的细嫩的叫声。我站在后院里，先是发现了两只破碎的蛋壳，随之就听到从纸箱里传下来的细嫩的新生命的啼叫声。那声音细弱而又嫩气，如同初生婴儿无意识的本能的啼叫，又是那样令人动心动情。我几乎同时发现，两只白鸽轮番飞进飞出，每一只鸽子的每一次归巢，都使纸箱里欢闹起来，可以推想，父亲或母亲为它们捕捉回来了美味佳肴。

我便在写作的间隙里来到后院，写得拗手时到后院抽一支烟，那哺食的温情和欢乐的声浪会使人的心绪归于清澈和平静，然后重新回到摊着书稿的桌前；写得太顺时我也有意强迫自己停下笔来,到后院里抽一支雪茄,瞅着飞来又飞去的两只忙碌的白鸽,聆听那纸箱里日渐一日愈加喧腾的争夺食物的欢闹,于是我的情绪由亢奋渐渐归于冷静和清醒,自觉调整到最佳写作心态。

这一天,我再也按捺不住神秘的纸箱里小生命的诱惑,端来了木梯,自然是趁着两只白鸽外出采食的间隙。哦!那是两只多么丑陋的小鸽,硕大的脑袋光溜溜的,又长又粗的喙尤其难看,眼睛刚刚睁开,两只肉翅同样光秃秃的,它俩紧紧依偎在一起,静静地等待母亲或父亲归来哺食。我第一次看到了初生形态的鸽子,那丑陋的形态反而使我更急切地期盼蜕变和成长。

我便增加了对白鸽喂食的次数,由每天早晨的一次到早、午、晚三次。我想到白鸽每天从早到晚外出捕捉虫子,不仅活动量大大增加,自身的消耗也自然大大增加,而且把采来的最好的吃食都喂给幼鸽了。

说来挺怪的,我按自己每天三餐的时间给鸽子撒上三次玉米粒,然后坐在书桌前与我正在交葛着的作品里的人物对话,心里竟有一种尤为沉静的感觉,白鸽哺育幼鸽的动人的情景,有形无形地渗透到我对作品人物的气性的把握和描述着的文字之中。

又是一个美丽的早晨,我在往地上撒下一把玉米粒的时候,两只白鸽先后飞下来,它们显然都瘦了,毛色也有点灰脏有点邋遢。我无意间往墙上的纸箱一瞅,两只幼鸽挤在四方洞口,以惊异稚气的眼睛瞅着正在地上啄食的父亲和母亲。那是怎样漂亮的两只幼鸽哟,雪白的羽毛,让人联想到刚刚挤出的牛乳。幼鸽终于长成了,所有可能发生的意外或不测的担心顿然化解了。

那是一个下午,我准备到河边上去散步,临走之前给白鸽撒一把玉米粒,算是晚餐。我打开后门,眼前一亮,后院的土围墙的墙头上,落栖着四只白色的鸽子,竟然给我一种白花花一大堆的错觉。两只老白鸽看见我就飞过来了,落在我的肩头,跳到手臂上抢啄玉米。我把玉米撒到地上,抖掉老白鸽,好专注欣赏墙头上那两只幼鸽。

两只幼鸽在墙头上转来转去,瞅瞅我又瞅瞅在地上啄食的老白鸽,胆怯的眼光如此显明,我不禁笑了。从脑袋到尾巴,一色纯白,没有一根杂毛,牛乳似的柔嫩的白色,像是天宫降临的仙女。是的,那种对世界对自然对人类的陌生和新奇而表现出的胆怯和羞涩,使人顿时生出诸多的联想:刚刚绽开的荷花,含珠带露的梨花,养在深山人未识的俏妹子……最美好最纯净最圣洁的比喻仍然不过是比喻,仍然不及幼鸽自身的本真之美。这种美如此生动,直教我心灵震颤,甚至畏怯。是的,人可以直面威胁,可以蔑视阴谋,可以踩过肮脏的泥泞,可以对叽叽咕咕保持沉默,可以对丑恶闭上眼睛,然而在面对美的精灵时却是一种怯弱。

小白鸽和老白鸽在那幢破烂失修的房脊上亭亭玉立。这幢由家族的创业者修盖的房屋,经历了多少代人的更替而终于墙颓瓦朽了,四只白色的鸽子给这幢风烛残年的老房子平添了生机和灵气,以至幻化出家庭兴旺时期的遥远的生气。

夕阳绚烂的光线投射过来,老白鸽和幼白鸽的羽毛红光闪耀。

我扬起双手,拍出很响的掌声,激发它们飞翔。两只老白鸽先后起飞。小白鸽飞起来又落下去,似乎对自己能否翱翔蓝天缺乏自信,也许是第一次飞翔的胆怯。两只老白鸽就绕着房子飞过来旋过去,无疑是在鼓励它们的儿女勇敢地起飞。果然,两只小白鸽起飞了,翅膀扇打出啪啪啪的声响,跟着它们的父母彻底离开了屋脊,转眼就看不见了。

我走出屋院站在街道上,树木笼罩的村巷依然遮挡视线,我就走向村庄背靠的原坡,树木和房舍都在我眼底了。我的白鸽正从东边飞翔过来,沐浴着晚霞的橘红。沿着河水流动的方向,翼下是蜿蜒着的河流,如烟如带的杨柳,正在吐絮扬花的麦田。四只白鸽突然折转方向,向北飞去,那儿是骊山的南麓,那座不算太高的山以风景和温泉名扬历史和当今,烽火戏诸侯和捉蒋兵谏的故事就发生在我的对面。两代白鸽掠过气象万千的那一道道山岭,又折回来了,掠过河川,从我的头顶飞过,直飞上白鹿原顶更为开阔的天空。原坡是绿的,梯田和荒沟有麦子和青草覆盖,这是我的家园一年四季中最迷人最令我陶醉的季节,而今又有我养的四只白鸽在山原河川上空飞翔,这一刻,世界对我来说就是白鸽。

这一夜我失眠了,脑海里总是有两只白色的精灵在飞翔,早晨也就起来晚了。我猛然发现,屋脊上只有一双幼鸽。老白鸽呢?我不由得瞅瞄天空,不见踪迹,便想到它们大约是捕虫采食去了。直到乡村的早饭已过,仍然不见白鸽回归,我的心里竟然是惶惶不安。这当儿,舅父走进门来了。

"白鸽回老家了,天刚明时。"

我大为惊讶。昨天傍晚,老白鸽领着儿女初试翅膀飞上蓝天,今日一早就飞回舅舅家去了。这就是说,在它们来到我家产卵孵蛋哺育幼鸽的整整两个多月里,始终也没有忘记老家故巢,或者说整个两个多月孵化哺育幼鸽的行为本身就是为了回归。我被这生灵深深地感动了,也放心了。我舒了一口气:"噢哟!回去了好。我还担心被鹰鹞抓去了呢!"

留下来的这两只白鸽的籍贯和出生地与我完全一致,我的家园也是它们的家园;它们更亲昵地甚至是随意地落到我的肩头和手臂,不单是为着抢啄玉米粒儿;我扬手发出手势,它们便心领神会从屋脊上起飞,在村庄、河川和原坡的上空,做出种种酣畅淋漓的飞行姿态,山岭、河川、村舍和古原似乎都舞蹈起来了。然而在我,却一次又一次地抑制不住发出吟诵:这才是属于我的白鸽!而那一对老白鸽嘛……毕竟是属于老舅的。我也因此有了一点点体验,你只能拥有你亲自培育的那一部分……

当我行走在历史烟云之中的一个又一个早晨和黄昏,当我陷入某种无端的无聊无端的孤独的时候,眼前忽然会掠过我的白鸽的倩影,淤积着历史尘埃的胸脯里便透进一股活风。

直到惨烈的那一瞬,至今依然感到手中的这支笔都在颤抖。那是秋天的一个夕阳灿烂的傍晚,河川和原坡被果实累累的玉米棉花谷子和各种豆类覆盖着,人们也被即将到来的丰盈的收获鼓舞着,村巷和田野里泛溢着愉快喜悦的声浪。我的白鸽从河川上空飞过来,在接近西边邻村的村树时,转过一个大弯儿,就贴着古原的北坡绕向东来。两只白鸽先后停止了扇动着的翅膀,做出一种平行滑动的姿态,恰如两张洁白的纸页飘悠在蓝天上。正当我忘情于最轻松最舒悦的欣赏之中,一只黑色的幽灵从原坡的哪个角落里斜冲过来,直扑白鸽。白鸽惊慌失措地启动翅膀重新疾飞,然而晚了,那只飞在头前的白鸽被黑色幽灵俘掠而去。我眼睁睁地瞅着头顶天空所骤然爆发的这一场弱肉强食、侵略者和被屠杀者的搏杀……只觉眼前一片黑暗。当我再次眺望天空,唯见两根白色的羽毛飘然而落,我在坡地草丛中拣起,羽毛的根子上带着血痕,有一缕血腥气味。

侵略者是鹞子,这是家乡人的称谓,一种形体不大却十分凶残暴戾的鸟。

老屋屋脊上现在只有一只形单影孤的白鸽。它有时原地转圈,发出急切的连续不断的咕咕的叫声;有时飞起来又落下去,刚落下去又飞起来,似乎惊恐又似乎是焦躁不安;我无论怎样抛撒玉米粒儿,它都不屑一顾更不像往昔那样落到我肩上来。它是那只雌鸽,被鹞子残杀的那只是雄鸽。它们是兄妹也是夫妻,它的悲伤和孤清就是双重的了。

过了好多日子,白鸽终于跳落到我的肩头,我的心头竟然一热,立即想到它终于接受了那惨烈的一幕,也接受了痛苦的现实而终于平静了。我把它握在手里,光滑洁白的羽毛使人产生一种神圣的崇拜。然而正是这一刻,我决定把它送给邻家一位同样喜欢鸽子的贤,他养着一大群杂色信鸽,却没有白鸽。让我的白鸽和他那一群鸽子合帮结伙,可能更有利于生存;再者,我实在不忍心看见它在屋脊上的那种孤单。

它还比较快地与那一群杂色鸽子合群了。

我看见一群灰鸽子在村庄上空飞翔,一眼就能辨出那只雪白的鸽子,欣慰我的举措的成功。

贤有一天告诉我,那只白鸽产卵了。

贤过了好多天又告诉我,孵出了两只白底黑斑的幼鸽。

我出了一趟远门回来,贤告诉我,那只白鸽丢失了。我立即想到它可能又被鹞子抓去了。贤提出来把那对杂交的白底黑斑的鸽子送我。我谢绝了。

又过了一些日子,失掉我的两只白鸽的情感波澜已经平静,老屋也早已复归平静,对我已不再具任何新奇和诱惑。我在写作的间隙里,到前院浇花除草,后院都不再去了。这一天,我在书桌前继续文字的行程,窗外传来了咕咕咕的鸽子的叫声,便摔下笔,直奔后院。在那根久置未用的木头上,卧着一只白鸽。是我的白鸽。

我走过去,它一动不动。我捉起它来,它的一条腿受伤了,是用细绳子勒伤了的。残留的那段细绳深深地陷进肿胀的流着脓血的腿杆里,我的心里抽搐起来。我找到剪刀剪断了绳子,发觉那条腿实际已经勒断了,只有一缕尚未腐烂的皮连接着。它的羽毛变成灰黄,头上粘着污黑的垢甲,腹部粘结着干涸的鸽粪,翅膀上黑一坨灰一坨,整个儿污脏得难以让人握在手心了。

我自然想到,这只丢失归来的白鸽是被什么人捉去了,不是遭了鹞子?它被人用绳子拴着,给自家的孩子当玩物?或者连他以及什么人都可以摸摸玩玩的?白鸽弄得这样脏兮兮的,不知有多少脏手抚弄过它,却根本不管不顾被细绳断了的腿。我在那一刻突然想到,它还不如它的丈夫被鹞子扑杀的结局。

  我在太阳下为它洗澡,把由脏手弄到它羽毛上的脏洗濯干净,又给它的腿伤敷了消炎药膏,盼它伤愈,盼它重新发出羽毛的白色。然而它死了,在第二天早晨,在它出生的后墙上的那只纸箱里……

关于一条河的记忆和想象

在我写过的或长或短的小说、散文中,记不清有多少回写到过这条河,就是从我家门前自东向西倒流着的灞河。或着意重笔描绘,或者不经意间随笔捎带提及,虽然不无我的情感渗透,着力点还是把握在作品人物彼时彼境的心理情绪状态之中,尤其是小说。散文里提到这条河,自然就是个人情感的直接投注和舒展了,多是河川里四时景致的转换和变化,还有系结在沙滩上杨柳下的记忆,无疑都是最易于触发颤动的最敏感的神经。然而,直到2006年3月1日,即农历二月二的龙抬头日,我站在几万乡民祭祀华胥氏始祖的祭坛上的那一刻,心里瞬间突显出灞河这条河来,也从我已往的关于这条河的点滴描述的文字里摆脱出来;我才发现这条河远远不止我的浮光掠影的文字景象,更不止我短暂生命里的砂金碎花类的记忆。是的,我站在孟家崖村的华胥氏始祖的祭台上,心里浮出来的却是距此不过三里路的灞河。

锣鼓喧天。几家锣鼓班子是周边几个规模较大的村子摆下的阵势,这是秦地关中传统的表示重大庆祝活动的标志性声响,也鼓着呈显高低的锣鼓擂台的暗劲儿。岭上和河川的乡民,四万余众汇集到华胥镇上来了。西安城里的人也闻讯赶来凑热闹了,他们比较讲究的乃至时髦的服饰和耀眼的口红,在普遍尚顾不得装潢自己的乡村民众的漩涡里浮沉。前日刚刚下过一场大雪。北边的岭和南边的原坡,都覆盖着白茫茫的雪,河川果园和麦田里的雪已经消融得坨坨斑斑。乡村土路整个都是泥泞。祭坛前的麦田被踩踏得翻了浆。巨大的不可抑制的兴奋感洋溢在男男女女老老少少的脸上,昨天以前的生活里的艰难和忧愁和烦恼全部都抛开了,把兴奋稀奇和欢悦呈现给擦肩挤胯而过的陌生的同类。他们肯定搞不清史学家们从浩瀚的故纸堆里翻检出来的这位华夏始祖老奶奶的身世,却怀着坚定不移的兴致来到这个祭坛下的土前投注一回虔诚的注目礼。

华胥镇。以华胥氏命名的镇。距现存的华胥遗址所在地孟家崖村不过一华里,这个古老的小镇自然最有资格以华胥氏命名了。这个镇原名油坊镇,亦称油坊街,推想当是因为一家颇具规模的榨油作坊而得名。然而,在我的印象里,连那家榨油作坊的遗迹都未见过。这个镇紧挨着灞河北岸,我祖居的村子也紧系在灞河南岸,隔河可以听见鸡鸣狗叫打架骂仗的高腔锐响。我上学以前就跟着父亲到镇上去逛集,那应是我记忆里最初的关于繁华的印象。短短一条街道,固定的商店有杂货铺、文具店、铁匠铺、理发店,多是两三个人的规模,逢到集日,川原岭坡的乡民挑着推着粮食、木柴和时令水果,牵着拉着牛羊猪鸡来交易,市声嗡响,生动而热闹。我是从1953年到1955年在这个镇的高级小学里完成了小学高年级教育,至今依然保存着最鲜活的记忆。我在这里第一次摸了也打了篮球。我曾经因耍小性子伤了非常喜欢我的一位算术老师的心。因为灞河一年三季常常涨水，虽然离校不过二里地，我只好搭灶住宿，睡在教室里的木楼上，夜半尿憋醒来跑下木楼楼梯，在教室房檐下流过的小水渠尿尿，早晨起来又蹲在小水渠边撩水洗脸，住宿的同学撩着水也嘻嘻哈哈着。这条水渠从后围墙下引进来，绕流过半边校园，从大门底下石砌的暗道流到街道里去了。我们班上有孟家崖村子的同学，似乎没有说过华胥氏祖奶奶的传说，却说过不远处的小小的娲氏庄，就是女娲"抟土造人"的神话发生的地方。我和同学在晚饭后跑到娲氏庄，寻找女娲抟泥和炼石的遗痕，颇觉失望，不过是别无差异的一道道土崖和一堆堆黄土而已。五十多年后的2006年的农历二月二日，我站在少年时期曾经追寻过女娲神话发生的地方，与几万乡民一起祭奠女娲的母亲华胥氏，真实地感知到一个民族悠远、神秘而又浪漫的神话和我如此贴近。我自小生活在诞生这个神话的灞河岸边，却从来没有在意过，更没有当过真。年过六旬的我面对祭坛插上一炷紫香弯腰三鞠躬的这一瞬，我当真了，当真信下这个神话了，也认下八千年前的这位民族始祖华胥氏老奶奶了。

在蓄久成潮的文化寻根热里，几位学者不辞辛苦劳顿溯源寻根，寻到我的家乡灞河岸边的孟家崖和娲氏庄，找到了民族始祖奶奶华胥氏陵。

历史是以文字和口头传说保存其记忆的。相对而言，后人总是以文字确定记忆里的史实，而不在乎民间口头的传闻；民间传说似乎向来也不在意史家完全蔑视的口吻和眼神,依然故我津津有味地延续着自己的传说。这里发生了一件有趣的事,史家的文字记载和民间的口头记忆达成默契,互相认可也互相尊重,就是发生在灞河岸边创立过华胥国的华胥氏的神话。

这点小小的却令我颇为兴奋的发现,得之于学者们从文史典籍里钩沉出来的文字资料鉴证的事实。华胥氏生活的时代称为史前文化。有文化却没有文字。没有文字,反而给神话传说的创造提供了空前绝后的繁荣空间。等到这个民族创造出方块汉字来,距华胥氏已经过去了大约五千年,大大小小的史圣司马迁们,只能把传说当作史实写进他们的著作。面对学者们从浩瀚的史料典籍里翻检钩沉的史料,我无意也无能力考证结论,只想梳理出一个粗略的脉系轮廓,搞明白我的灞河川道八千年前曾经是怎样一个让号称作家的我羞死的想象里的神话世界。

据《山海经·海内东经》说,"华胥履大人迹,于雷泽而生伏羲。"据《春秋世谱》说,"华胥氏生男名伏羲,生女为女娲。"在《竹书纪年·前篇》里的记载不仅详细,而且有魔幻小说类的情节,"太昊之母,居于华胥之渚,履巨人之迹,意有所动,虹且绕之,因而始娠"。华胥氏在灞河边上,无意间踩踏了一位巨人留下的脚印,似乎生命和意识里感受到某种撞击,那一美妙时刻,天空有彩虹缭绕,便受孕了,便生出伏羲和女娲两兄妹来。

据史圣司马迁《史记·五帝本纪》说,华胥氏生伏羲女娲,伏羲女娲生少典,少典生炎帝和黄帝。这样,司马迁就把这个民族最早的家庭谱系摆列得清晰而又确切。按照这个族系家谱,炎帝和黄帝当属华胥氏的嫡传曾孙,该叫华胥氏为曾祖奶奶了。被尊为"人文初祖"的轩辕黄帝,埋葬于渭北高原的桥山,望不尽的森森柏树迷弥着悠远和庄严,历朝历代的官家和民间年年都在祭拜,近年间祭祀的规模更趋隆重更趋热烈,洋溢着盛世祥和的气象。炎帝在湖南和陕西宝鸡两地均有祭奠活动,虽是近年间的事,比不得黄帝祭祀的悠久和规模,却也一年盖过一年的隆重而庄严。作为黄帝炎帝的曾祖母的华胥氏,直到2006年才有了当地政府(蓝田县)和民间文化团体联手举办的祭祀活动,首先让我这个生长在华胥古国的后人感到安慰和自豪了,认下这位始祖奶奶了。

我很自然地追问,华胥氏无意间踩踏巨人的脚印而受孕,才有伏羲女娲以至炎黄二帝,那么华胥氏从何而来?古人显然不会把这种简单的漏洞留给后人。《拾遗记》里说得很确凿,"华胥是九河神女",而且列出了九条河流的名称。这九条河流的名称已无现实对应,具体方位更无从考据和确定。既是"九河神女",自然就属于不必认真也无须考究的神话而已。然而,《列子·黄帝篇》里记述了黄帝梦游华胥国的生动图景:"其国无帅长,自然而已,其民无嗜欲,自然而已。不知乐生,不知恶死,故无夭殇。不知亲己,不知疏物,故无所爱憎。不知背逆,不知向顺,故无利害。都无所爱惜,都无所畏忌。入水不溺,入火不热,斫挞无伤痛,指摘无痛痒。乘空如履实,寝虚若处林。云雾不碍其视,雷霆不乱其听,美恶不滑其心,山谷不踬其前,神行而已。"这是一种怎样美好的社会形态啊!其美好的程度远远超出了几千年后的现代人的想象。黄帝梦游过的华胥国的美好形态,甚至超过了世界上的穷人想象里的共产主义的美妙图景。华胥氏创造的华胥国里的生活景象和生活形态,不是人间仙境,而是仙境里的人间。这样的人间,截止到现在,在世界的或大或小的一方,哪怕一个小小的角落,都还没有出现过。黄帝的这个梦,无疑是他理想中要构建的社会图像。然而要认真考究这个梦的真实性,就茫然了。我想没有谁会与几千年前的一个传说里的神话较真,自然都会以一种轻松的欣赏心情看取这个梦里的仙境人间。我却无端地联想到半坡遗址。

黄帝梦游过的华胥氏创建的令人神往的华胥国,即今日举行华胥氏祭祀盛会的灞河岸边的华胥镇这一带地域。由此沿灞河顺流而下往西不过十公里,就是中国第二座史前遗址博物馆——西安半坡遗址。这是黄河流域一个典型而又完整的母系氏族公社时期的生活图景。有聚居的村落。有用泥块和木椽搭建的房子。房子里有火道和火炕。这种火炕至今还在我的家乡的乡民的屋子里继续使用着。我落生到这个世界的头一个冬天就享受着火炕的温热,直到上世纪80年代初用电热褥取代了火炕。半坡人制作的鱼钩和鱼叉,相当精细,竟然有防止上钩和被叉住的鱼逃脱的倒钩。他们已经会编席,也会织布,这应该是中国最早的编织品,编和织的技术是他们最先创造发明出来的。他们毫无疑义又是中国制陶业的开山鼻祖,那些红色、灰色和黑色的钵、盆、碗、壶、瓮、罐和瓶的内里和陶盖上单色或彩绘着的鱼张着大嘴,跳跃着的鹿,令我叹为观止。任你撒开想象的缰绳张开想象的翅膀,想象六千多年前聚集在白鹿原西坡根下河岸边的这一群男女劳动生产和艺术创造的生活图景。他们肯定有一位睿智而又无私的伟大的女性作为首领，在这方水草丛林茂盛，飞禽走兽鱼蚌稠密的丰腴之地，进行着人类最初的文明创造。这位伟大的女性可是华胥氏？半坡村可是华胥国？或者说华胥氏是许多个华胥国半坡村里无以数计的女性首领之中最杰出的一位？或者说是在这个那个诸多的半坡村伟大女性首领基础上神话创造的一个典型？

这是一个充满迷幻魔幻和神话的时期。半坡遗址发掘出土的一只红色陶盆内侧，彩绘着一幅人面鱼纹图案，大约是魔幻现实主义的创始之作，把人脸和鱼纹组合在一幅图画上，比拉美魔幻小说里人和甲虫互变的想象早过六千多年，现在还有谁再把人变成狗的细节写出来或画出来，就只能令当代读者和看客徒叹现代人的艺术想象力萎缩枯竭得不成样子了。我倒是从那幅人面鱼纹彩绘图画里，联想到伏羲和女娲。华胥氏无意踩踏巨人脚印受孕所生的这一子一女，史书典籍上用"蛇身人首"来描述。"蛇身人首"和"人面鱼纹"有无联系？前者是神话创造，后者却是半坡人的艺术创作。我在赞叹具备"人面鱼纹"这样非凡想象活力的半坡人的同时，类推到距半坡不过十公里的华胥国的伏羲女娲的"蛇身人首"的神话，就觉得十分自然也十分合情理了。沪河是灞河的一条较大的支流，灞河从秦岭山里涌出，自东向西沿着北岭和南原（白鹿原）之间的川道进入关中投入渭河，不过百余公里，沪河自秦岭发源由南向北，在古人折柳送别的灞桥西边投入灞河。我便大胆设想，在灞河和沪河流经的这一方地域，有多少个先民聚集着的半坡村，无非是没有完整保存下来或未被发现而已，半坡遗址也是在上世纪50年代初兴建纺织厂挖掘地基时偶然发现的。华胥国其实就是又一个半坡村，就在我家门前灞河对岸二里远的地盘上，也许这华胥国把我的祖宗生活的白鹿原北坡下的这方宝地也包括在内。据史家推算，华胥氏的华胥国距今八千多年，半坡村遗址距今六千多年，均属人类发展漫长历程中的同一时期。神话和魔幻弥漫着整个这个漫长的时期，以至五千年前的我们的始祖轩辕黄帝，也梦牵魂绕出那样一方仙境里的人间——曾祖母华胥氏创造的华胥国。

告别华胥氏陵祭坛，在依然热烈依然震天撼地的锣鼓声响里，我陡增起对祭坛前这条河的依恋，便沿着灞河北岸平整的国道溯流而上。大雪昨日骤降骤晴。灿烂的丙戌年二月二龙抬头日的阳光如此鼓荡人的情怀。天空一碧如洗。河南岸横列着的白鹿原的北坡上的大大小小的沟壑，蒙着一层厚厚的柔情的雪。坡上的洼地和平台上，隐现着新修的房屋白色或棕色的瓷片，还有老式建筑灰色瓦片的房脊。公路两边的果园和麦地，积雪已融化出残破的景象，麦苗从融雪的地坨里露出令人心战的嫩绿。柳树最敏感春的气息，垂吊的丝条已经绣结着米黄的叶芽了。我竟然追到蓝田猿人的发现地——公王岭——来了。

这是一阶既不雄阔也不高迈的岭地，紧依着挺拔雄浑的秦岭脚下，一个一个岭包曲线柔缓。灞河从公王岭的坡根下流过，河面很窄，冬季里水量很小，看去不过像条小溪。就是这个依贴着秦岭绕流着灞水的名不见经传的公王岭，一日之间，叫响了整个中国，乃至世界，进入中学历史课本，把公王岭发现的蓝田猿人注入一代又一代人的常识性记忆。这是在中国迄今发现最早的人类化石遗存,刚刚从猿蜕变进化到可以称作人的蓝田猿人,距今大约115万年。

这个蓝田猿人化石的发现,带有很大的偶然性,或者正应了"踏破铁鞋无觅处,得来全不费功夫"的老话。1963年春天,中科院古脊椎动物与人类研究所的一行专家,到蓝田县辖的灞河流域作考古普查。这是一个冷门学科里最冷的一门,别说普通乡民摇头茫然,即使有一定文化知识的当地教师干部,也是浑然不知茫然摇头。他们用当地人熟知的龙骨取代了化石,一下子就揭去了这个高深冷僻的冷门里神秘的面纱,不仅大小中药铺的药匣子里都有储备,掌柜的都精通作为药物的龙骨出自何地,蓝田北岭和原坡地带随处都有;被他们问到的当地识字或不识字的农民,胳膊一抡一指,烂龙骨嘛,满岭满坡踢一脚就踢出一堆。话说得兴许有点夸张。然而灞河北岸的岭地和南岸的白鹿原的北坡,农民挖地破山碰见龙骨屡见不鲜,积攒得多了就送到中药铺换几个零钱,虽说有益肾补钙功效,却算不得珍贵药材,很便宜的。农家几乎家家都有储备,有止血奇效。我小时割草弄破手指,大人割麦砍伤脚腕,取出龙骨来刮下白色粉末敷到伤口上,血立马止住不流,似乎还息痛。我便忍不住惋惜,说不定把多少让考古科学家觅寻不得的有价值的化石,在中药锅里熬成渣了,刮成粉末止了血了。

这一行考古专家在灞河北边的山岭上踏访寻觅,终于在一个名叫陈家窝的村子的岭坡上,发现了一颗猿人的牙齿化石,还有同期的古生物化石,可以想象他们的兴奋和得意,太不容易又太意外的容易了。由此也可以想到这里蕴积的丰厚,真如农民说的一脚能踢出一堆来。这一行专家又打听到灞河上游的古老镇子厚镇周围的岭地上龙骨更多,便奔来了。走过蓝田县城再往东北走到三十多里处,骤然而降的暴雨,把这一行衣履不整灰尘满身的北京人淋得避进了路边的农舍,震惊考古界的事就要发生了。

他们避雨躲进农舍,还不忘打听关于龙骨的事。农民指着灞河对岸的岭坡说,那上头多得很。他们也饿了,这里既没有小饭馆就餐,连买饼干小吃食的小商店也没有,史称"三年困难"的恶威尚未过去。他们按"组织纪律"到农民家吃派饭,就选择到对面岭上的农家。吃饭有了劲儿,就在村外的山坡上刨挖起来,果然挖出了一堆堆古生物化石,又挖出一颗猿人牙齿。他们把挖出的大量沉积物打包运回北京,一丝一缕进行剥离,终于剥离出一块完整的猿人头盖骨化石,震惊考古学界的发现发生了。这个小岭包叫川流着的各种型号的汽车,看背后蒙着积雪的一级一级台田,想着那场逼使考古专家改变行程的暴雨。如果他们按既定目标奔厚镇去了。所得在难以估计之中,这个沉积在公王岭砾石里的猿人头盖骨化石,可能在随后的移山造田的"学大寨"运动中被填到更深的沟壑里,或者被农民捡拾,进了药铺下了药锅熬成药渣,或者如我一样刮成粉末撒到伤口永远消失。这场鬼使神差的暴雨,多么好的雨。

我在公王岭陈列室里,看到蓝田猿人头盖骨复原仿制品,外行看不出什么绝妙,倒是对那些同期的古生物化石惊讶不已。原始野生的牛角竟有七十多公分长,人是无论如何招不住那只角一触的。作为更新世动物代表的猛犸象,一颗獠牙长到二十多公分,直径粗到十余公分,真是巨齿了,看一眼都令人毛骨悚然。还有剑齿虎、披毛犀牛,单是牙齿和角,就可以猜想其庞然大物的凶猛了。我便联想到上世纪70年代初,我下乡驻队在白鹿原北坡一个叫龙湾的村子里。那是一个寒冷异常的冬天,在北方习惯称作冬闲季节,此时倒比往常更忙了,以平整土地为主项的学大寨运动正在热潮中。忽一日有人向我通报,说挖高垫低平整土地的社员挖出比碾杠还粗的龙骨。随之,打电话报告了西安有关考古的单位,当即派专家来,指导农民挖掘,竟然挖出一头完整的犀牛化石,弥足珍贵。龙湾村距公王岭不过40公里,当属灞河的中偏下游了。可以想见,一百万年前的灞河川道,是怎样一番生机盎然生动蓬勃的景象。这儿无疑属于热带的水乡泽国,雨量充沛,热带的林木草类覆盖着山岭原坡和河川。灞河肯定不止现在旱季里那一绺细流,也不会那么浑,在南原和北岭之间的川道里随心所欲地南弯北绕涌流下去。诸如剑齿虎、猛犸象、原始野牛和披毛犀牛等兽类里的庞然大物,傲然游荡在南原北岭和河川里。已经进化为人的猿人的族群,想来当属这些巨兽横行地域里的弱势群体,然而他们的智慧和灵巧,成为生存的无可比拟的优势。他们继续着进化的漫漫行程。

从公王岭顺灞河而下到50公里处,即是灞河的较大支流河边上的半坡氏族村落遗址。从公王岭的蓝田猿人进化到半坡人,整整走过了一百多万年。用一百多万年的时间,才去掉了那个"猿"字,成为真正意义上的人,真是太漫长太艰难了。我更为感慨乃至惊诧的是,不过百余公里的灞河川道，竟然给现代人提供了一个完整的从猿进化到人的实证；一百多万年的进化史，在地图上无法标识的一条小河上完成了。还有华胥氏和她的儿女伏羲女娲的美妙浪漫的神话，在这条小河边创造出来，传播开去，写进史书典籍，传播在一个有五千年文明史的子民的口头上。这是怎样的一条河啊！

这是我家门前流过的一条小河。

小河名字叫灞河。

原下的日子

一

新世纪到来的第一个农历春节过后,我买了20多袋无烟煤和吃食,回到乡村祖居的老屋。我站在门口对着送我回来的妻女挥手告别,看着汽车转过沟口那座塌檐倾壁残颓不堪的关帝庙,折回身走进大门进入刚刚清扫过隔年落叶的小院,心里竟然有点酸酸的感觉。已经摸上60岁的人了,何苦又回到这个空寂了近10年的老窝里来。

从窗框伸出的铁皮烟筒悠悠地冒出一缕缕淡灰的煤烟,火炉正在烘徐屋子里整个一个冬天积攒的寒气,我从前院穿过前屋过堂走到小院,南窗前的丁香和东西围墙根下的三株枣树苗子,枝头尚不见任何动静,倒是三五丛月季的枝梢上暴出小小的紫红的芽苞,显然是春天的讯息、然而整个小院里太过沉寂太过阴冷的气氛,还是让我很难转换出回归乡土的欢愉来。

我站在院子里,抽我的雪茄。东邻的屋院差不多成了一个荒园,兄弟两个都选了新宅基建了新房搬出许多年了。西邻曾经是这个村子有名的八家院,拥挤如同鸡笼,先后也都搬迁到村子里新辟的宅基地上安居了。我的这个屋院,曾经是父亲和两位堂弟三分天下的"三国",最鼎盛的年月,有祖孙三代十五六口人进进出出在七八个或宽或窄的门洞里。在我尚属朦胧混沌的生命区段里,看着村人把装着奶奶和被叫作厦屋爷的黑色棺材,先后抬出这个屋院,再在街门外用粗大的抬杠捆绑起来,在儿孙们此起彼伏的哭号声浪里抬出村子,抬上原坡,沉入刚刚挖好的墓坑。我后来也沿袭这种大致相同的仪程,亲手操办我的父亲和母亲从屋院到基地这个最后驿站的归结过程。许多年来,无论有怎样紧要的事项,我都没有缺席由堂弟们操办的两位叔父一位婶娘最终走出屋院走出村子走进原坡某个角落里的墓坑的过程。现在,我的兄弟姊妹和堂弟堂妹及我的儿女,相继走出这个屋院,或在天之一方,或在村子的另一个角落,以各自的方式过着自己的日子。眼下的景象是,这个给我留下拥挤也留下热闹印象的祖居的小院,只有我一个人站在院子里。原坡上漫下来寒冷的风。从未有过的空旷。从未有过的空落。从未有过的空洞。

我的脚下是祖宗们反复踩踏过的土地。我现在又站在这方小小的留着许多代人脚印的小院里。我不会问自己也不会向谁解释为了什么又为了什么重新回来,因为这已经是行为之前的决计了。丰富的汉语言文字里有一个词儿叫龌龊。我在一段时日里充分地体味到这个词儿的不尽的内蕴。

我听见架在火炉上的水壶发出噗噗噗的响声。我沏下一杯上好的陕南绿茶。我坐在曾经坐过近20年的那把藤条已经变灰的藤椅上,抿一口清香的茶水,瞅着火炉炉膛里炽红的炭块,耳际似乎萦绕看见过面乃至根本未见过面的老祖宗们的声音,嗨!你早该回来了。

第二天微明,我搞不清是被鸟叫声惊醒的,还是醒来后听到了一种鸟的叫声。我的第一反应是斑鸠。这肯定是鸟类庞大的族群里最单调最平实的叫声,却也是我生命磁带上最敏感的叫声。我慌忙披衣坐起,隔着窗玻璃望去,后屋屋脊上有两只灰褐色的斑鸠。在清晨凛冽的寒风里,一只斑鸠围着另一只斑鸠团团转悠,一点头,一翘尾,发出连续的咕咕咕……咕咕咕的叫声。哦!催发生命运动的春的旋律,在严寒依然裹盖着的斑鸠的躁动中传达出来了。

我竟然泪眼模糊。

二

傍晚时分,我走上灞河长堤。堤上是经过雨雪浸淫沤泡变成黑色的枯蒿枯草。沉落到西原坡顶的蛋黄似的太阳绵软无力。对岸成片的白杨树林,在蒙蒙灰雾里依然不失其肃然和庄重。河水清澈到令人忍不住又不忍心用手撩拨。一只雪白的鹭鸶,从下游悠悠然飘落在我眼前的浅水边。我无意间发现,斜对岸的那片沙地上,有个男子挑着两只装满石头的铁丝笼走出一个偌大的沙坑,把笼里的石头倒在石头垛子上,又挑起空笼走回那个低陷的沙坑。那儿用三脚架撑着一张铜丝罗筛。他把刨下的沙石一锨一锨抛向罗筛,发出连续不断千篇一律的声响,石头和沙子就在罗筛两边分流了。

我久久地站在河堤上,看着那个男子走出沙坑又返回沙坑。这儿距离西安不足30公里。都市里的霓虹此刻该当缤纷。各种休闲娱乐的场合开始进入兴奋期。暮霭渐渐四合的沙滩上,那个男子还在沙坑与石头垛子之间来回往返。这个男子以这样的姿态存在于世界的这个角落。

我突发联想,印成一格一框的稿纸如同那张罗筛。他在他的罗筛上筛出的是一粒一粒石子。我在我的"罗筛"上筛出的是一个一个方块汉字。现行的稿酬标准无论高了低了贵了贱了,肯定是那位农民男子的石子无法比兑的。我自觉尚未无聊到滥生矫情,不过是较为透彻地意识到构成社会总体坐标的这一极:这一极与另外一极的粗细强弱的差异。

这是新世纪的第一个早春。这是我回到原下祖屋的第二天傍晚。这是我的家乡那条曾为无数诗家墨客提供柳枝,却总也寄托不尽情思离愁的灞河河滩。此刻,30公里外的西安城里的霓虹灯,与灞河两岸大或小村庄里隐现的窗户亮光;豪华或普通轿车壅塞的街道,与田间小道上悠悠移动的架子车;出入大饭店小酒吧的俊男靓女打蜡的头发涂红(或紫)的嘴唇,与拽着牛羊缰绳背着柴火的乡村男女;全自动或半自动化的生产流水线,与那个在沙坑在罗筛前挑战贫穷的男子……构成当代社会的大坐标。我知道我不会再回到挖沙筛石一极中去,却在这个坐标中找到了心理平衡的支点,也无法从这一极上移开眼睛。

三

村庄背靠的鹿原北坡。遍布原坡的大大小小的沟梁奇形怪状。在一条阴沟里该是最后一坨尚未化释的残雪下,有三两株露头的绿色,淡淡的绿,嫩嫩的黄,那是茵陈,长高了就是蒿草,或卑称臭蒿子。嫩黄淡绿的茵陈,不在乎那坨既残又脏经年未化的雪,宣示了春天的气象?

桃花开了,原坡上和河川里,这儿那儿浮起一片一片粉红的似乎流动的云。杏花接着开了,那儿这儿又变幻出似走似住的粉白的云。泡桐花开了,无论大村小庄都被骤然暴出的紫红的花帐笼罩起来了。洋槐花开的时候。首先闻到的是一种令人总也忍不住深呼吸的香味,然后惊异庄前屋后和坡坎上已经敷了一层白雪似的脂粉。小麦扬花时节,原坡和河川铺天盖地的青葱葱的麦子,把来自土地最诱人的香味,释放到整个乡村的田野和村庄,灌进庄稼院的围墙和窗户。椿树的花儿在庞大的树冠和浓密的枝叶里。只能看到绣成一团一串的粉黄,毫不起眼,几乎没有任何观赏价值,然而香味却令人久久难以忘怀。中国槐大约是乡村树族中最晚开花的一家,时令已进入伏天,燥热难耐的热浪里,闻一缕中国槐花的香气,顿然会使焦躁的心绪沉静下来。从农历二月二龙抬头迎春花开伊始,直到大雪漫地,村庄、原坡和河川里的花儿便接连开放,各种奇异的香味便一波迭过一波。且不说那些红的黄的白的紫的各色野草和野花,以及秋来整个原坡都覆盖着的金黄灿亮的野菊。

五月是最好的时月,这当然是指景致。整个河川和原坡都被麦子的深绿装扮起来,几乎看不到巴掌大一块裸露的土地。一夜之间,那令人沉迷的绿野变成满眼金黄,如同一只魔掌在翻手之瞬间创造出来神奇。一年里最红火最繁忙的麦收开始了,把从去年秋末以来的缓慢悠闲的乡村节奏骤然改变了。红苕是秋收的最后一料庄稼,通常是待头一场浓霜降至,苕叶变黑之后才开挖。湿漉漉的新鲜泥土的垄畦里,排列着一行行刚刚出土的红艳艳的红苕,常常使我的心发生悸动。被文人们称为弱柳的叶子,居然在这河川里最后卸下盛装,居然是最耐得霜冷的树。柳叶由绿变青,由青渐变浅黄,直到几番浓霜击打,通身变成灿灿金黄,张扬在河堤上河湾里,或一片或一株,令人钦佩生命的顽强和生命的尊严。小雪从灰蒙蒙的天空飘下来时,我在乡间感觉不到严冬的来临,却体味到一缕圣洁的温柔,本能地仰起脸来,让雪片在脸颊上在鼻梁上在眼窝里飘落、融化,周围是雾霭迷茫的素净的田野。直到某一日大雪降至,原坡和河川都变成一抹银白的时候,我抑制不住某种神秘的诱惑,在黎明的浅淡光色里走出门去,在连一只兽蹄鸟爪的痕迹也难觅踪的雪野里,踏出一行脚印,听脚下的好雪发出铮铮铮的脆响。

我常常在上述这些情景里,由衷地咏叹,我原下的乡村。

四

漫长的夏天。

夜幕迟迟降下来。我在小院里支开躺椅,一杯茶或一瓶啤酒,自然不可或缺一支烟。夜里依然有不泯的天光,也许是繁密的星星散发的。白鹿原刀裁一样的平顶的轮廓,恰如一张简洁到只有深墨和淡墨的木刻画。我索性关掉屋子里所有的电灯,感受天光和地脉的亲和,偶尔可以看到一缕鬼火飘飘忽忽掠过。

有细月或圆月的夜晚,那景象就迷人了。我坐在躺椅上,看圆圆的月亮浮到东原头上,然后渐渐升高,平静地一步一步向我面前移来。幻如一个轻摇莲步的仙女,再一步一步向原坡的西部挪步,直到消失在西边的屋脊背后。

某个晚上,瞅着月色下迷迷蒙蒙的原坡,我却替两千年前的刘邦操起闲心来。他从鸿门宴上脱身以后,是抄那条捷径便道逃回我眼前这个原上的营垒的?"沛公军灞上"。灞上即指灞陵原。汉文帝就葬在白鹿原北坂坡畔,距我的村子不过十六七里路。文帝陵史称灞陵,分明是依着灞水而命名。这个地处长安东郊自周代就以白鹿得名的原,渐渐被"灞陵原""灞陵""灞上"取代了。刘邦驻军在这个原上,遥遥相对灞水北岸骊山脚下的鸿门,我的祖居的小村庄恰在当间。也许从那个千钧一发命悬一线的宴会逃跑出来,在风高月黑的那个恐怖之夜,刘邦慌不择路翻过骊山涉过灞河,从我的村头某家的猪圈旁爬上原坡直到原顶,才嘘出一口气来。无论这逃跑如何狼狈,并不影响他后来打造汉家天下。

大唐诗人王昌龄,原为西安城里人,出道前隐居白鹿原上滋阳村,亦称芷阳村。下原到灞河钓鱼,提镰在菜畦里割韭菜,与来访的文朋诗友饮酒赋诗,多以此原和原下南灞水为叙事抒情的背景。我曾查阅资料企图求证滋阳村村址,毫无踪影。

我在读到一本"历代诗人咏灞桥"的诗集时,大为惊讶,除了人皆共知的"年年柳色,灞陵伤别"所指的灞桥,灞河这条水,白鹿(或灞陵)这道原,竟有数以百计的诗圣诗王诗魁都留了绝唱和独唱。

> 宠辱忧欢不到情,
> 任他朝市自营营。
> 独寻秋景城东去,
> 白鹿原头信马行。

这是白居易的一首七绝。是诸多以此原和原下的灞水为题的诗作中的一首。是最坦率的一首,也是最通俗易记的一首。一目了然可知白诗人在长安官场被蝇营狗苟的龌龊惹烦了,闹得腻了,倒胃口了,想呕吐了。却终于说不出口呕不出喉,或许是不屑于说或吐,干脆骑马到白鹿原头逛去。

还有什么龌龊能淹没脏污这个以白鹿命名的原呢,断定不会有。

我在这原下的祖屋生活了两年。自己烧水沏茶。把夫人在城里擀好切碎的面条煮熟。夏日一把躺椅冬天一抱火炉;傍晚到灞河沙滩或原坡草地去散步。一觉睡到自来醒。当然,每有一个短篇小说或一篇散文写成,那种愉悦,相信比白居易纵马原上的心境差不了多少。正是原下这两年的日子,是近八年以来写作字数最多的年份,且不说优劣。

我愈加固执一点,在原下进入写作,便进入我生命运动的最佳气场。

贞节带与斗兽场

在关中乡村流传的许多"酸黄菜"式的民间笑话里,有一个放心带的故事,说有位商人四季出远门做生意,那时交通工具不发达,顶好顶快也就是轿子马车或单骑骡子,往返很费时日,多则三月半载,至少也少不了月里四十。他一出门,就把大妻小妾留在家里守活寡,终于听到了大妻状告小妾与用人有不干不净的事情。处置这种辱没门庭的事对于商人来说非常简单,辞退一个休掉另一个就是了。然而麻烦接着发生,小妾随之也向商人打上小报告,说大妻与长工有染。商人在恼火万状中反倒醒悟,把大妻小妾都休了可以再娶,把用人长工全部辞退再雇新的人来也不困难,问题在于自己一出远门就旷日持久,再娶的妻妾与新雇的长工用人再发生偷情的事怎么办?于是商人终于苦思冥想出一条万全之策,在他又要出门进行商务活动之前一夜,把两件铁打的放心链子强迫大妻和小妾套锁到下身,然后便放心地出门上路了。

这个商人与小镇铁匠铺的铁匠共同设计锻造的安全带或者叫放心链的东西是个什么形状,传说里很含糊,任何听到这个笑话的人在痛快淋漓地笑过之后,并不认真去考究那个铁链钢带的实际可行性,笑过也就完事。然而,万万始料不及的事不期而遇,在意大利国家博物馆里,我看到了这样一件中国乡村笑话里的钢铁锁链式的带子,名字叫贞节带。

那是一条类似于健美运动员穿的那种简化到只护苫阴部的带子,不过不是任何纺织布料而是坚硬的钢铁。一块一片真正的钢铁连缀成一条腰带,是用来箍绑女人的腰的;同样的钢铁薄片连接成一条带子,一头与前腰的铁带相连接,通过腹部兜住阴部和屁股,再和后腰里箍缠的铁带相扣接。兜着屁股的铁片中间留着一只空心大孔,肯定是设计和制作者为大便通过的悉心设计;而最富于匠心竭尽智慧显示天才的设计,自然是表现在最核心最要害的部分,即对女人生殖器的防卫措施,那儿的铁片同样留着一道孔,无须阐释便可以想到是给小便的出路;那孔是竖立式扁长形状,宽窄的估计和把握也经过精心的算计,即不容许任何男性生殖器通过;最绝的活儿是在扁孔的边沿上,有一圈倒立起来的经两寸长的三角形尖刺,其锋锐的程度有如锥尖锯牙……想想有哪个情种能够对抗这道监牢围墙似的钢铁蒺藜?设想某个风流种子看到这钢铁蒺藜时会是怎样的猴急?而被扎上这道钢铁蒺藜式的贞节带的女人又是怎样的心理和生理的屈辱和痛苦?

这件匠心独运的钢铁作品挂在意大利国家博物馆的墙上,外面用一只玻璃罩子罩着;如果不是在国家级的博物馆里看到这样一件展品,我也许会怀疑是某个恶作剧者的游戏之作,类似于中国乡村民间笑话里的虚拟之物。我在这一刹那突然明白了什么叫欧洲的中世纪;中世纪的全部黑暗和野蛮浓缩具象为这件贞节带,正是中世纪挥舞的旗帜。

据说这件贞节带主要是为罗马帝国的大将军和小士官们铸造的。在他们出征另一个民族的前夜,先用这件万无一失的钢铁制品封锁了自己妻子的阴户,然后才放心地扛着盾牌和利矛去进行征服之战。到他们征服了也践踏了一个民族的尊严和家园而凯旋归来时,在接受国王的嘉奖之后,回到家便掏出钥匙打开妻子腰里贞节带上的锁子。我又陡生疑问,如果某个将军或团长旅长营长战死在异国他乡的沙场上了,那么他妻子的这副贞节带恐怕就要箍勒到死而无法解除了,因为唯一的那把钥匙只能由丈夫装在腰里,他死了,钥匙也就和腐烂的肌肉一起埋入泥土。腰际和阴部戴着这种钢铁锁链的女人如何睡觉怎么行走?如何日复一日无时无刻不在承受肉体的折磨和心灵的屈辱?漫长的人生之路对她们来说将意味着什么?

我想用相机拍下这件中世纪挥舞过的旗帜,结果被告知不许拍照。敢于把这么一件怪物堂而皇之展览在国家博物馆里,主办者的勇气和坦率已经令我钦佩,而不许拍照的禁令却让我留下遗憾。我便久久注视这件怪物,我在想到我家乡那个民间笑话的同时,又想起来我刚刚出版的长篇小说里头的一个女人,这个女人惹得某些脸孔一本正经而臀部还残留着"忠"字的当代中国人老大不顺眼。

我在查阅蓝田县志时查到了三大本的《贞妇烈女卷》。第一本上全部记录着某村某妇女夫死守节抚养儿子孝顺公婆的千篇一律的事例,第二第三本里只记载着张王氏李赵氏的代号式的名字,我索然无味便一把推开。推开的一瞬突然心里悸颤了一下,想到多少年来凡是来此查阅县志的人,恐怕没有谁会有耐心读完两大本人物名字,而且不是真实名字仅仅只是两个姓氏合成的代号。我忽然对那些贞妇烈女委屈起来,她们以自己活泼泼的血肉之躯换取了县志上不足3厘米的位置,结果是谁也没有耐心阅读她们。我便一行一行一字一字看下去,如果这些屈死鬼牺牲品们幽灵尚在,当会知道在她们死去多少多少年后,终于有一个从来不敢标榜著名的作家向她们行了注目礼……田小娥的形象就在那一刻里产生了。

我们漫长到可骄傲于任何民族的文明史中,最不文明最见不得人的创造恐怕当属对女人的灵与性的扼杀,我们有称得上经典的伦理纲常和为推行这经典而俗化了的《女儿经》,然而我们似乎没有设计制造贞节带的记载。我们有贞节牌,我们有县志上的贞妇烈女卷,我们以奖励为主导方式弘扬那些嫁鸡随鸡嫁狗随狗、鸡狗早夭了还为鸡狗守节守志的女人们。南欧的罗马人不如我们含蓄也不懂得以褒奖为主的方法,赤裸裸锻打出来这么一种钢铁家伙去强行封堵。历史证明了我们祖宗的高明和罗马人的简单甚至可以说愚蠢,他们那样招人眼目的锁链不久(对历史而言)就彻底废除了,而我们祖先行之有效的方法却延续到本世纪之初,比他们的寿命悠久了几个世纪。我所查阅的几个县的县志大都是抗战前编修的,依然堂而皇之不惜工本弘扬着代号们为鸡狗殉道的节和志,即使从"五四"算起也有十多二十年了,还在依然故我地立贞节牌进登县志……我便有个恶毒的想法,在我们的博物馆里,起码在妇女解放史的专题性展览馆里,应该展出县志上的贞妇烈女卷本,这东西与罗马人的贞节带有异曲同工之妙。

……

此前我曾参观过古罗马斗兽场。这个闻名古今闻名东西方的斗兽场,在我远远地瞅见它的断垣残壁时,竟无任何惊讶与新奇的感觉,对比起来远远不及贞节带对我灵魂的震慑。这原因恐怕在于中学的历史老师。

年轻的历史教员是一位非常优秀的教师,然而他无论如何也无法解决中国历史和世界历史过程中枯燥无味的纪年或频繁的王朝更迭的事件。一当讲到中世纪的黑暗和野蛮时,对古罗马斗兽场的情景却讲得有声有色,生动得使我几乎忘记了这是在上历史课。野兽从怎样的地下暗道放逐出来,奴隶又从怎样的地下囚室爬到场地上与野兽搏斗,我听得毛发倒竖惊心动魄,这主要出自幼年时对野兽的恐惧。我们家乡最凶恶残忍的兽类只有狼,而狮子老虎比起狼来又厉害多少倍呀!一个奴隶面对一只饿过多日的狮子老虎直到被撕成碎块连骨带肉吞噬下去的情景,即使最缺乏想象力又缺乏同情心的人也要闭上眼睛。

也许是我上了些年岁,对野兽的残暴多了一些承受力,直到我站在古罗马斗兽场的场地上时,竟然是一种冷寂心境。我很自然地企图印证历史老师的描绘,企图印证小说《斯巴达克斯》的描写和同名电影里的印象,而眼下的一切都面目全非了。圈形的高耸的围墙大部分坍塌,残缺不全,如同一只凶兽牙齿七零八落豁豁牙牙的嘴;场内的看台也大都坍塌了,依然可以看出那个时候国王贵妃和普通看客的尊卑台阶;囚禁奴隶关锁野兽的地下洞穴也塌了,兽和人放逐出来的通道壕沟也壅塞不畅了……历史把鲜红的血和苦涩的泪已经风干风化,历史演进中,人类的耻辱也被风吹日蚀得只余一张空干的破皮了。

我的年轻的历史老师绘声绘色讲述人类历史上最野蛮的这一幕情景时,肯定不会料想到一个背馍上学一日三餐全是开水泡馍的听讲学生,以后会站在真实的斗兽场的废址上印证他生动的讲述。又怎能完全冷寂呢?

当希特勒、墨索里尼和东条英机把整个世界变成一个大斗兽场的时候,当我们在某个时期以"文化革命"的名义鼓动人与假想的敌人搏斗的时候,人类的如斗兽场的发明者的本性在多次重复演练,才是真正令人惊心怵目的。

贞节带是一种理论和法律的产物,贞节牌同样是一种观念和道德法绳的产物,同样残忍同等野蛮,然而在它们产生的那个时代却同样堂皇同样神圣同样合理;斗兽场和希特勒和东条英机同样自信他们的理论和这理论掀起的屠杀奴隶屠杀世界的战争;"文革"的阶级斗争已无须批判……各个民族生存发展史中留下来的耻辱都钉到耻辱柱上了,然而那钉住的其实只是一张风干了的再无任何蛊惑力量的破皮。

幽灵呢?破皮风干之前原有的幽灵还有没有呢?会不会在某天早晨以一种更具蛊惑力量的装饰,重新向这个世界挥舞贞节带?

北桥,北桥

在大波士顿郊区三四十公里的康克尔镇,有一座小木桥,名叫北桥,桥下是一条幽幽静静地涌动着黑色水流的泥河。二百二十年前的四月十九日夜,美国"独立战争"的第一声火枪的枪声,就是在这座小木桥头打响的。

北桥从此便成为现代美国历史的启明星。或者说,在北桥的火枪枪声里诞生了一个美国。

北桥从此便成为美国历史和现实中最负声望的桥。康克尔小镇因为拥有北桥而成为闻名于世的一个镇子,波士顿人则因为"独立战争"的策源地而自豪和骄傲。

酿成这个伟大事变的起因却是一件小小的冲突。英国殖民者从东印度公司输入大量茶叶,严重地危及当地人的经济利益,当地居民便自发"揭竿",把刚刚在波士顿海岸卸船的茶叶包扔进大海,用我们的习惯用语来说,矛盾一下子就激化了。这事件在我听来似乎有点耳熟,很容易把它和英国人输入鸦片到中国海岸所引发的冲突相联系……英国人首先被激怒了,立即下达戒严令,不许当地美国人乱说乱动。美国人崇尚自由自在,对古老的英国殖民者以往那种妄自尊大和呆板的清规戒律的做派早已不能承受,也看不顺眼,可以说积怨积火已如欲喷的火山熔岩。这个晚被发现的大陆的居民与英国殖民者的冲突的实质,与世界上所有曾经被殖民过的民族无以数计的各类形式的冲突毫无二致。

康克尔小镇有一个农民自发的民间自卫组织。英国人在下过戒严令之后,决定摧毁这个民间武装的小团体,用意自然是要扑灭任何可能蔓延成灾的火星,时间定在四月十九日夜里。居住在波士顿城里的一位年轻医生在天黑时得到了这个泄露的军事机密,星夜骑马急驰三十多公里赶到康克尔,把英军偷袭的消息报告给处于灭顶之灾的自卫武装。这个自卫武装团体一致决定反抗,虽然仓促,却有准备,最短暂的也是最恰当的战斗准备迅即做出立即实施。当英军士兵经过三十多公里急行军赶到北桥桥头时,桥的那一头的丛林和草地里已经按各个最有利的位置潜伏着自卫的农民,武器是火枪。

当英军士兵怀着偷袭的窃喜列队跨上北桥,灾难便降临了。从北桥的正面和两侧骤然爆起的枪声,把他们出发时的全部美丽的窃喜葬入桥下的泥河。河是真正的泥河,没有一般河流通常都有的沙滩,密不透风的森林几个世纪以来的落叶沉淀在河床上,河水因此而发黑,人或马都不可能蹚过去。无法料及的强硬的抵抗,首先使偷袭者从心理上先输掉了,接续的便是溃不成军的慌乱和全线崩溃。然而正如美国人素常所不屑的英国人的呆板做派还是不变,无论桥上桥下倒下掉进了多少同伙,后边的士兵依然列队整齐不乱间隔继续拥上北桥。桥那头的民兵几乎不用变换射击位置只需尽快地填充弹药,然后喷射到一堆堆送到枪口上来的目标身上。当地农民嘲笑英国人一切都按固定的程式运动的做派,这回是用火枪完成的。

从北桥开始,游击民兵打败"武装到牙齿"的英国士兵的战讯风一样传遍美国,随后就风起云涌般掀起一场震撼世界的伟大的"独立战争"。北桥随后便日益璀璨起来。那位报信的年轻医生也一代又一代地璀璨在美国人的心里。纪念这位英雄医生的方式不是玉碑,也没有雕像,而是一行马蹄印迹。在波士顿城里的一条街道的人行道上,水泥地面上镶嵌着一行马蹄铁驰过踩下的间距很大的蹄痕,是黄铜,被无以数计的脚踩得闪闪发亮。

这个北桥现在是美国国家公园,一切都按那场战争发生时的原样保存着。低浅的丘陵被原始森林和野花野草覆盖着,树木不再人工增植也不许砍伐,枯死的树木一任其枯死、倒掉以至腐烂,也不作清理;茅草也是二百二十年前的野草的家族的延续,不许烧荒也不许刈割,更不要人工栽培的新的花草品种;河依旧是那条泥河,野苇茅草丛生的泥岸,没有人工修整的一丝痕迹,至今仍然没有人敢于涉水过河;桥是用粗刨的原木架构的,没有油漆,桥栏被游人抚摸磨损得哧溜光滑,粗的细的木纹清晰可辨;北桥通往公园各处的几条大路也是用黄褐色的沙砾泥土铺垫的。一切都按一七七五年的原样保存下来,让一切到此观赏的世界各地的游客充分感受当年的自然环境的气氛。成群成队的鸟儿掠过头顶,从这一片树林喧嚣到那一片树林,多是一种通体墨黑的梭子体形的鸟儿,颇类似于我自幼见惯的知更鸟,然而叫声却相去甚远。不知这鸟儿是二百二十年前的原种,抑或是后来迁居的新族?

桥头有一块纪念碑,大约记述了这儿发生过的事件的简单的经过。更令人注目的是那座雕塑,一个刚刚成年而仍未脱尽稚气的乡村小伙儿,右手握着一支火枪,左手按着一把犁杖,猫着腰,前弓后殿着腿,沉静而又机敏地瞅着前方,前方十多米处就是北桥。他的农民服装上扎着一条武装带,再也找不出比民兵更恰当的称谓了。这个雕像我一眼看见就似曾相识,无论抗日战争还是国内革命战争,中国南方北方的战场上到处都是这种武装起来的乡村青年类似的模样。

在桥的那一头,即英国士兵接近桥头的道路旁边,贴着地皮栽着一块小小的石碑,作为偷袭北桥而战死的英国士兵的墓碑,却是战争的胜方美国人为失败者立下的。碑文很短也很耐人寻味,没有仇恨没有诅咒,也没有胜利者的骄傲,有的只是一种惋惜。碑文大意说,这些年轻人跑了三千多英里从英国来到北桥,死在这里;此刻,他们的母亲还在梦里想念儿子哩!

用这样动人的惋惜和怜悯的口吻,用这种人性和人道的泛爱的胸襟对死亡的敌手表示哀悼,可能是对那种殖民者又是失败者的最深刻也最深沉的心灵和良知的谴责。在波士顿市区,在华盛顿就任"独立战争"总司令的那棵大柳树旁边,同样为两位战死在这里的英国将军各立着一块小小的碑石。从北桥打响第一枪,到这里时整个战局就发生了一个根本性转折,这里的战斗是一场扭转战局的决定性胜利。在华盛顿的塑像周围,摆着三门缴获的英军的火炮。这里用白色的栅栏围护着一株大柳树,华盛顿在指挥这场决定性的战斗胜利之后,就在这棵柳树下成为三军统帅,也接受了三军战士排山倒海的欢呼和膜拜。北桥的初次交战华盛顿没有参与,稍后便从他的农庄赶来投入了,再后就走到了这棵柳树下,再后就把英国殖民者赶出美国领土了。处于绝对的领袖地位的华盛顿,在筹建美利坚合众国和大选的时刻,脱下戎装回到了他的农庄,继续当他的农夫去了。据说华盛顿出于这样的理由,即不以军人的身份参加选举,要以一个农民或者说普通公民的身份进行参选,为此他老老实实当了一年农夫。尽管这行为里不无虚伪,即无论他一年后以农夫的身份堂而皇之参选总统,其实选民们投给他的一票主要还是投给解放美国的那位无可替代的总司令的;如果不是这样,比他更优秀一百倍的任何一位美国农民也不可能当选第一任美国总统。即使如此,有一点虚伪也还是可爱的,不属于令人恶心倒胃的伪装;仅此一个农夫的姿态,对于他那样功勋卓著的总司令来说,已经是难能可贵的了。

我还是对为战败战死的敌方的将军和士兵立那几块碑石的举动感兴趣。一九九五年九月,我在北京见到了翻译过《白鹿原》章节为英文的汉学家苏珊女士,和她聊起四月访美的印象,就谈到了这几块为敌手所立的碑子和碑文。和她一行到北京的一位美国男子却以不屑的口吻说,在越南他们可就没有这份情致了。我不觉一震。十年越战对美国普通公民来说至今还是一块化解不开的积食。许多美国母亲至今仍如那碑文所说,正在梦里思念战死在越南的儿子哩。那块为美国死亡士兵栽下的碑子,现在确实栽到了数以万计的战死在越南的美国士兵的母亲的心上；那种出于人性和人道的宽容胸襟的碑文，深刻而又深沉地谴责着当年决定发兵越南的那位总统，他即使卸任多年，依然不能逃避灵魂的谴责，而终于在越战结束近二十年后做了一次忏悔。看来，对于被殖民而又争得了胜利的一方来说，对殖民者又是失败者以怎样的方式表示谴责，都是比较轻松比较容易做到的。可以是义正词严的也可以是机智幽默的，可以是这样又可以做到那样一种谴责的方式。然而一旦角色转换，美国人自己自觉不自觉地扮演了当年入主他们国家的英军的角色，到越南，还有朝鲜，他们也就像二百二十年前被驱逐被打败被消灭的英国人一样，先被朝鲜继之又被越南人所仇恨所驱逐所打败所消灭，无论如何都不可能产生给北桥牺牲的英军士兵立碑那种心怀和情致了。倒是朝鲜和越南人把这种碑文的碑石栽到了美国总统和美国母亲的心头，真是得其所哉！罪恶的心理阴影比战争的硝烟要难以消弭得多，甚至要遮蔽、折磨几代人。

然而我还是难忘北桥，不单是那里保存完美的原始风景。我是四月初到北桥参观的，与美国友人约定四月十九日再来，据说每年的这一天都要举行别开生面的庆祝活动，人们穿起当年农民的服装，装扮成自卫武装的民兵，重新表演当年发生在北桥的故事。一九九五年正好是北桥打响"独立战争"第一枪的二百二十周年，纪念活动更加隆重更加丰富多彩。然而因了活动安排的冲突终于丢失了良机，留下了遗憾。

林中那块阳光明媚的草地

早晨醒来便听见哗哗哗的雨声。拉开窗帘就看到满天低沉的黑云,从黑云里倾泻而下的雨条闪着些微的亮光。到俄罗斯整整一周了,走到哪里都是蓝天白云下碧透的天空和鲜亮的阳光,今天遇到下雨了。有阳光又有雨,当是感受俄罗斯大地自然天象变幻的一个小小的又是难得的完满。

冒雨去图拉,拜谒托尔斯泰。车行四小时,大雨一路都在不歇气地下着。我总是忍不住拉开车窗,开阔的原野覆盖着望不透的森林,无边无沿的草场,都笼罩在迷迷蒙蒙的雨雾里。飞进车窗的雨滴打湿了我的头脸,这是托翁故乡的雨。临近图拉城的标志,是路边终于出现了人。一顶顶简便装置的帆布或塑料帐篷,零散地撑持在公路边上,摆列着一排货架,守候着一个一个女人,都在卖着以图拉命名的饼子。据说这种饼是闻名俄罗斯的土特产品,以黑麦制成,别有一番独特绵长的香味且不论,绝在不加任何防腐剂却可以存贮半年以上,久享盛名。看着在雨篷下守候过路客捎带图拉饼的女人,我顿然联想到家乡关中类同的情景,每到五月初,通往我的白鹿原的原上和原下的两条公路边,便摆满一筐筐一笼笼刚刚摘下来的樱桃；通往临潼秦兵马俑的路旁，九月的石榴和九月末的火晶柿子招惹着世界各方的男女；还有去女皇武则天陵墓的路边，垒堆如小塔的锅盔，既可以整摞整个售购，也可以切成西瓜牙儿一般大小零卖，还有人索性就把大铁锅支在路边现烙现卖。乾县的锅盔虽不及图拉饼的盛名，却在遍地锅盔的关中独俏一枝，皮脆里绵，满口麦子醇正的香味，武则天在锅盔的香味里滋润了一千多年，该当改为女皇牌锅盔了。看着那些伫立在路边的图拉女人，我想大约和关中路边守候的农夫农妇一样，卖下钱不外乎盖新房，供孩子读书，以及为儿女娶媳妇办嫁妆。托翁故乡的农民和关中乡民谋求生活的方式和思路如出一辙。

车过图拉城时，雨缓解松懈下来。汽车穿过图拉城，从街面建筑和街道的景致看，都显示着一种久远的陈旧，与中国任何一个中小城市一夜之间的全新面目都显示着距离性差别。雨时下时停，出图拉城就看到远方天际一抹蓝天和阳光。拐过两个交叉弯道，就看到一排很长的林木遮蔽下的围墙和一个阔大的门，这就是托翁自己命名的"林中那块阳光明媚的草地"——庄园故居了。

站在宽大的门口，一眼看见两排整齐高大的白桦树的甬道，通向林木笼罩的深处。我跨进大门并走上白桦树下的甬道，踏着用三合土铺垫的大平小不平的路面，庆幸自己终于有缘走在遍布着托翁脚印的土地上了。托翁一生都走在这庄园里的大路小径果园耕地和林荫草地上，我踏在已经消失沉寂了托翁脚步响声的印痕里，依然感知着一个伟大灵魂神圣的灵性。白桦树依然枝叶茂盛，白色鲜亮的树皮浮泛着诗意。头顶的枝叶不断洒下水滴。甬道土路的小坑浅洼里积着雨水。左边有一排涂成灰蓝色的木板房,是马厩,庄园里曾经耕田拉车以及溜达的好多匹马,就养在这里,现在依着原样原封不变地保存着,自然都已经圈干槽净了,我似乎还可以闻到马粪马尿和畜生混合的气味。甬道右边还有一排蓝灰色的木板房,是贮藏草料和马具的库房,可以看到门里散落的干草,还有犁具、围脖和套绳,似乎刚刚罢耕归来卸下,散发着马脖子的臊味儿。还保存着农耕生活记忆的我,顿然浮现出这里添草拌料和骡马踢踏喷鼻的生机勃勃的图景。现在是一片人畜不在的冷寂。

甬道尽头往右拐进去,是一座涂成黄色的两层小楼,这是托尔斯泰的居室和写作间。下层一个大约不超过十平方米的小屋子里,托翁写成了《战争与和平》。我站在这间屋子的一瞬间,弥漫在心头的神秘顿然散失净尽了。一张不大的木板桌子,不仅谈不到精致或讲究,大约当初只刷过一层清漆,可以清楚地看到被磨损的或粗或细或直或歪的木纹;可以猜想长胳膊长腿的托翁伏案写作时,肯定会摊占大半个桌面。房间里还有一只小茶几和一张单人床,这床也应是我见过的最窄的一张床了,当是写得腰酸臂困时伸懒腰的设施。房间不仅没有装饰装潢,更没有如中国文人惯常装备的字画铭题之类,连一个像样的书架都不置备。到二楼的一间几乎同样小的房间里,也是漆成淡黄色的一张木桌,椅子的四条腿截断了一节,低到如同我家里的马扎。据说是托翁视力不好,椅子低点就可以缩短眼睛和稿纸的距离,避免了低头弓腰。在这间小小的简便到简陋的书房里,托尔斯泰写成了

《安娜·卡列尼娜》。我还想看看写作《复活》的房间,讲解员说这部写作长达十年的小说,托尔斯泰先后换过三个写作间,没有解释换房的原因。我走出这座二层小楼时,脑子里就突显着两张淡黄色的木桌。我更加确信作家从事的写作这种劳动,最基本的条件不过就是一张桌子和一把椅子,可以铺开稿纸可以坐下写字,把澎湃在胸膛的激情和缠绕在脑际的体验倾泻到稿纸上就足够了,与房子的大小屋内的装备和墙面上贴挂的饰物毫无关系。说句不算抬杠的话,如果脑子里是空乏的胸腔里是稀薄的,即使有镶着宝石的黄金或白银的桌椅也无济于事。无论如何,我至今还想着那把太低太矮的椅子,坐上去就得把腿伸到很远,坐久了会很不自在的,何不加高桌子的四条腿,同样可以达到既不弯腰低头而缩短眼睛和稿纸的间距,况且能够让双腿自由自如地屈伸……

在这座托尔斯泰写作和生活的黄色小楼前,有一块不大的空地,该当算作院子吧。在这方小院的三面,都是稠密到几乎不透阳光的树林,林间长满杂草,俨然一种森林的气息。楼前的这方小院,除了供人走的台阶下的土路,也都栽种着花草,却不是精细琢磨的管理,完全是自由生长的泼势。花草园子里有一棵合抱粗的树,不见一片绿叶,粗壮的枝股和细细的枝条,赤裸在空中,在四周一片浓密的绿叶的背景下,这棵树就令人感到一种死亡的凄凉。我初看到这棵枯死的树时,就贸然想到保存它与周围的景致太不协调,随之了知到这棵树非凡的存在,竟然有一种内心深处的震撼。枯枝上挂着一只金黄色的铜钟,我初看时就想到小学校里上课下课敲出指令的铜钟。托尔斯泰属于贵族,却操心着贫苦农民的疾苦和委屈,以真诚之心帮助那些寻找救助的人,久而久之,那些四野八乡遭遇困境的乡民便寻到这个庄园来。托尔斯泰在楼前院子的这棵树上挂了这只铜钟,供寻访的穷人拉响,托尔斯泰就会放下钢笔推开稿纸,把敲钟的穷人请进楼里,听其诉叙困难和冤屈,然后给予帮扶救助。据说有时竟会在这棵树下发生排队,等候敲钟。然而没有哪怕是粗略的统计,曾经有多少穷人贫民踏进这座庄园走到这棵树下,憋着一肚子酸楚和一缕温暖的希望攥住那根绳子,敲响了这只铜钟,然后走进了小楼会客厅,然后对着胡须垂到胸膛的这位作家倾诉,然后得到托尔斯泰的救助脱离困境。

这棵曾经给穷人和贫民以生存希望的树已经死了,干枯的枝条呈着黑色,枝干上的树皮有一二处剥落,那只金黄色的铜钟静静地悬空吊着,虽依原样系着一条皮绳,却再也不会有谁扯拉了。救助穷人的托尔斯泰去世已近百年,这棵树大约也徒感寂寞,已经失去了承载穷人希望的自信和骄傲,随托翁去了。

托翁晚年竟然执意要亲手打造一双皮靴,而且果真打造出来了,而且很精美很结实也很实用。我自然惊讶这位伟大作家除了把钢笔的效能发挥到无可替及的天分之外,还有无师自通操作刀剪锥针制作皮靴的一双巧手;我自然也会想到这位既是贵族庄园主又是赫赫盛名的作家,绝不会吝啬一双靴子的小钱而停下笔来拎起牛皮;恰恰是他几乎彻底腻歪了已往的贵族生活,以亲自操刀捏锥表示向平民阶层的转向和倾斜。一种行动,一种决绝,一种背离。我在听着那位端庄的俄罗斯姑娘说这个轶事时,瞬间想到曾经在什么传媒上看到谁说谁已有了贵族的气象和派势,显然是一种时尚推崇。我似乎感到某些滑稽,昨天还用旧报纸(城里人)和土坷垃(乡下人)擦屁股,一夜睡醒来睁开眼睛宣布成了贵族了……托尔斯泰把他精心制作的这双皮靴送给一位评论家朋友。这位评论家惊讶不已,反复欣赏之后,郑重地把这双皮靴摆到书架上,紧挨着托尔斯泰之前送给他的十二卷文集排列着,然后说:这是你的第十三卷作品。这话显然不单是幽默,是以俄罗斯人素有的幽默语言方式,表述出对一位伟大作家最到位最深刻的理解。

我真感觉到幸运,在林中的这块草地上领受到了明媚的阳光。雨在我专注于黄色小楼里的一张桌子一把椅子一张照片一页手稿的时候,完全结束了。头顶是一片蓝色的天空和自在悬浮着的又白又亮的云。林子顶梢墨绿的叶子也清亮柔媚起来。阳光从枝叶的空隙投到林子里的硬质土路上,洒在小小的聚蓄着雨水的坑洼里,更显一种明媚。走到一大片苹果园边,天空开阔了,阳光倾泻到苹果树上,给已经现出颓势老色的叶子也平添了柔和和明媚。树枝上挂着苹果,有的树结得繁,有的树稀里八拉挂着果子。苹果长足了时月停止再长,正在朝成熟过渡,青色里已淡化出一抹白色。从果树的姿势看,似乎疏于管理;从果型判断,当是百余年前的老品种了,在中国西北最偏远的苹果种植区,早在十几二十年前都淘汰了。这些苹果树和大面积的园子,自然完全不存在商业生产的意义,而是作为托翁的遗存保留给现在的人,现在依然崇拜和敬仰这位伟大灵魂的五洲四海的人。我看不到托翁了,却可以抚摸托翁栽植的苹果树,在他除草剪枝施肥和攀枝折果的果林间走一走,获得某种感应和感受,不仅是慰藉,而且是一种心理的强力支撑。

沿着一条横向的硬质土路走过去。湿漉漉的路面上有星星点点的阳光。路两边是高耸的树,从浓密的树叶的空隙可以看到碎布块似的蓝天和白云,平视过去则尽是层层叠叠的湿溜溜的树干。我尽可以想象雨后初霁的傍晚,阳光乍泄的林间树丛中,托翁拨开草叶采摘蘑菇的清爽。树林间有倒地的枯木,杆皮上生出绿苔和白茸茸的苔衣,都依其自由倒地的姿态保存着,更添了一种原始和原生形态的气息。这里已没有了剪枝蔬果叱马耕田采蘑制靴的托尔斯泰的身影,没有了闻铃迎接穷人听其诉苦的托尔斯泰,也没有了在木纹桌前摊开稿纸把独自的体验展示给世界的托尔斯泰了。然而,一个伟大的灵魂却无所不在。恰在我到这儿来之前几天,《参考消息》转载一篇文章,说欧美一些作家又重新阅读陀思妥耶夫斯基和托尔斯泰了。我便想,小说的形式和流派如狗追兔子般没命地朝前抢着,跑到"后后后"的地段上,终于有人歇下来缓口气,又往来路上回眺了。看来似乎没有完全过时的形式,只有空虚肤浅的内容最容易被淡忘被淹没。

横着的路出现了三岔口,标示左边通托翁的墓地。路上的光线似乎暗下来,许是树木更密了,也许是太阳光照角度的差异,路面和小水坑里已经看不到亮闪闪的光斑了。在树林的深处,看到了托翁的墓地,完全是意料不及想象不出的一块墓地。在一块临近浅沟的边沿,有一片顶大不过十平方米人工培植的草坪,中间堆着一道土梁,长不过一米,高不过半米,是一种黑褐色的泥土堆培而成。上面没有遮掩,四周没有栅栏防护,小土梁就那样无遮无掩地堆立在小小的草坪上。我站在草坪前,竟有点不知所措。这样简单的墓地,这样低矮的土梁标志,比我家乡任何一个农民的墓堆都要小得多。没有任何碑石雕像,就是一坨草坪一撮褐黑的泥土,标志着一个伟大灵魂的安息之地。那个小土梁上,有一束鲜花。我在转身离去的一瞬,似乎意识到,托尔斯泰是无须庞大的墓地建筑来彰显自己的,也无须勒石刻字谋求不朽的,那小小的草坪和那一道低矮的土梁,仅仅只标示着一个业已不朽的灵魂安息在这里。

离开墓地和通往墓地的林间幽径,有一片开阔的草地,灿烂着红的白的紫的金黄色的野花。季节还算是夏天,雨后的太阳热烈灿烂,仍不失某种羞羞的明媚。我沉浸在野草野花和阳光里,心头萦绕着托翁为自己的庄园所作的命名,"林中那块阳光明媚的草地",真是恰切不过的诗意之地,又确凿是现实主义的具象。

在好山好水里领受沉重

到云南。就为着看那里的好山好水。

对于一直生活在中国北方又偏于西部的我,看彩云之南的好山好水,几乎是为求得某种心理补偿。近年间,竟有机缘先后四次去了云南,确实可以说是饱尝了好山好水,也得到好山好水对人心理的滋润。然而,那好山好水的色彩终久架不住时间的消磨,渐渐远逝而淡隐,却是腾冲县里倚山而建的"国殇墓园",久久撑立在心头,愈久愈清晰,不仅难以淡忘,反而必须以我的文字来致一个深躬礼了。

这是四年前我第一次去云南,一到腾冲,就踏进了"国殇墓园"的大门,感受到一种凛凛然森森然的沉重和威压。这是滇西一座草木葱茏四季常绿的山。在这座山的山坡的襟怀里,长眠着八九千名中国士兵的魂灵。从山根到山顶,从右坡到左坡,按照原来的军事编制,一个班一个排一个连直到师一级,阵亡了的士兵和阵亡了的军官依序排列。每块小小的石碑下都埋葬着一个士兵或军官的尸体,石碑上刻着他们的名字和生前的军职。整个这座青山,就是一个用尸体铸建的军阵。他们战死了,依然保持着原有的完整和威势。

这场战事发生在1944年。为了收复被日本侵略者占领了两年的腾冲,中国士兵战死了八九千人。中国士兵是这场战争的胜利者。他们不是赶走而是全歼了日本占领军。所谓全歼,就是一个不剩,干净彻底予以消灭;就是除了少数日寇士兵被活捉当俘虏,其余所有践踏过滇西这座美丽山城的鬼子,一个也没能活着逃出去。人数为六千,包括侵略和占领腾冲的日军最高司令长官藏重康美大佐。这应该是占领大半个中国八年之久的日寇最彻底的一场败仗,彻底到一败涂地一个不剩。

我踏着石阶从山脚往山顶走,两边是望不透的土冢和墓碑。我辨认着那些被风雨浸蚀过几十年的一块块碑石上的士兵或军官的名字,抚一抚墓堆上枯了又生的野草,最切近地感受到一个人的尊严和一个民族的尊严,最切近地感受到为着自己也为着民族的尊严而捐躯的这一片中国士兵的呼吸。我在小学课本上就知道了平型关大捷。平型关从此成为我永远都感到扬眉吐气的一个关。我后来读过几本抗日题材的小说,看过更多同类题材的电影,地道战地雷战游击队长李向阳小兵张嘎,让我反复享受民族英雄抗击侵略者的痛快淋漓。还有令我久久难以释怀的惨烈悲壮的台儿庄。我的案头现在正摊开着一部《立马中条》的长篇纪实书稿。这是由杨虎城将军创建的十七路军改编的三十一军团,由杨的爱将孙蔚如将军率领,走出潼关浴血山西中条山抗击日寇的英雄诗章。这是一支由号称"冷娃"的关中青年为主组成的军团,我深深地陷入浓厚的乡土情结缠绕着的民族大义之中,每一座山头的争夺令我揪心,每一个关中子弟的阵亡令我闭气……我走在倚山为墓青山作碑的墓园中间的山道上,许久都不想说话,也不去想象那场战争的过程,心头只响亮着歼灭这个汉语词汇。这肯定是八年抗战无以数计的大小战役里,唯一可以使用歼灭这个词汇来概括结果的一场大战。我当然也感受到这个词汇对于侵略者和被侵略的人民永远都无法含糊的情感记忆。

墓园门口的右墙根下,有一个石块垒成的圆筒状的冢堆,下边埋葬着三个日本兵的死尸,其中一个是侵占腾冲的日军最高司令长官藏重康美大佐。石块上标刻着两个字:倭冢。在我们被外强侵略欺凌的史记上,日本侵略军先是被卑称为倭寇,即个子矮小的匪贼;抗日战争改称为鬼子,比倭寇更为鄙视更为不屑也更通俗化。这个冢堆里的大鬼子藏重康美大佐和两个不知名姓的小鬼子,作为践踏蹂躏腾冲的六千个被消灭的大小鬼子的代表,是向青山上长眠的中国将士跪伏认罪的一个象征。我很自然联想到岳飞墓前跪地的秦桧,千百年来不知承接了几百吨游人的唾沫儿。然而,我和同来拜谒的十余位作家朋友,谁也没有兴趣向倭冢吐出口水。整个人类正义的"唾沫儿",早在第二次世界大战结束时铺天盖地地倾覆到所有鬼子的脸上了。

我也记住了一位名叫张问德的老人。日寇从缅甸一路打过来占领了腾冲,当任的一位钟姓县长携着家眷逃之夭夭,不知踪影。张问德老人是卸任赋闲的前任县长,时年62岁,于危难之中拍案而起,重新披挂上任,被百姓称呼为名副其实的抗战县长,领导腾冲民众,周旋在群山之中,游击办公兼游击指挥,整整两年,直到全歼日寇收复腾冲。张问德可谓文武全才,曾经是朱德和叶剑英两位大元帅青年时代的老师,亦可谓名师出高徒。面对日寇占领军的劝降,张问德有一纸《致岛田书》传世,展示在墓园陈列馆的台阶上。且不说文采,单是那义正词严的凛然与决绝,如山岳巍峨,似江河咆哮,竖起处于危难之中一个不屈民族不可摧折的脊梁。我在诵读这篇文采激越的文字时,依然发生血液涌流的加速和心脏的猛跳。在滇西一隅的腾冲县正任和卸任的两个县长身上,截然分明着什么叫软骨头什么是硬骨头。

我对同行的朋友说,人的骨头的软硬,看来不是以年龄所能论定的。

接通地脉

约略记得那是麦收后抢时播种玉米的最紧火的时节,年轻的村长掮着铁锨走进我的院子,高挽到膝盖的裤管下是沾着泥水的赤脚。我让坐。他不坐,连肩头的铁锨也不放下来,一副急不可待的架势,倒是不拒绝我递给他的一支烟。他说,你去把场塄下那二分地种上苞谷,到时候娃们也有嫩苞谷穗儿吃嘛!

我一时竟然很感动,却有点犹豫。我在两年前调入省作协当上专业作家,妻子和孩子的户籍也随之从乡村转入城市,刚刚分到手且收获过一料麦子的责任田,又统统交回村委会重新分配给其他村民了。专业作家对我至关重要的含义,就是可以由我支配自己的时间和生命行程了。几乎就在那一年,我索性决定从城镇回归乡村老家。我在祖居的屋院里读中国新时期文学一浪高过一浪的小说,读着刚刚翻译过来的陌生的世界名著,也写着我的小说,是一个不再依赖土地丰歉生存着的乡村人了。村里的乡亲有人送来一把春天的头一茬韭菜,几个刚刚孕肥的嫩苞谷穗子,一篮沾着湿土的红苕,常常引发我内心的微妙感慨,过去我曾拿着这些东西送给西安城里的朋友,现在我自己反倒成为接受者了。我在接过一把韭菜一篮红苕几个嫩苞谷穗子的时候,分明意识到我和这块土地依存的关系割断了,尽管还住在祖居的老屋里,尽管出出进进还踩踏着这方土地,却无法改变心底那一缕隐隐的空虚的发生。我对村长好心好意的提议之所以犹疑不定,是因为我已无资格耕种哪怕巴掌大一块土地了。

村长显然早已揣透了我的顾虑,解释说,村口场塄下这一畛子地,猪拱鸡刨,你交回的那二分地分给谁谁都不要,这几年都荒着,你种点苞谷谁也没意见……说罢转身出门去了。

我便种上了包谷。这二分地在村子东头的场塄下。当年的新一茬的蒿草正长到旺盛时,比我还高出半头。我丢剥了长袖长裤,握一把磨得锋利的草镰,把蒿草齐摆摆砍掉割尽,再用镢头把庞大的根系一一刨挖出来。因为天旱土壤干硬,也因为几年荒芜土质板结,牛拽的犁铧开掘不动,只能用双刺镢头开挖,再把大块硬土敲碎,点种下苞谷种子。大约整整干了三天,案头正在写作的小说或散文全部撇下,连钢笔也没有扭开,手掌上的血泡儿用纱布缠了几层,仍有血丝渗出来。又过了几天,于夕阳沉落西原的傍晚,我在湿漉漉的地皮上看见一根根刚冒出来的嫩黄的旋管状的苞谷苗子时,心底发生了好一阵响动。我坐在被太阳晒得温热的土塄上,感觉到与脚下这块被许多祖宗耕种过的土地的地脉接通了,我的周身的血脉似乎顿然间都畅流起来了。

我在这二分地里间苗定苗,锄草施肥。三伏的大旱时节,村长便安排村民开动抽水机灌溉,轮到我的地头的时候,我便脱了鞋子,用铁锨挖开灌渠的口子把水放进地里,双脚踩着沁入肌肤的井水,让每一株苞谷都浇灌得足饱。眼瞅着苞谷拔节了,冒出天花和红缨来,绿色的苞谷穗子日渐肥大起来,剥开一条缝儿,已经孕出白色的一排排颗粒,用指甲轻轻掐一下,牛奶似的稠汁迸溅到我脸上。我掰下一篮,剥去绿色的皮壳,等待周末从寄宿中学回家的女儿,那是作为一个父亲最温馨的等待时刻。

我后来在这二分地里种过洋芋(土豆),收获的果实堆在屋角,有亲友来家,便作为礼物相送。也种过白菜和萝卜,不知是技术不得要领,还是种子不好,那白菜只长菜叶不包心,只能窝泡酸菜;萝卜又瓷又硬,熬煮勉强可食,生吃很不是滋味。只有栽种大葱大获成功,许是我勤于松土,那葱长得又粗又高,葱白尤其多,做料子菜自不必说,剥了皮生吃也很香甜,我常常是一口馍一口生葱吃得酣畅淋漓。我在务这二分地里的庄稼和蔬菜的劳动中,渐渐稀少了到河堤散步的习惯,或者说替代了。我在一天的阅读或写作之后,傍晚时分习惯到灞河边上散步,活动一下在桌椅间窝蜷了一天的腰和腿。河堤内侧的滩地里是汗流浃背忙于做事的男人和女人,河堤外侧的沙滩上是割草放羊的孩子,我往往在那种环境里感到不自在,很难生出古典和现代才子们赏山阅水的情致来。现在,当我在那二分地里为苞谷除草或为大葱培壅黄土的时候,满脸汗水满手土屑,猛不防会有一个我能闻声辨人的人发出的声音:"还是把式咯!"然后就在地头坐下来,或者他抽我递给他的雪茄,或者我抽他的旱烟,然后说他儿子或女儿遇着什么难事了,需得我去帮忙交涉,我比他的"面子"

大哇……我往往在那种时刻,比之在河堤上散步时的感觉稍好。

这几年间,大概是我写作生涯中最出活的一段时光,无论是中篇《蓝袍先生》《四妹子》《地窖》等,以及许多短篇小说,还有费时四年的长篇《白鹿原》,我在书案上追逐着一个个男女的心灵屏气凝神专注无杂,然后于傍晚到二分地里来挥镢把锄,再把那些缠绕在我心中的蓝袍先生四妹子白嘉轩田小娥鹿子霖黑娃们彻底排除出去,赢得心底和脑际的清爽。只有专注的体力劳作,成为我排解那些正在刻意描写的人物的有效举措之一,才能保证晚上平静入眠,也就保证了第二天清晨能进入有效的写作。这真是一种无意间找到的调解方式,对我却完全实用。无论在书桌的稿纸上涂抹,无论在二分地里务弄苞谷蔬菜,这种调节方式的科学性能有几何?对我却是实用而又实惠的方式。我尽管朝夕都生活在南原(白鹿原)的北坡根下,却从来没有陶渊明采菊时的悠然,白嘉轩们的欢乐和痛苦同样折腾得我彻夜失眠,小娥被阿公鹿三从背后捅进削标利刃时回头的一声惨叫,令我眼前一黑钢笔颤抖……我在二分地的苞谷苗间大葱行间重归沉静。

记不清是哪一年了,陕北榆林一位青年诗人送我一小袋扁豆,这是夏天喝稀饭的好作料。因为产量太低,扁豆在关中地区早都绝种了。我倍加珍惜的一个缘由,是我生在三伏,又缺奶,母亲用白面熬煮的扁豆喂活了我。直到我的孩子已经念大学的时候,母亲往往面对牛奶面包而引发出扁豆救命的老话。我在重新品尝救命的扁豆稀饭之后,留下一部分种子,当年秋天种到我的二分地里,长出苗儿来,年龄在中年以下的农民竟不认识是何物。扁豆长得很好,绿莹莹罩满地皮,常常引来许多村民围观。扁豆比麦子早熟,在大麦成熟小麦硬粒的时候成熟了。我准备近日收割,自然跃跃,慷慨地答应过几个村民讨要种子的事。不料,当我提着镰刀走到二分地头,扁豆秧子竟然一株都不见了。我愣在那里,半天回不过神来。肯定是昨晚被谁偷割了。我其实也没有生多大的气,只是有点怨气,怨这人做得太过,该当给我留下一小块,我好留得种子。

那是至今依旧令我向往而无法回归的年月和光景。

办公室的故事

多年前曾看过一部苏联电影《办公室的故事》,至今尚能记得其中一些精彩的情节。我之所以斗胆给这篇短文也取这个名字,是我用过的一间办公室里曾经发生过的故事,真可谓晴天霹雳惊天动地,扭转了中国当年的去向,远非苏联那位女部长的办公室里的故事所可量比。这就是"西安事变"故事的发生地之一。

1

1995年初夏,西安阴雨连绵。我早晨上班走到那间顶多10平方米的平房前,围着几个后勤办公室的干部,说我的这幢房子下沉了。我顺着他手指的墙壁一看,砖墙齐斩斩断裂开一道口子,可以塞进指头。他们告诉我决不能再住了,却没有别的房子调换,让我等待,说是前院一间房子正在翻修,需得十天左右弄好。我便趁此无处立足之际,住进医院,去做医生早就催着要割除的一个粉瘤。待我康复回归,后勤办的干部领我走到前院一座独楼前,指着东边的耳房,说这就是我的新办公室,我一时竟有点犹疑不定,还有点怯。这是任谁都知道关押过蒋介石的屋子,给我做办公室,心里难免不忐忑,尽管我向来不在意风水吉凶,仍然有说不清的某种心理障碍。

2

我所从业的作家协会这个院子,建于1933年,是陕北籍的国民党八十四军军长高桂滋的公馆,和张学良将军的公馆是两隔壁,中间夹着一道称作金家巷的丁字小巷。高桂滋将军后来叛蒋起义,解放后把这院颇为阔绰的公馆交公人民政府,省政府把成立不久的陕西作家协会安排于此。这个院子当年曾经是别具一格的个性化建筑,进大门是一个颇具规模的喷泉,养着金鱼;左首是一幢中西合璧以西为主的两层小楼,下边一层为半地下建筑,据说是隐藏警卫兵力的用途,上边一层中间三间是镶着花纹瓷砖的议事大厅,东西两边是颇为宽绰的附属耳房,当是办公室或主任或秘书的用房。后院是连续三进四合院,有高氏一家的生活用房,也免不了办公和警卫兵力的用房。通前到后栽植着玉兰、紫薇、石榴、月季、玫瑰等名贵花木,且不赘述。

1936年12月12日凌晨,驻扎西安的东北军张学良与西北军杨虎城联手发动的"西安事变"获得成功,在西安东北约50华里的骊山抓捕了蒋介石。蒋氏闻变只身跳后窗逃出,摸黑在骊山荆棘中爬行了不短一段山路,隐身藏匿在悬空的一道石缝里,还是被士兵搜捕揪出来押回西安,住在现在陕西省政府大院内一座30年代的旧建筑名曰黄楼的楼房内,12月14日转移到高桂滋公馆这幢二层议事厅的东耳房里,即后勤干部给我安排的这个办公室。

3

我粗略查证了一下,蒋氏在省政府那座小黄楼只住了一天半和不足一夜半,因为12日凌晨跳窗逃跑到被起事的士兵从石缝中拖出,再下山,再送到50多里外的西安,那时候没有正经公路车速缓慢,到得小黄楼离天明也不远了。14日转移到高氏议事厅的东耳房,隔着金家巷的那边是张学良公馆,见面、说话、议事包括送饭都方便多了,也更安全。在我现在要做办公室的这个东耳房里,蒋氏介石被软禁达十天十夜,曾经发生过许多历史性的情节和细节——

蒋介石刚被转移到这个东耳房,张学良便从他的公馆赶过来看望,一副毕恭毕敬的军人礼仪。张学良连叫几声"委员长",蒋介石不仅不搭话茬儿,裹着被子蒙着脑袋连脸也不露给他看。此前,送过来的饭食也不进口,一副绝食的抗议。我似乎看到过有文字说老蒋给张学良使性子,还有难听点的说成耍无赖,也有做心理分析的文字说蒋氏怕处死他……我想也许都是,是否还应有一种气死气活的懊恼?

12月22日,宋子文宋美龄来到这个高氏议事厅的东耳房,向蒋介石汇报了南京政府自"西安事变"以来的复杂情况,也透露了他们兄妹二人到西安后与张、杨会谈的意见,这是至关重要一步。

隔过一天到12月24日晚上,早几天从陕北下来到西安参与调解此事的中共代表周恩来,和宋氏兄妹一起走进了蒋委员长下榻的东耳房,举行正式会晤,达成了停止内战共同抗日的六项协议,为和平解决"西安事变"奠定了基础……

我无可选择地搬进东耳房这间办公室。好在这是一个南北隔开的套间,我在北边隔间办公,蒋公被软禁过十个日日夜夜的南边隔间,现在布置成一个小型会议室,中间有一道小门相通。我在北边隔间接待各路来客,包括热心读者,得空写点短文章,倒也罢了。偶尔得着一个人闲静,尤其是晚上独饮两杯的时候,往往会想到套间那边曾经住过的蒋委员长,张学良和杨虎城走进这东耳房的套间,宋子文和蒋夫人宋美龄从南京飞过来走进这套间房。周恩来叶剑英也成竹在胸地来过了。70年前的这个东耳房套间,无疑是决定中国何去何从的生死命运的一个焦结点,决定中国命运的各方势力的最敏感的神经,都纠结在这东耳房的南套房里。至今想象当年那种外表热闹内里紧绷的气氛,我都有点透不过气的感觉,甚至不敢相信那样重大到决定中国命运的事件,真的就发生在这间房子里。我有时抬脚三五步走过套间小门,看着东窗下曾经给蒋介石支床铺的那块地方,仍然是恍若幻境信不下曾经发生过的事。记不清是哪一天或哪一晚,我突然意识到,十三年后蒋介石落荒而逃到台湾,其实就是在高桂滋公馆议事厅东耳房南隔间住着的时候注定了的结局。

4

事实摆得很明显,道理也就很简单。蒋介石在江西五次围剿共产党领导的苏区和红军,十几二十万红军被迫长征历经一年到达陕北时,主力一方面军仅剩下7000多人,到"西安事变"发生时,各路红军会聚到陕北也不足两万人。蒋介石已经几次亲临西安,继续布置剿灭红军的军事行动。然而,蒋介石意料不及的事发生了,自己反倒被软禁在这东耳房的南隔间里,签署了不得再剿灭共产党和红军的协议。我在几十年后瞅着蒋介石下榻的东窗下那块地方,无法猜想他当年怎样度过了那十个日日夜夜,在"六项协议"签字的那一刻,是否意识到十三年后落荒而逃的结局?东耳房发生这样重大的历史一幕时,我尚未来到这世界,现在看得再简单不过,这儿发生的历史一幕的核心,一是共同抗击日本侵略,一是不许剿灭红军。共产党领导的红军获得了在中国合法生存和发展的机会和空间,也就注定了蒋氏十三年后的结局。这是无须赘论的常识。

1998年春夏之交,我随作家代表团去了台湾,最后一站走到台湾最南头的海滩上,看到一尊蒋介石的雕塑,面朝大陆,微倾向前,脸上是少见的一副复杂的表情,与我所见过的他的塑像和照片都不一样。我在那一刻想到我还在用着的办公室,原高桂滋公馆议事厅小楼的东耳房,即他曾经被迫住过十个日夜的房子,便断定他后来乃至终生都不会了结在这里发生的懊恼性记忆。

我的秦腔记忆

在我最久远的童年记忆里顶快活的事,当数跟着父亲到原上原下的村庄去看戏。

父亲是个戏迷,自年轻时就和村子里几个戏迷搭帮结伙去看戏,直到年过七旬仍然乐此不疲。我童年跟着父亲所看的戏,都是乡村那些具有演唱天赋的农民演出的戏。开阔平坦的白鹿原上和原下的灞河川道里,只有那些物力雄厚而且人才济济的大村庄,不仅能凑足演戏的不小开销,还能凑齐生、旦、净、末、丑的各种角色。我们这个不足四十户人家的村子,演戏是连想也不敢想的事,我和父亲就只有到原上和原下的那些大村庄去看戏了。

不单在白鹿原,整个关中和渭北高原,乡村演戏集中在一年里的两个时段,是农历的正月二月和伏天的六月七月。正月初五过后直到清明,庆祝新年佳节和筹备农事为主题的各种庙会,隔三岔五都有演出。二月二是传统习惯里的龙抬头日,形成演出高潮,原上某个村子演戏的乐声刚刚偃息,原下灞河边一个村子演戏的锣鼓梆子又敲响了,常常发生这个村和那个村同时演出的对台戏。再是每年夏收夏播结束之后相对空闲的一个多月里,原上原下的大村小寨都要过一个各自约定的"忙罢会"。顾名思义,就是累得人脱皮掉肉的收麦种秋的活儿忙完了,该当歇息松弛一下,约定一个吉祥日子,亲朋好友聚会一番,庆祝一年的好收成。这个时节演戏的热闹,甚至比新年正月还红火,尤其是风调雨顺小麦丰收家家仓满囤溢的年份。

我已记不得从几岁开始跟父亲去看戏,却可以断定是上学以前的事。我记着一个细节,在人头攒动的戏台下,父亲把我架在他的肩上,还从这个肩头换到那个肩头,让我看那些我弄不清人物关系也听不懂唱词的古装戏。可以断定不过五六岁或六七岁,再大他就扛架不起了。我坐在父亲的肩头,在自己都感觉腰腿很不自在的时候,就溜下来,到场外去逛一圈。及至上学念书的寒暑假里,我仍然跟着父亲去看戏,不过不好意思坐父亲的肩膀了。

同样记不得跟父亲在原上原下看过多少场戏了,却可以断定我那时候还不知道自己看的戏种叫秦腔。知道秦腔这个剧种称谓,应在上世纪五十年代中期离开家乡进西安城念中学以后,我十三岁。看了那么多戏,却不知道自己所看的戏是秦腔,似乎于情于理说不通。其实很正常,包括父亲在内的家乡人只说看戏,没有谁会标出剧种秦腔。原上原下固定建筑的戏楼和临时搭建的戏台,只演秦腔,没有秦腔之外的任何一个剧种能登台亮彩,看戏就是看秦腔,戏只有一种秦腔,自然也就不需要累赘地标明剧种了。这种地域性的集体无意识就留给我一个空白,在不知晓秦腔剧种的时候,已经接受秦腔独有的旋律的熏陶了,而且注定终生都难能取代的顽固心理。

在瓦沟里的残雪尚未融尽的古戏楼前,拥集着几乎一律黑色棉袄棉裤的老年壮年和青年男人,还有如我一样不知子丑寅卯的男孩,也是穿过一个冬天开缝露絮的黑色棉袄棉裤,旱烟的气味弥漫不散;伏天的"忙罢会"的戏台前,一片或新或旧的草帽遮挡着灼人的阳光,却遮不住一条条淌着汗的紫黑色裸膀,汗腥味儿和旱烟味弥漫到村巷里。我在这里接受音乐的熏陶,是震天轰响的大铜锣和酥脆的小铜锣截然迥异的响声,是间接许久才响一声的沉闷的鼓声,更有作为乐团指挥角色的扁鼓密不透风干散利爽的敲击声,板胡是秦腔音乐独有的个性化乐器,二胡永远都是作为板胡的柔软性配乐,恰如夫妻。我起初似乎对这些敲击类和弦乐类的乐器的音响没有感觉,跟着父亲看戏不过是逛热闹。记不得是哪一年哪一岁,我跟父亲走到白鹿原顶,听到远处树丛笼罩着的那个村子传来大铜锣和小铜锣的声音,还有板胡和梆子以及扁鼓相间相错的声响,竟然一阵心跳,脚步不自觉地加快了,一种渴盼锣鼓梆子扁鼓板胡二胡交织的旋律冲击的欲望潮起了。自然还有唱腔,花脸和黑脸那种能传到二里外的吼唱(无麦克风设备),曾经震得我捂住耳朵,这时也有接受的颇为急切的需要了。白须老生的苍凉和黑须须生的激昂悲壮,在我太浅的阅世情感上铭刻下音符;小生和花旦的洋溢着阳光和花香的唱腔,是我最容易发生共鸣的妙音;还有丑角里的丑汉和丑婆婆,把关中话里最逗人的语言作最恰当的表述,从出台到退场都被满场子的哄笑迎来送走……我后来才意识到,大约就从那一回的那一刻起,秦腔旋律在我并不特殊敏感的乐感神经里,铸成终生难以改易更难替代的戏曲欣赏倾向。

我记不得看过多少回秦腔戏了。有几次看戏的经历竟终生难忘。上学到初中三年级,学校在西安东郊的纺织工业重镇边上,住宿的宿舍在工人住宅区内。晚自习上完,我和同伴回宿舍的路上,听到锣鼓梆子响,隐隐传来男女对唱,循声找到一个露天剧场,是西安一家专业剧团为工人演出,而且有一位在关中几乎家喻户晓的须生名角。戏已演过大半,门卫已经不查票了,我和同学三四个人就走进去,直到曲终人散。无论从哪方面说,都比乡村戏台上那些农民的演出好得远了,我竟兴奋得好久睡不着觉。第二天早上走进学校大门,教导主任和值勤教师站在当面,把我叫住,指令站在旁边。那儿已经站着两个人,我一看就明白了,都是昨晚和我看戏的同伴——有人给学校打小报告了。教导主任是以严厉而著名的。他黑煞着脸,狠声冷气地训斥我和看戏的同伙。这是我学生生活中唯一的一次处罚……

二十多年后的一九八〇年,我被任命为区文化局副局长的同时,新任局长就是训斥并罚我站的教导主任。我和他握手的那一刻,真是感慨"人生何处不相逢"灵验了。从和他握手直到我离开这个单位,始终都不曾提及此事。他肯定不记得这件事了,他训斥过可能就置诸脑后了,又忙着训导另一位违纪的学生去了。不过,这个时候的他,已经半老,依然严厉的脸上总是洋溢着微笑,大笑的时候很爽朗。一张棱角严厉的脸无论畅怀大笑还是微笑,尤其生动感人,甚为可爱。

还有一次难泯的记忆。这是"四人帮"倒台不久的事。

西安城里那些专业秦腔剧团大约还在观望揣摩文艺政策能放宽到何种程度的时候,关中那些县管的也属专业的秦腔剧团破门一拥而出了,几乎是一种潮涌之势。他们先在本县演出,又到西安城里城外的工厂演出,几乎全是被禁演多年的古装戏。西安郊区的农民赶到周边县城或工厂去看戏,骑自行车看戏的人到傍晚时拥满了道路。我陪着妻子赶过二十里外的戏场子。我的父亲和村里那几个老戏友又搭帮结伙去看戏了。到处都能听到这样一句痛快的观感:"这才是戏!"更有幽默表述的感慨:"秦腔到底又姓秦了!"这种痛快的感慨发自一个地域性群体的心怀。"文革"禁绝所有传统剧目的同时,推广十个京剧"样板戏",关中的专业剧团和乡村的业余演出班子,把京剧"样板戏"改编移植成秦腔演出,我看过,却总觉得不过瘾,多了点什么又缺失了点什么。民间语言表达总是比我生动比我准确:"这是拿关中话唱京剧哩嘛!"还有"秦腔不姓秦了"的调侃。

到上世纪八十年代中期,我的经济状况初得改善,便买了电视机,不料竟收不到任何节目,行家说我居住的原坡根下的位置,正好是电视信号传递的阴影区域。我不甘心把电视机当收音机用,又破费买了放像机,买回来一厚摞秦腔名家演出的录像带,不仅我把包括已经谢世的老艺术家的拿手好戏看了个够,我的村子里的老少乡党也都过足了戏瘾,常常要把电视机搬到院子里,才能满足越拥越多的乡党。我后来又买了录音机和秦腔名角经典唱段的磁带,这不仅更方便,重要的是那些经典唱段百听不厌。大约在我写作《白鹿原》的四年间,写得累了需要歇缓一会儿,我便端着茶杯坐到小院里，打开录音机听一段两段，从头到脚、从外到内都是一种无以言说的舒悦。久而久之，连我家东隔壁小卖部的掌柜老太婆都听上了戏瘾，某一天该当放录音机的时候，也许我一时写得兴起忘了时间，老太太隔墙大呼小叫我的名字，问我："今日咋还不放戏？"我便收住笔，赶紧打开录音机。老太太哈哈笑着说她的耳朵每天到这个时候就痒痒了，非听戏不行了……在诸多评说包括批评《白鹿原》的文章里，不止一位评家说到《白鹿原》的语言，似可感受到一缕秦腔弦音。如果这话不是调侃，是真实感受，却是我听秦腔之时完全没有预料得到的潜效能。

我看过、听过不少秦腔名家的演出剧目和唱段，却算不得铁杆戏迷。不说那些追着秦腔名角倾心倾情胜过待爹娘老子的戏迷，即使像父亲入迷的那样程度，我也自觉不及。我比父亲活得好多了，有机会看那些名家的演出，那些蜚声省内外的老名家和跃上秦腔舞台的耀眼新星，我都有机缘欣赏过他们的独禀的风采。然而，在我久居的日渐繁荣的城市里，有时在梦境，有时在一个人独处的时候，眼前会幻化出旧时储存的一幅幅图景，在刚刚割罢麦子的麦茬地里，一个光着膀子握着鞭子扶着犁把儿吆牛翻耕土地的关中汉子，尽着嗓门吼着秦腔，那声响融进刚刚翻耕过的湿土，也融进正待翻耕的被太阳晒得亮闪闪的麦茬子，融进台田边沿坡坎上荆棘杂草丛中，也融进已搭着原顶的太阳的霞光里。还有一幅幻象，一个坐在车辕上赶着骡马往城里送菜的车把式，旁若无人地唱着戏，嗓门一会儿高了，一会儿低了，甚至拉起很难掌握的"彩腔"，在乡村大道上朝城市一路唱过去……

秦人创造了自己的腔儿。
这腔儿无疑最适合秦人的襟怀展示。
黄土在,秦人在,这腔儿便不会息声。

敲响城门的远方乡党

和这个人握住手的一瞬，我的胸膛里发生了非同寻常的响动，同时就有终于有此机缘的默然慨叹。

这个人叫安胡塞，哈萨克斯坦陕西村的村长，一个远方归来的乡党。他原本姓安，取了个异族色彩很明显的名字胡塞，想来是入异乡而随其俗的一个标志。他一开口说话，却是满口最地道的关中东府腔调，地道得比当今西安及其周边人的口语腔还要纯正与古朴。也许是受普通话的持久性影响，许多太过费解的方言土语和太过艰涩的发音，西安城里乃至郊区的本地人都不说不用了，但安胡塞一如既往满口满腔地说着。在我的听觉感受里，却不单是品咂家乡原生态口语的韵味，更在他这原生态口语里所隐伏着的悲惨不堪的历史。那是一八七七年的清朝同治年间，左宗棠镇压为生存抗争的陕西和甘肃的回民，从陕西关中一直把他们打杀驱赶到天山脚下时，仅剩下一万多人；翻越天山时又遇到暴风雪，有幸翻过天山逃脱劫难者只有三千多人……这不堪的一页已经翻过一百三十多年了。

现在和我挨肩坐着的安胡塞，就是那侥幸逃过劫难的三千人中的一位安姓回族人的第四代传人。他的祖宗和那些逃亡者进入中亚地区，在楚河岸边停下了长途跋涉的脚步，落脚定居。楚河的那边属今天的哈萨克斯坦辖治,楚河的这一岸是吉尔吉斯斯坦的领土,那时候都统属于沙俄,他们却浑然不知。他们看到的是一眼望不到边的水草茂密的草原,当地人竟然不种庄稼只放牧牛羊,真可惜了这一方好水沃土。他们停下脚便开荒种地,把从渭河平原上带过去的粮食和蔬菜种子,撒播到中亚楚河两岸向来没有垦殖过的土地里……直到有一天,一位或者几位沙俄官员来到他们的驻地,瞅了又瞅这一伙穿着长袍、拖着长辫子的"怪人",便开口盘问,第一个问题就是,你们是从哪里来的?他们谁也不敢说明真实的来路,只含糊地说出一个大的方位,是从东岸子来的。这样,在沙俄帝国的众多民族里,又添加了一个东干族。这个"东干"族名,显然是"东岸"的音译。关中人说到四个方位时很少说东边西边南边北边,多是说东岸西岸南岸北岸,而且习惯在末尾顺带一个子字。我从小听惯了也说惯了这样的方位指向词,现在和乡党说起来也还会顺口说东岸子西岸子这样的话。本属中国回族的一伙移民,却成了沙俄和后来的苏联以及今天的哈萨克斯坦、吉尔吉斯斯坦和乌兹别克斯坦的东干族。

我第一眼看到东干族乡党似曾相识的面孔时,竟然下意识地从坐着的沙发上站了起来。那是一九九三年陕西电视台播放的春节晚会,一位来自中亚的东干族演员出现在荧屏上。这位被称也自称黑老五的人,头戴一顶草原牧民习惯戴的高顶皮帽,开口便叫了一声:"乡党!黑老五回来咧!"我就是在那一声地道而动情的乡音里站起身来的。这是太过久远却又令我闻之耳热心跳的一声乡音,是逃亡到中亚的三千多乡党在近一百三十年后第一个返回故乡的后人发自肺腑的声音。黑老五的脸色不仅不黑,而且泛着俊气和喜色,他演唱着一首古老的民歌,歌曲的音调只有关中平原才会产生,我听来再贴切不过。而那首民歌的歌词,在我却颇为陌生,也就甚感新鲜,如果不完全是我孤陋寡闻,在我生活的这个时段和空间大约已经失传了,却在中亚地区的东干族乡党中完整地传承下来。接着在一九九四年的陕西电视台的春节晚会上,一位名为侯赛因的乡党跃上荧屏,比之英俊的中年汉子黑老五,他的如雪一般银白闪亮的头发,成为舞台上的一个亮点。他同样表演的是关中民谣《一对牛》,内容是说一个已经贫困至极的农民,却连续遭遇一个又一个倒霉事,诸如借牛耕地打破犁铧,收获的麦子不及种子多,天上下冰雹穿过房顶的窟窿打破了孩子的头,等等。他的绘声绘色又极尽诙谐幽默的表演,惹起一阵又一阵笑声,谁都很难看出这是一位七十二岁高龄的老人。这首民谣我似曾相识,大约是少不更事的幼童时期听婆说给我的,自然比不得曾荣获苏联人民演员称号(苏联七十年命名人民演员不足十人)的侯赛因声情并茂且惟妙惟肖的表演了。这"一黑一白"——黑老五和银白头发的侯赛因——两位远方归来的乡党美好而亲切的形象,至今依旧清晰地呈现在我的眼前。尽管侯赛因现已谢世,但他当时模仿的那个乡村倒霉蛋逼真而又滑稽的动作和生动诙谐的音调仍留在我的记忆之中。

  无论是"一黑一白"舞台表演的语言声调,抑或是坐在我右首的安胡塞,都是百余年前的原生形态的关中语言。这倒不难理解,他们生活在楚河两岸,无论是那边的哈萨克人,还是这边的吉尔吉斯斯坦和乌兹别克斯坦的各族人,没有能听懂或会说汉语的人,更谈不上关中话了。这样,他们便形成一个完全封闭的语言环境,任何影响他们关中语言和语音发生变化的因素都不存在。他们学会了俄语和所在地的民族语言,那是走出家门作为社会交流的工具,一旦走进家门或面对同族乡党,便是更为顺口也更为自如的关中话了。因着环境的封闭,对许多社会事象以及生活世相的称谓,竟然原封不动地保留着清朝的词汇,至今把政府机构称"衙门",把警察称"衙役",把政府官员笼统称作"大人",把总统或首相仍然称为"皇上"或"皇帝",把无论小学或大学一律称为"学堂"。有意思的是,他们把从事写作的作家称为"写家",我斟酌起来,似乎"写家"比"作家"更切合从事写作这种职业的特点。最具直观的服装,依旧保持着清代关中民间的样式,男人的礼帽和长袍,女人的偏襟上衣、裤子和裙子都有绣花彩饰。出门上班,尤其是到各级衙门(政府)或学堂(学校),都是西装革履或校服;回到自己村子里,却更习惯自家的裤褂和手纳的布鞋;尤其是结婚喜事,绝对要穿长袍马褂和彩裙……二〇〇九年,时任陕西省长的袁纯清到中亚几国访问时走进了陕西村,听着那些久远而纯正的原生态关中话的热烈问候,又看了东干族孩子用关中话表演的文艺节目,竟然激情难抑,跟着孩子们唱起来。孩子们表演的是民间儿童歌谣:娃娃勤,爱死人;娃娃懒,拿个棍棍儿往出撵……尤其是这些孩子唱起至今不仅在关中而且在全国也唱红了的秦腔歌谣:他大舅他二舅都是他舅,高桌子低板凳都是木头,走一步退一步全当没走,哭了笑笑了哭糊里糊涂……在陕西工作多年的袁纯清省长,向来是满口湘音普通话而不说一句陕西话的,此时竟忍不住和这些东干族人用关中话对话了——这次破例被传为佳话。

听到这些传闻,我便自然想到,我如若有幸在那种场合里,不仅关中话会派上用场,可能忍不住会和孩子们唱起来。前一曲教孩子学勤勿学懒的歌谣,婆和母亲不知给我念过多少回,多是在她们让我干活而我贪玩不做的时候;后一曲歌谣全是逗人一乐的大实话,话剧《白鹿原》的编剧孟冰要编主题歌曲,让我为他提供关中地域色彩浓厚的民间歌谣,我不假思索便说出了这一首,他当即选中。这首主题歌曲由华阴老腔艺人演出,成为话剧《白鹿原》的一个热点,由此被邀请到许多地方去演唱。设想我若有机缘到哈萨克斯坦或吉尔吉斯斯坦的陕西村,能看到听到这些东干族孩子唱我唱过的童谣和民歌,当会是一种无可比拟的享受,把隔绝一百三十年的关中与中亚的时空,在这幼童演唱的歌谣里消弭了。

还有一种太过沉重的声音。

每有从中亚楚河两岸陕西村回来的东干人,都要到西安城的西门前,用拳拍击那古老而宽大的明代修建的城门,然后高呼三遍:"我回来了!"安胡塞告诉我,多年前他第一次回到西安,出火车站便直奔西门,拍打着西门门板的时候,热泪涌流,含泪高呼着"我回来了"。三声呼喊过程中,曾祖父、祖父和父亲都映现在眼前,他们的夙愿由他实现。

这是一个太过久远的东干人的共同夙愿。被左宗棠驱赶打杀的关中回民,是从西安城的西门逃亡而去的,西门便成为他们背离家园的一个情结。逃亡的回民领袖叫白彦虎，一个既有较高文化修养又兼过人武功的青年汉子，率领着回族父老兄妹翻过天山到达楚河两岸定居之后，他仍然成为异国他乡里乡党的核心。他为这一伙逃过劫难的幸存者的生存费尽心力，不幸染病不起，正当中年而早逝。在他告别人世的一刻，他对他的乡亲说了一句话：回到陕西，要拍打西安的西门，要连说三遍"我回来了"。白彦虎的遗愿在东干人里一辈一辈传递着，这一令人震撼的敲门的声音，却是一百多年后才敲响的。上世纪九十年代初，前述的"一黑一白"两位东干族表演艺术家，当属第一拨实现白彦虎遗愿的东干人；安胡塞多次回到西安，每一次回来都要去拍敲西门门板，为着白彦虎，为着自己，也为着现在生活在中亚的十余万东干人。

东干人保存着原生态的关中语言和生活习惯，却丢失了汉语文字。逃亡到中亚的三千多回族男女，多为不识字的文盲，迫于新的生存环境的适应和必需，他们和他们的孩子，都接受了俄语和所在地的民族语言，几乎没有人会读会写汉字了。作为十余万人的陕西村的大村长，安胡塞向哈萨克斯坦有关部门打了报告，申请在东干族人聚居区的学校开设汉语课程，却因为师资和经费等多重困难而一时难以实施。安胡塞又多方奔走另辟途径，于十年前把五名东干族孩子送到西安上学，由陕西方面予以资助，他们已经在西北大学读到三年级了，汉语水平得以提升。现在，经安胡塞多年持续不懈的努力运作，已有十六名东干族学生在西安和兰州学习过，汉语语言的空白被填上了开创意义的一笔。

作为村长的安胡塞,为陕西村十余万村民的公益事业热心奔走于陕西和中亚之间,也有自己一个沉积太久的心事,便是想找到祖宗曾经生活过的村子,用中国流行的话说是寻根。从他逃亡到哈萨克斯坦的曾祖父传留下来的甚为模糊的关于村庄的方位是四句话:出门是稻田,抬头见南山,门前有条河,河上有座桥。当他回到西安向人打听这种地理特征的地方时,谁都难以说出具体答案。因为秦岭在陕西段的被称作终南山的北麓,多有从山谷里流出的小河盘绕,河两岸都是稻麦两熟的肥沃良田,小河上多有木桥。这种景象自东而西铺开好几百里,安胡塞却搞不清祖居村庄的名字,说大地寻针也不为过。他便先到离西安最近的长安县走访打问,竟然在一个小铺店和一位女性的闲聊中发现了线索。无须赘述那个太过曲折的问祖寻根过程,他终于找到了本族且为本家的同辈弟弟安和平,其中一个至为关键的因素,是安姓同族每一辈人姓名之中相同的那个字。安和平保存的族谱上,最近的四辈是兴——长——吉——庆。安和平即属庆字辈,遗憾的是他没有遵庆字取名,按祖制规矩应为安庆平;安胡塞尽管没有族谱,却记着祖传的上几辈人的名字,正合着安和平族谱上的辈分,逃亡到哈萨克斯坦的曾祖父就是兴字辈人,叫安兴皇,曾祖父的弟弟叫安兴虎,口头惯称太爷和二太爷。

我这回能和安胡塞握手,就是安和平牵线搭桥。现在,安胡塞坐在我右首的贵宾位上,安和平坐在我左首位上。圆桌上还坐着几位西安的回族朋友,说当年的往事,叙今天的生活,在我是一种少有的别一番感受。安胡塞送我一顶哈萨克人习惯戴的高而且尖的皮帽(就是黑老五戴的那种)。我戴上和他合影留念,似乎我就此成为了他这个村长领导的陕西村的村民。

释疑者

一九九八年四月末尾,茅盾文学奖在京举行颁奖仪式后几日,我托白烨终于打问到了文学理论家陈涌的家居住址,两人便去拜望。

一个在通常的住宅区罕见的阔大的门。门口有军人站岗。白烨正要出示证件时,一个小女孩从里边出来引领我俩走进大门。她是陈涌家的保姆,陕西安康人,我的小乡党,真是巧了。走到内院中间,小女孩说伯伯自己也来了。矮矮胖胖的一位老人,淡淡地笑着,说他不放心进门时盘查的麻烦。一件深色的半旧的夹克服,乍看像一位闲淡的退休老工人。

这是老式结构的单元房,书房兼用会客,也就是一室住铺的小房子。早已过时的格式老旧的沙发,紫红油漆的木制茶几上全堆着书籍、报纸之类。我们三人便坐下聊天。陈涌说话很平和,他祖籍广东,语言中残留一缕乡音。我突然有种错觉,听他说着文学创作,犹如我许多年前在农村基层工作时听一位老农叙说农桑之事。

一九九七年酷暑时节,我在西安听到北京的朋友传话,陈涌认为《白鹿原》不存在"历史倾向问题",对我无疑是一股最抒怀的清风。直到十月下旬茅盾文学奖正式开评,陈涌把这个至关重要的观点在会上正式坦陈出来。关于《白鹿原》存在"历史倾向性问题",几年来我自信属于某种误读或误解,然而也没有超脱到不受困扰;我相信这种误读或误解终究会得到匡正释疑的,只是没有料到会在一九九七年内发生,况且是由一位年事已高的老人陈涌完成的。我虽然也久已心仪茅盾文学奖,然而这种误读的被释疑被匡正,才是我首先期待的最根本的结果。当这两个结果同时形成时,我对陈涌老人已不单是知遇,而是由衷的钦敬了。

陈涌老人告诉我,因为《白鹿原》书的阅读印象,随之对我的小说创作产生了兴趣,便自己到新华书店找我的作品集,买了华夏出版社出版的三卷本《陈忠实小说自选集》里的短篇卷和中篇卷两本,约一百万字,而且读完了,写了一篇论述我的小说创作的二万余字的长篇评论,已交《文学评论》杂志。

我当即说,你应该给我打电话,我让华夏出版社陈泽顺给你送一套书来,怎能让你上街买书。陈涌笑着摆摆手,怎能给你们添麻烦!我和白烨相视而默然不语。

我在文学圈内感觉到的印象,陈涌是一位马克思主义文艺理论家。在各种文艺理论汇聚的当今文坛,人们不一定全都赞同陈涌的某个观点,然而几乎众口一词说陈涌做人很正派。这就够了,足够包括我在内的人钦敬了。